KB254048

여행 좋아하세요?

여행 좋아하세요?

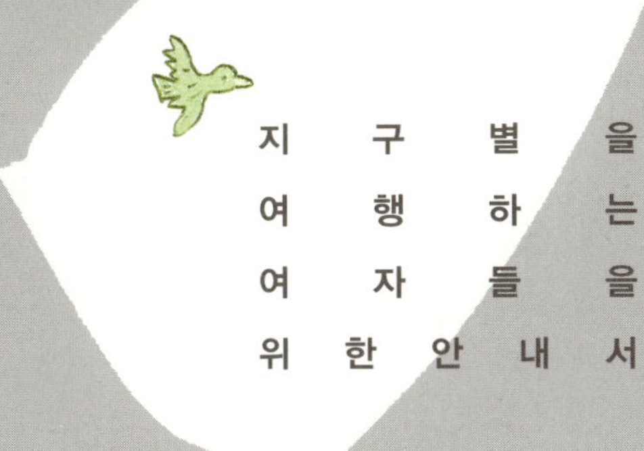

지구별을 여행하는 여자들을 위한 안내서

유이 엮음

도서출판
또 하나의 문화

여행하는 여자들

여행 좋아하세요?

여행을 화제로 이야기를 나누다 보면 어느 새 서로의 눈빛과 마음은 여행지에 가 있는 게 느껴진다. 사무실에서 점심을 먹으며 나누는 이야기 중에도 단연 최고의 화젯거리는 여행이다. 로바는 여름휴가 때 정선에서 사진 촬영 여행을 했고, 어라는 주말에 남해를 여행했단다. 정민과 연주는 세미나 참석 차 도쿄를 다녀왔는데, 그곳에서 사온 과자를 풀어 놓는다. 효진은 추석 연휴를 이용해 앙코르와트를 다녀올 계획이란다. 오늘 점심에는 식탁에 새로운 여행 메뉴가 올랐다. 지리산 종주. 즉석 제안에 의기투합, 팀이 꾸려졌다. 식구들 얼굴엔 기분 좋은 미소가 떠오른다.

여행기를 읽으며 상상 여행을 할 때도 자주 있는데, 이번 여름이 특히 그랬다. 이 책에 실린 글을 비롯해 여러 여성들의 여행기를 읽었다. 14세에 남장을 하고 전국을 여행한, 19세기의 당찬 소녀 김금원의 『호동서락기』를 읽으며 북한산, 세검정의 모습을 떠올리기도 했고, 동묘를 돌아보기도 했다. 나혜석의 유럽 여행기를 읽으며 당시의 시대 상황을 추측해 보기도 했다. 내가 읽은 책 가운데는 이런 조언이 담긴 여행 안내서도 있었다. 좌식 생활이 익숙하지 않은 서양 여자들이 화장실이 없는 지역을 긴 시간 도보 여행하려면 볼 일을 보다가 나동그라지는 일이 없도록 사전에 자세를 잡는 연습을 해 두는 게 좋다는 것. 문화적 차이가 인체 구조에 영향을 미친다는 것을 새삼 깨닫게 하는 대목이었다.

해남 가는 길

또하나의문화(이하 '또문')에서 고정희 시인을 만나러 해남을 찾은 지 열다섯 해가 되었다. 생전의 그와는 동인지 편집 회의를 겸하는 또문 가족 캠프가 열리는 여행지에서 만나곤 했는데, 또문 동인들이 그의 고향 생가를 찾은 것은 그가 다른 세상으로 여행을 떠나고 난 뒤부터다. 또문 동인들은 해마다 6월이면 사람들을 모아 해남으로 그를 기리는 여행을 한다.

마늘밭에 자리한 그의 무덤에 술 한 잔, 담배 한 대, 꽃 한 다발, 또문에서 펴낸 책으로 상을 차리고 소박한 제를 올린다. 삼삼오오 절을 한 뒤 그에게 쓴 편지를 읽고, 그의 시에 곡을 붙여 만든 노래를 부르고, 기원을 담은 연을 띄우기도 한다. 그러면 어디선가 흰나비가 홀연히 찾아와 우리를 반긴다.

해남의 땅과 하늘과 눈을 맞춘 지 십 수 년이 흐르면서 '소녀들의 페미니즘', '해남여성의소리'를 비롯한 여러 자매들을 여행길에서 만났다. 해남 여행은 우리 가운데 살아 있는 고정희들을 만나는 장이고, 내게 여성주의 여행이란 무엇인가를 생각하게 한 모티브였다.

또 하나의 여행

1996년 즈음, 또하나의문화에서 한 해를 보내는 모임이 있었고, 그 자리에 여행을 떠나고 싶다는 여자들이 모였다. 여행하고픈 욕구가 목구멍까지 차 있으나 여행을 자주 다녀본 경험은 별로 없는 이들이 다수였다. 유홍준의 '문화유산 답사' 바람이 휩쓸고 지나가고, '바람의 딸' 한비야가 2년여의 오지 여행 경험을 털어놓은 것도 그때 즈음이다. 개인적으로는 한 해 전 난생 처음 배낭을 메고 보름 동안 홀로 유럽의 여성 서점들을 돌아다니면서 여행에 맛을 알기 시작한 때였다.

어디론가 훌쩍 떠나는 이들을 부러워하며 이를 실행에 옮기지 못하는 이들이 흔히 하는 말, "시간은 있으나 돈이 없어서", "돈은 시간이 없어서", "시간도 되고 돈도 되는데 같이 떠날 이가 없어서" 여행을 못 떠난다는 것. 시간도 많지 않고 돈도 많지 않지만 같이 떠날 사람이 있는 축에 속했던 우리는 소모임을 만들어 여행을 시작했다.

'여성주의 여행'이란 무엇일까 고민하며 우선 여성 유적지를 둘러보고 동시대 여성들을 만나 보기로 했다. 만남을 준비하려 논문이나 책자도 뒤적이고 PC통신을 뒤적여 가까스로 유적지를 찾아냈다. 우리는 강릉, 광주, 파주, 이천, 영광, 청도, 제주, 장수, 천안 등 여성 관련 유적지를 찾아다녔다.

허난설헌을 '난설헌 할머니'로 부르며 묘를 이장할 때 난설헌의 유골을 확인했다는 시댁 쪽 후손들도 만났고, 법고를 치며 스트레스를 날린다는 비구니 수행자도 만났다. 제주 4·3 때 산으로 간 사람들이 숨어 살았다는 비좁고 캄캄한 동굴에 기어들어가 보기도 했다. 해녀 항쟁 기념식 단상이 온통 검은 신사복들로 그득한 장면도 목격했고, 자물쇠로 굳게 닫힌 박제화한 생가의 대문을 기웃거리기도 했다. 생가의 내력도 이름도 기억 못하는 낯선 이들의 생활 터전으로 변해 버린 여성 인물 생가에도 들렀다.

여행 소모임의 성원들은 같이 떠나기에 시간적 심리적 호흡이 잘 맞지 않아서 자연스레 흩어졌고 나는 그 후로 1년여를 호흡을 쉽게 맞출 수 있었던 일터의 식구들과 유적지가 아닌 산과 바다로 여행을 떠났다. 주5일제가 아닌 시절 돌아가며 토요일 근무를 하던 우리는 휴대 전화에 사무실 전화를 착신해 놓고 버스에서 기차에서 일을 처리해 가며 여행을 다녔다. 또 여행 경비와 여행 정보를 모으고 관련 서적을 읽는 등 여행 준비를 해서 걸음 속도나 씀씀이 규모가 비슷한 친구와 틈틈이 바다 건너 나들이를 계속했다. 일을 시작하고 7년째 되는 해인 2000년에는 '안식월'을 이용해 지중해를 돌아보면서 여신들의 행적을 그려 보기도 했다.

2004년과 2005년 두 해에 걸쳐 또하나의문화에서 「여성과 여행, 관광 작품화를 위한 국제 심포지엄」이 열렸는데, 그곳에서 수십 년의 여행 경험을 밑거름 삼아 여행 사업을 벌이고 있는 여성들을 만났다. 일본의 여성 여행가 오소도 마사코는 장애인과 노년층 여행을 기획하고 실행한 경험을 들려주면서 여행을 건강한 청춘들의 전유물로 여기는 고정관념을 여지없이 날려 보내 주었다. 캐나다의 에블린 하논은 20여 년 넘는 여행 경험을 바탕으로 1,000명이 넘는 여성들과 교류하며 홀로 여행의 비법을 전 세계 자매들과 나누는 웹사이트를 여성주의 방식으로 운영하는 사례를 소개해 주었다. 5,60대의 이 여성들은 지금 이 순간에도 지구별 곳곳을 누비거나, 여행하는 이들을 돕는 일을 하고 있다.

이 책의 구성

고정희 여행, 여행 소모임 경험, 국제 심포지엄에서 여성 여행가와의 만남이 이 책을 엮는 데 씨앗과 밑거름이 되었다. 고정희 추모 여행, 그리고 여성 여행과 관련한 프로젝트에서 발표된 글들을 추려 재구성하고, 또문 동인들이 발표했거나 써 둔 여행기들, 여성주의 매체에 발표된 여행기들을 검토해 몇

편을 골라냈다. 올해 고정희 추모 여행길에 참가자들에게 여행책 기획을 알리고, 원고를 공모하기도 했다. 영상물 작업을 주로 해 온 하자센터 소녀들에게는 여행을 주제로 제작한 다큐멘터리의 내레이션을 재구성해 글로 만들어 달라고 부탁했다. 이렇게 해서 모은 23편의 글을 여섯 주제로 분류해 묶었다.

「해남 가는 길」에는 여성 시인 고정희를 만나러 가는 추모 여행의 작은 역사가 담겨 있다. 박혜란이 쓴 추모 여행기에는 해마다 새롭게 살아나는 고정희의 여러 모습을 보게 해 준다. 여행을 좋아한 고정희는 여행지에서 지인들에게 편지를 쓰기도 했고, 시를 쓰기도 했다. 여기에 실린 '춘신'은 그가 좋아하던 지리산에 처음 오른 뒤 지인에게 쓴 편지다. '소녀들의 페미니즘' 상추의 여행기에는 고정희를 만난 후 성장한 소녀들의 모습이 담겨 있다. 10주기 추모제를 준비하던 소녀들은 이제 20대 중반을 넘어섰다. 이명숙은 여행자를 맞는 지역 여성의 자리에서 여행이 주는 힘에 대해 이야기한다. 10주기 이후 '해남여성의소리' 회원들은 국내외에서 오는 여행 손님을 맞는 초대자가 되었다.

「그녀를 만나러 가다」는 여성 유적지, 여성, 여신을 찾아가는 답사기다. 유이는 허난설헌 묘에서 우연히 만난 그의 시댁 후손들의 이야기를 소개하며 그를 기억하는 방식의 차이에 대해 말한다. 하자비주얼레이브는 허난설헌과 중국의 여성 시인 리칭짜오를 연결해 주고픈 마음에서 강릉에서 시작해 산둥에 이르는 여행길에서 만난 중국 소녀들과 나눈 이야기를 전한다. '피자매연대'에서 대안 월경대 운동을 하는 고은은 중국 운남성으로 월경대 사용 실태 조사를 하러 가서 그곳의 소수 민족 여성들이 우리와 다르지 않은 동시대를 살아가고 있음을 자각하며, 엄연수와 이현정은 그리스와 터키 등지에서 '위대한 여신'들의 흔적을 발견해 낸다.

「길 위에 서서」는 훌쩍 일상을 떠난 곳에서 맞부딪치는 자신과의 만남을 담은 글이다. 예순 살에 홀로 유럽 배낭여행을 감행한 박형옥, 보문사 여행에서 종교라는 틀로 대변되는 내 안의 배타성을 자각하고 삶의 지평을 넓히는 깨달음을 얻은 이숙인, 서른세 명의 여성들과 함께 인도 요가 여행을 다녀온 최아룡의 글이 실려 있다.

「길에서 만난 사람들」에는 여행길에서 만난 다채로운 사람들의 이야기가 실려 있다. 정희진은 새로운 깨달음과 색다른 쾌락을 얻은 '고뇌에 찬' 제주 여행에 대해 이야기한다. 조한혜정은 작은 대학을 중심으로 새롭고 신나는 모색이 이루어지는 미국의 작은 마을에 머물면서 만난 여성들의 이야기를 소개한다. 조은의 글은 정식 수교 전에 베트남을 방문하고 나서 쓴 글이다. 다소 오래된 글이지만 '베트남 처녀와 결혼' 펼침막을 흔히 보게 되는 이즈음 여전히 우리가 생각해 봐야 할 점이 담겨 있다. 조형의 글은 올해 6월 '남북 어린이어깨동무' 방북대표단 일원으로 평양의학대학 소아병동 착공식에 참가하느라 북조선을 방문한 이야기다. 수차례 방북 경험에서 글쓴이가 감지한 북쪽 사람들과 사회의 변화를 담아냈다. 그러면서도 여전히 변하지 않는 그곳 남성들의 가부장적 모습의 일면도 보여 주고 있다. 만남을 통해 신뢰를 쌓아 가는 지난한 과정이 잘 드러나 있다.

「시선은 다시 나에게로」에는 여행 중에 새롭게 자각하게 되는 아시아 여성의 정체성을 다룬 글들을 모았다. 김은실은 9·11 테러 이후 미국 사회를 돌아보며 소비와 인종 간의 위계를 다시금 재발견한다. 복잡한 심경을 정리해 보겠다고 여행을 떠난 권김현영은 백인 여행자들의 천국이 되어 버린 아시아에서 더욱 복잡한 정체성들과 만난다. 김나연과 김선화는 아시아 여성이 아시아에 가는 것은 정체성의 변화를 경험하는 기회이자, 자신을 비추어 볼 수 있는 '거울'을 얻는 기회임을 말한다. '나와 우리'에서 여러 해 동안 베트남 평화 기행을 진행한 김현아는 여행자들은 물론, 현지 여성들에게 영감과 용기, 힘을 줄 수 있는 여성주의 여행의 면모를 잘 드러내 주고 있다.

「여행을 디자인하다」는 개인적인 여행 체험이 밑거름이 되어 새로운 여행을 기획하는 여자들의 이야기다. 전 세계 여성 여행자들을 엮는 웹사이트를 만든 에블린 하논, 여행 소품들을 유통시키며 여행 스토리를 만들어 가는 빗토익스프레스, 여성주의 여행 커뮤니티인 시스투어, 여행은 젊고 건강한 사람의 향유물이라는 고정관념에 경종을 울리고 고령화 시대 여행 개념을 신선하게 소개하는 여행 디자이너 오소도 마사코의 이야기가 실려 있다.

여행의 힘

틀에 박힌 일상에서 벗어나, 잠시 멈추어 서서 호흡을 가다듬고 싶지 않은가? 두려워 말고 떠나 보자. 여행은 삶의 속도를 점검할 수 있는 시간과 공간을 제공할 테니. 여행은 일상을 다시 힘차게 살아갈 기운을 불어넣어 줄 것이다. 여행은 우리 속에 숨어 있는 힘과 용기를 발견하는 기회다. 여행에서 자신의 새로운 정체성을 확인하기도 하고, 자신을 비추어 볼 수 있는 거울을 발견하기도 한다.

여행은 경계를 넘는 의례다. 내가 만든 내 안의 경계, 제도가 쳐 놓은 경계를 넘나들며 나를 확장해 보자. 여행이 일상이 되고 일상이 여행이 되는 삶을 사는 이들이 늘어나면 좋겠다. 여행을 하며 얻은 지혜로 자신의 삶, 더불어 사는 사람들의 삶을 새롭게 기획하는 여자들이 많이 생겨나면 좋겠다.

엮은이

차 례

해남 가는 길

돌아오는 버스 속, 몸은 넝마처럼 널브러졌는데 머릿속은 여전히 분주했다.

내년에는 또 어떤 모습으로 남도 여행이 이루어질까? 또 어떤 사람들이 동행하게 될까? – 박혜란

죽은 시인의 힘

박혜란

고정희 10주기 추모 파티에서
시를 낭송하는 글쓴이 ⓒ유이

거긴 요즘 어때요?

더위도 같은 더위가 아니군요. 해남의 햇살은 몹시도 따가웠지만 기분을 한껏 부풀려 주었는데 서울의 더위는 왜 이렇게 숨이 막히는지요. 탁한 공기를 들이마시면서 하루가 다르게 시들어 가는 내 몸이 불쌍하네요. 아니, 나야 당신보다 훨씬 오래 살았으니 공기타령이 욕심일지도 모르겠지만 이제 태어난 지 얼마 안 된 아이들은 앞으로 그 긴긴날을 이런 공기를 마시며 어떻게 살아낼지 걱정입니다. 고정희 님, 그래 거긴 요즘 어때요? 당신, 지난 주말엔 좀 놀라지 않았나요? 해마다 6월 초면 으레 한 떼의 방문객이 몰려갔지만 이번에는 낯선 얼굴들이, 그것도 아주 많이 찾아와서 시끄러웠잖아요. 그 큰 버스에 빈자리가 하나도 없어서 나도 놀랐답니다.

당신이 간 지 벌써 13년. 쏟아지는 빗속에서 당신을 마늘밭에 묻으며 눈물을 펑펑 쏟던 게 지금도 생생한데 그게 13년 전의 일이었다니, 그동안 나는

"

고정희 생가를 방문한 여행자들은 고인이 쓰던 책상에 놓인 방명록에다 시인에게 편지를 쓰고 간다. ⓒ 유이

도대체 무얼 하며 살았는지요. 한 가지 확실한 건 그때 내 속에 담겨 있던 울음을 다 토해 낸 탓인지 그동안 별로 울지 않고 살았다는 사실입니다. 죄송한 말씀이지만 아버지 어머니가 돌아가실 때도 그렇게 많이 울진 않았으니까요. 당신의 죽음은 그처럼 뜻밖의 시간에 닥쳐온 사건이었지요.

당신을 묻고 돌아오던 그 순간부터 친구들은 당신을 그리워하기 시작했습니다. 당신이 얼마나 좋은 사람이었고 좋은 여성이었으며 좋은 시인이었던가를 당신이 떠나자마자 새삼 깨달았지요. '있을 때 잘할걸' 하는 후회로 가슴이 아렸지요.

판에 박은 듯한 광주의 장례식에 성이 안 찬 친구들은 아카데미하우스에서 당신의 추모제를 열었지요. 당신을 사랑하는 사람들이 그렇게 많은 줄 난 처음 알았어요. 말없이 당신을 떠나보내던 수백 개의 그 슬픈 얼굴들. 당신은 단지 또하나의문화 동인들의 친구만이 아니었더군요. 우리가 생각했던 것보다

백만 여덟 배나 큰 사람이었습니다.

그날 친구들은 다짐했지요. 당신의 몸은 떠났지만 당신의 혼은 영원히 살려내자고요. 인간으로서, 여성으로서, 시인으로서 그럴 수 없이 치열하게 살다 간 당신의 삶을 다음 세대의 여성들에게 물려주자고. 그래서 그들이 더 자유롭고 행복한 세상을 만들어 갈 힘을 얻도록 도와주자고.

하지만 남은 자들은 또 얼마나 게으르고 무력한 인간들인지요. 당신이 떠난 지 10년 만에 당신의 이름으로 된 상 하나 만든 게 고작이었습니다. 물론 그 상은 마땅히 받을 만한 여성들에게 주어졌고 수상자를 찾는 과정에서 우리는 거역할 수 없는 세상의 변화를 절감하고 있지요. 아직도 당신의 평전 한 권 펴내지 못한 건 정말 부끄러운 일이지만요.

그나마 지금 우리에게 큰 위안이 있다면 당신을 알지도 보지도 못했던 젊은 여성들에게 당신이 매혹적인 선배로 다가가기 시작했다는 거예요. 우리의 섣부른 예상과 달리 당신의 시를 읽고 그 시를 자신의 삶과 연결시켜 나가는 후배들이 늘어간다는 사실에 친구들은 커다란 희망을 찾습니다.

참, 당신의 고향인 해남에서 문인들과 여성들이 당신을 기리게 된 것도 얼마나 기쁜 일인지요. 작년부터 고정희 백일장을 열기 시작했으니 곧 당신의 후배들이 쏟아져 나올 겁니다.

올해 이렇게 대부대가 당신을 찾게 된 건 여성 기행 코스에 당신의 집(생가와 무덤)을 넣으려는 야심찬 기획의 일환이지요. 솔바람 속에 고요하고 싶은 당신에겐 번거로운 절차일 테지만, 사람 좋아하는 당신, 함박꽃 웃음으로 반겨 주세요. 당신에게 술 한 잔, 담배 한 대 권하고 한 해를 버틸 힘을 얻어 가는 사람들을 따뜻이 품어 주세요.

이런, 당신의 집을 지키는 분, 큰올케도 이젠 부쩍 늙으셨더군요. 당신이 살아 있다면 지금쯤 소주를 권커니 잣거니 할 수 있을 텐데 너무 아쉽다고 하십디다. 생전의 당신은 술 마시는 내색도 안 했다면서요? 에끼, 이 내숭아. 당신 대신 내가 그분과 소줏잔을 나누고 왔으니 마음 놓으세요. 그럼, 내년에 또 만날 때까지 안녕.

고정희는 죽지 않는다

길은 같은데 같지 않았다. 고정희를 찾아 가는 길이 그랬다. 해마다 가는 길이지만 갈 때마다 달랐다. 올해는 유난히 달랐다.

고정희가 세상을 떠나간 6월의 초입이 아니라 6월이 기울 무렵에 갔다는 점도 예년과 다른 느낌을 주었고, 낯익은 얼굴보다 새로운 얼굴이 훨씬 더 많았다는 점도 달랐다. 더욱이 세계여성학대회에 참석했던 외국 여성들 — 인도, 호주, 일본, 프랑스, 미국 등에서 온 — 이 열 명 남짓 동행했다는 점도 특별했다. 이제는 내공이 쌓여 다양하고 풍성하게 고정희 문화제를 열어가는 해남 여성들의 정겹고 세심한 기획도 돋보였다. 고정희가 생전에 그를 알고 사랑했던 친구들의 품을 떠나 점점 더 많은 여성의 가슴 속으로 들어가고 있음을 확인할 수 있는 길이었다.

길 떠나기 전전날, 나는 하자센터에서 '아시아 소녀들의 디스토리 페스티벌'에 참석한 소녀들을 만났다. 그들은 고정희에 대한 이야기를 듣고 싶어 했다. 어린 그들에게 이미 신화가 되어 가고 있는 시인을 살아생전 교류했던 친구의 입을 통해 살아 있는 고정희로 느끼고 싶어 하는 열망이 역력했다.

그들도 역시 고정희를 찾아 해남에 가서 고정희를 기념하기 위해 만든 여러 가지 프로그램을 펼칠 예정이었다. 일본 소녀 둘과 말레이시아 소녀 하나가 낀 십여 명의 소녀에게 나는 고정희가 단순히 뛰어난 여성 시인만이 아니

2005년 고정희 추모 여행에는 세계여성학대회와 아시아 소녀들의 디스토리 페스티벌에 참가한 국내외 여성들이 함께했다. ⓒ 또하나의문화

라 자기 힘으로 자신의 밥과 꿈을 해결해 나갔던 선배로 기억되기를 바란다고 말했다. 밤늦은 시간 눈을 반짝이며 경청하는 소녀들에게서 언뜻 살아 있는 고정희의 모습이 겹쳐졌다고 말하면 거짓말일까? 하지만 그날따라 나는 자꾸 스무 살 무렵의 고정희를 떠올리고 있었다. 농촌의 보통 가정에서 태어나 혼자 힘으로 치열하게 자신을 키워 간 한 독립적인 여성을. 고정희가 이 소녀들에게 딱 맞는 멘토였다.

그렇다면 꼬박 하루를 달려간 남도 길에서 외국 여성들에게 고정희는 과연 어떤 존재로 비쳤을까? 워낙 먼 길에 빡빡한 일정이라 충분히 대화를 나눌 시간이 없었지만(게다가 결정적으로 외국어가 젬병이었으니!) 그들은 이번 여행에

고정희 무덤을 가운데 두고 모인 사람들이 손을 잡아 큰 원을 만들어 돌면서 모두들 깔깔대며 강강술래를 목청껏 외쳤다. ⓒ 또하나의문화

서 각자 나름대로 영감을 얻어 가는 것처럼 보였다. 남도의 아름다운 풍광과 맛깔스럽고 풍성한 음식에 대한 인상도 좋았지만 그들이 이구동성으로 평가한 점은 여성들끼리의 연대였다.

10대부터 60대까지 세대를 뛰어넘어 많은 여성이 한 여성 시인을 매개로 함께 모일 수 있다는 사실, 그리고 그녀가 태어나고 묻힌 고향의 여성들과 더불어 축제를 만들어 간다는 사실에 그들은 놀라움과 부러움을 표했다.

해외여행이 처음이라는 인도 여성은 자신도 자기 지역에서 이런 식으로 프로그램을 만들면 좋겠다는 생각이 든다고 했다. 잊혀진 여성 시인을 찾아내 그를 중심으로 여성들의 축제를 만들어 나가는 프로그램. 만약 그렇게 된다면 고정희는 죽어서 인도 여행을 하는 셈이다.

이번 여행의 하이라이트는 역시 고정희 무덤 앞에서 벌어진 풍물패와 소리패의 공연, 그리고 모두 함께한 강강술래였다. 그 무덤의 잔디는 어찌 그리 짙푸르고 들녘을 건너지르는 바람은 어찌 저리 청량하고, 노랫소리는 어찌 이리 절절한지. 한동안 숙연하던 마음들이 강강술래와 더불어 한없이 가벼워져 갔다. 무덤을 가운데 두고 거기 모인 모든 사람이 손을 잡았다. 큰 원을 만들어 돌면서 모두들 깔깔대면서 강강술래를 목청껏 외쳤다. 과연 남도였다. 이런 바람, 이런 풍경 속에서 어찌 시인이 되지 않을 수 있을까.

돌아오는 버스 속, 몸은 넝마처럼 널브러졌는데 머릿속은 여전히 분주했다. 내년에는 또 어떤 모습으로 남도 여행이 이루어질까? 또 어떤 사람들이 동행하게 될까? 한 가지 확실한 사실은 고정희를 기리는 일은 결코 죽은 자를 위한 행사가 아니라는 점이다. 그것은 산 자들, 살아 있으되 지친 자들을 위한 것이었다. 해남의 여성 활동가로서 고정희기념사업회를 이끄는 이명숙 씨의 말이 머릿속에 달라붙어 떨어지지 않았다. "우리는 6월의 이 행사를 통해 1년을 버틸 힘을 얻습니다. 우리 모두 살아 있는 고정희가 되고자 합니다." 놀랍게도 이명숙 씨는 외모조차 어느새 점점 고정희를 닮아 가고 있었다(이건 내 생각이 아니라 한 한국인 동행의 인상평이었다).

고정희는 죽지 않았다. 오히려 더 넓은 세계로 나가고 있다. 해가 갈수록 자꾸만 젊어지는 고정희, 파이팅!

죽은 시인의 힘

해마다 느끼는 거지만 올 6월 '고정희를 찾아가는 해남 여행'은 또 새로웠다. 추모제 이외에 다른 프로그램들이 덧붙었다. 특히 시인 고정희가 세상을 뜬 지 15년 만에 문화관광부 장관상이 주어지는 고정희 청소년문학상이 만들어

고정희 시인. 시간의 힘일까, 아니면 사람의 힘일까? 드디어는 전국 곳곳에 사는 여성들의 마음에 고정희가 스며들어 가고 있다. 죽은 시인은 점점 힘이 세어진다.

졌는데 그 본선을 해남 미황사에서 치르기로 했다. 서울과 김해, 강릉 그리고 제주와 해남의 예선에서 뽑힌 스무 명 남짓의 풋풋한 소녀들이 고정희 묘소에서 만나 무덤에 꽃을 바치고, 전국에서 모여든 고정희를 기리는 사람들과 함께 강강술래를 도는 광경은 그야말로 예술이었다. 어느새 마늘을 다 뽑아내고 그 자리에 모내기를 마친 너른 벌판을 등지고 서서 고정희의 시 「우리들의 두 눈에서 시작된 영산강이」를 판소리로 노래한 해남 소녀 고소라는 하얀 나비 같았다.

시간이 힘일까, 아니면 사람이 힘일까? 고정희 추모제는 한 해가 다르게 업그레이드되는 중이다. 처음 10년 동안은 고정희를 아끼는 지인들의 가슴에 안겨 있더니, 다음 5년 동안에는 고정희가 태어난 해남의 여성들 품으로, 그

24

리고 드디어는 전국 곳곳에 사는 여성들의 마음에 고정희가 스며들어 가고 있다. 죽은 시인 고정희는 점점 힘이 세어진다. 무엇보다 고정희가 죽을 즈음에 태어난 소녀들이 고정희를 매개로 특이한 만남을 가졌다는 사실이 올 추모제를 더욱 뜻깊게 만들었다. 밤 깊은 시간 미황사에서 본선 참가 소녀들과 함께 대화를 나누면서 나는 흔한 말로 '역사 만들기'의 의미를 곱씹었다.

예상한 대로 참가 소녀들 대부분이 고정희가 누군지 전혀 모르고 있었다. 그들은 대부분 우연한 경로로 고정희 문학상의 존재를 알았고, 문화관광부 장관상이 수여되는 덕분에 대학 입시에 유리할 것이라는 계산으로 먼 길을 마다 않고 이곳에 모였다. 촌음을 아껴 써야 한다는 대입 수험생도 여럿 있었다.

하긴 그들이 어찌 고정희를 알랴. 그는 오래전에 작고한 유명 시인도 아니고, 생전에 그럴싸한 상 한번 타 본 적도 없고, 그렇다고 대박을 터뜨린 시집 한 권 없는 여성 시인. 게다가 문단에서 눈을 찌푸리는 페미니스트였으니. 알다시피 우리 사회에서 시집이란 것이 읽히지 않은 지도 한참 됐다. 이번 여행에 따라나선 어른들조차 고정희 시집을 사러 여러 서점을 훑었으나 단 한 권도 사지 못했다고 했다.

해남 고정희 생가에는 유품들이 보존되어 있다.
친필에서 생전 고인의 삶이 그대로 묻어난다. ⓒ 유이

고정희 청소년 문학상에 참가한 소녀들. 서울과 김해, 강릉, 제주와 해남 예선에서 뽑힌 스무 명 남짓의 소녀들은 고정희 묘소에서 만나 무덤에 꽃을 바쳤다. 위는 미황사에서 치러진 본선 모습. ⓒ 김미선

소녀들을 고정희와 연결시키려는 지인들의 시도, 즉 온 세상 여성들의 해방을 노래한 고정희의 정신을 그들에게 잇고자 하는 노력은 어쩌면 괜한 수고인지도 모른다. 고정희와 그들은 달라도 너무나 다른 세상에서 살아왔기에.

하지만 그날 밤 나는 이 잘 웃고 밝고 당당한 소녀들의 모습 위에 고정희가 겹쳐져 보였다. 선교사든지 통일부 장관이든지 벌써부터 그들은 자기가 하고 싶은 일이 뚜렷했고, 무엇보다 글쓰기를 좋아했다. 요즘 아이들은 아무 생각 없이 사는 것 같다고들 하는데, 천만에, 그들에게선 주체적으로 살고자 하는 의지가 넘쳐 났다.

나는 혼자 속으로 고정희가 그들의 수호천사가 되어 주기를 바랐다. 아니 오늘의 이 소녀들이 고정희를 수호천사로 받아들이기를 바랐다. 여성으로 산다는 것이 무엇인지 아직 알지 못하는 이 소녀들이 앞으로 수없이 흔들릴 때마다 고정희한테서 힘을 받아 스스로를 다시 세우길 간절히 바랐다. 그런 바람으로 오늘도 많은 여성들이 고정희를 기리는 일에 정성을 쏟는다. 물론 소녀들만을 위한 일은 아니다. 그들이 고정희를 기리는 까닭은 죽은 시인을 기림으로써 살아 있는 자신들이 새로운 힘을 얻기 때문이다. 기리고 싶은 이를 가슴에 품은 사람이 얼마나 행복한지를 해마다 6월이면 새록새록 느끼기 때문이다. 아무 기댈 곳 없는 이 시대, 이곳에서.

박혜란

지구별에 이주한 지 꼭 60년째. 별스럽게도 집에 머물기도 좋아하지만 집을 떠나면 더 좋아함. 쉰 즈음부터는 지구별 어딜 가도 낯설어하지 않음. 경치보다 맥주를 훨씬 좋아함. 돌아와서 한동안은 한국 맥주가 너무 싱겁다고 투덜댐. 실은 지구별 술동무들이 나날이 줄어가는 현상을 더 슬퍼하지만. 이 글은 2004년부터 2006년까지 고정희 추모 여행을 다녀와서 썼으며, 『여성신문』 헤라니메일에 실리기도 했다.

출신

— 지리산 뱀사골 산장에서

저는 지금부터 4시간 반 동안에 걸친 고된 산행에 대해서 얘기하려고 합니다. 서울을 떠나올 때 이무 씨의 가이드는 남원읍에서 반선까지는 1시간 30분이 걸린다고 하였고 반선에서 뱀사골 산장까지는 2시간이면 족하다고 해서 쉽게 산행에 나섰습니다. 반선으로 가는 도중 민방위 훈련으로 도중에서 15분 동안 하차했구요. 하여튼 3시 30분에 뱀사골 들어가는 입구에 닿았습니다. 마침 산장으로 가는 대학생 커플을 만나 셋이서 곧 통성명을 하고 산행에 들어갔습니다.

4박 5일 동안 산에서 먹을 부식이며 간식을 배낭에 짊어졌으니 그 무게(20kg)로 제 몸은 휘청거렸습니다. 그런데, 우리 일행은 뱀사골 계곡에 접어들자마자 감탄에 감탄을 거듭하면서 피곤 따위는 깡그리 잊고 말았습니다. 온 천지를 뒤흔드는 계곡물 소리와 흰 포말을 일으키는 폭포수의 청정한 울림, 그리고 푸른 하늘을 완전히 뒤덮어 버린 신록, 깨끗하고 정결한 잡목림의 곧은 줄기들, 흙 내음, 습기 내음, 이런 것들로 눈이 부실 지경이었으니까요. 더구나 지리산 뱀사골의 이 웅장한 계곡은 오염의 티가 거의 없음은 물론, 설악의 계곡처럼 바라다만 보면서 끝없이 지나가야 하는 것이 아니라 어느 곳에서나 앉아서 쉬어 가면서 즐기고 만져 볼 수 있는 정다운 계곡이라는 데 새삼 놀랐습니다.

고정희의 첫 지리산 나들이는 이렇게 시작되었다. 미리 안내를 받고 20kg의 준비물을 꾸리는 용의주도함과 그 짐을 지고 배를 곯으면서 초행 산길을 랜턴에 의지해 무작정 혼자 올라가는 무모함을 갖춘 고정희. 그는 첫눈에 지리산에 온전히 매료당했고, 그 뒤 지리산에 철쭉꽃 필 무렵이면 언제나 "산에 가야지, 산에 가자"를 노래하며 살았다. 물론 해마다 적어도 한 번은 갔다. 첫해에는 늦가을에 또 지리산엘 갔다. 이번에는 새벽 일찍 집을 나서서 뱀사골 계곡의 소리뿐만 아니라 단풍과 산열매들에도 반해 버렸다… 그 6년 후 6월 8일. 5월 말에 피었을 철쭉맞이가 좀 늦었을까 조바심하며 휑하니 지리산으로 향했다. 그리고 다음 날, 그가 그리 사랑하던 뱀사골 계곡 물과 하나가 되었다.
— 조형, 『너의 침묵에 메마른 나의 입술』(1993) 중에서

정진 스님이 앉아서 도를 텄다 하여 정진암이라 불리는 계곡을 지나 용이 머리를 흔들며 승천했다 하여 요룡대라 불리는 계곡에 닿았을 때는 그 푸르고 아름다운 소에 몸을 첨벙 던지고 싶었습니다. 정진 스님이 산신제를 지냈다 하여 붙여진 제석재, 전라도에서 경상도로 넘어오던 소금 장수가 물에 빠져 소금이 다 녹아 간장물이 되었다 하여 간장이라는 이름이 생긴 계곡까지 8km, 2시간 30분이 걸렸습니다.

그런데 이 젊은 대학생들은 더 이상은 지쳐서 못 가겠다고 중간에 텐트를 치겠대요. 그때가 오후 6시. 산속이니까 벌써 으슬으슬 산그늘이 내리고 있었습니다. 그때 저는 순간적으로 결단을 내렸어요. 어차피 등반은 제게 하나의 훈련이고 혼자서 어려움을 극복하는 것을 구체적으로 체험하는 과정이므로 무슨 일이 있어도 뱀사골 산장까지 가야 한다구요.

그래서 그 두 사람과 중도에서 하직하고 다시 4km 산행을 혼자 시작했습니다. 그러나 이때부터는 도저히 속도가 나가지 않아 저는 고개를 넘을 때마다 배낭을 벗어 놓고 하늘을 쳐다보며 계곡물 소리를 들었습니다. 어두워지는 계곡에서 온전히 혼자 남아 있다는 공포감은 이상한 편안함으로 와 닿았습니다.

7시 30분부터 랜턴을 켜고 걸었습니다. 중간에 그냥 쓰러져 자 버릴까도 생각했지만 결심을 물리기가 싫었습니다. 하루 종일 주스 두 잔을 마신 것뿐이니 제게는 허기 같은 게 순간적으로 찾아왔지만 산길은 오리무중이었습니다. 시계를 봤더니 저녁 8시였는데 그 깊은 계곡의 정적을 깨뜨리고 어디선가 나무 부러지는 소리가 들렸습니다.

— 아 살았구나, 인가가 있구나…

그로부터 몇 초 후 나무 사이로 흘러들어 오는 불빛을 보았고 오순도순거리는 말소리를 들었습니다. 12km 지점에 있는 뱀사골 산장은 밤 8시 20분에야 도착했습니다. 살았습니다. 산장에 닿아 이무 씨의 명함을 내밀었더니 산악인 정재면과 강성구라는 분이 깜짝 반겨 주더군요.

— 무 형님이 두 시간 걸린다고 했어요? 겁내실까 봐 그런 걸 거예요. 날아서 와도 두 시간 코스인걸요.

산장에는 많은 대학생들이 장사진을 치고 있고 저는 두 남성이 마련해 준 융숭한 저녁 대접을 받았습니다. 뱀사골은 12km 지점까지 웅장한 계곡물 소리와 폭포가 그대로 따라와 주고 있습니다. 서울내기 산악인이라는 이 두 남성은 절더러 지리산 산행에는 날짜를 잘못 잡았다고 아까워하는군요. 지리산 철쭉이 이달 말께나 만개하는데 능선을 따라 이어지는 지리산 철쭉은 국내 어느 곳에도 없는 장관이라구요.

내일부터 지리산 종주를 어떻게 할 것인가를 의논하고 자려 합니다. 지리산 뱀사골에 가득 들어찬 계곡물 소리와 풀벌레 소리를 이 편지에 봉합니다. 안녕.

1985년 5월 15일

고정희

낯선 이와의 의미 있는 만남
— 고정희를 '기억'하는 사람들과 '추측'하는 사람들의 1박2일 여정

상츄

고정희 생가의 책장에 소녀들이 올려놓은 선물
ⓒ 소녀들의 페미니즘

나는 1년 전에, 이름조차 들어보지 못한 시인 한 명을 소개받았다. 10년 전 지리산에서 불의의 사고로 죽었다는 고정희 시인. 그의 10주기 추모제를 위해 '소녀들의 페미니즘'이란 이름으로 만나게 되었다. 소녀들의 페미니즘을 고정희와 만나게 해 준 사람들은, 고정희와 함께 여성 문학, 여성 해방 등에 대해 치열하게 고민하고 활동해온 4, 50대의 멋진 여자들이었다. 세대 간의 소통에 초점을 두고, 지난 9년 동안 해 왔던 추모제와는 좀 다른 방식으로 고정희를 만나고, 기억하고, 그리워하는 추모제를 만들어 나갔다.

고정희를 만나러 가다

그렇게 1년이 지나고 우리는 다시, 고정희를 만나러 그의 고향인 땅끝마을 해남으로 갔다. 버스에서 내리자마자 작년에 이곳에서 찍었던 사진들이 내

눈앞에 펼쳐졌다. 모든 것이, 그냥 그 자리에서 1년 동안 우리를 기다려 준 것 같은 느낌이 들었다.

　　고정희 생가에 들어서자 그의 가족들은 우리를 반갑게 맞아 주셨다. 모두들 흩어져서 이것저것 살펴보기 시작했다. 1년 전에 쓰고 간 방명록을 뒤지며 뭐 변한 것은 없나 열심히 찾아보는 이가 있는가 하면, 시인의 이미지를 날염한 티셔츠를 선물로 갖고 와서 책장에 올려 두는 소녀들도 있었다. 우리는 정성스레 준비해 주신 음식들을 맛있게 먹고, 무덤으로 향했다.

흰나비를 보았다

무덤가의 풍경은 언제나 쓸쓸하다. 곧 삼삼오오 서서 절을 하기 시작했다. 소녀들은 주섬주섬 뭘 꺼내 놓기 시작한다. 1년 만에 만나는 고정희에게 할 말들이 많은지 몇몇 소녀들이 편지를 들고 무덤가에 서서 읽기 시작한다. 조금은 떨리는 낮은 목소리로.

얼마 전, 무슨 워크숍에서 보고 싶은 사람을 적으라고 했을 때 당신이 떠올랐죠.

글쎄, 내게 답을 줄 것 같았거든요. 아주 직접적인 답.

누군가에게처럼 좀 더 페미니스트로서 의식을 강하게 하라든지

정신 좀 차리고 살라든지.

요즘 당신은 내게 다른 의미로도 생각나게 해요.

경쟁심이랄까? 아니면 용기를 주는 건지도.

서른 살에 당신은 집이 생겼다면서요? 난 그게 목표예요.

난 꼭 집을 살 필요는 없고, 기관지가 안 좋은 내게

너무 건조하지 않은 집을 구하는 거예요. 서른 살까지.

어쨌든 멘토도 결정되지 않은 지금,

내게 조금 더 힘을 주어요.

2002년 6월 바람

소녀들은 고정희 파티, 추모제, 다른 여성 행사 때마다 흰나비를 보았다. 그 흰나비를 우리들은
시인의 환생이라고 생각한다. 오늘은 흰나비를 대신에 새하얀 연을 날린다. ⓒ 소녀들의 페미니즘

편지를 다 읽고 나서 세나는 아무 말도 하지 않다가, 노래를 부른다.

"그대 보지 않아도 나 그대 곁에 있다고 / 하늘에 쓰네 / 그대 오지 않아도
나 그대 속에 산다고 / 하늘에 쓰네 / 내 먼저 그대를 사랑함은 / 더 나중의
기쁨을 알고 있기 때문이며 / 내 나중까지 그대를 사랑함은 / 그대보다 더
먼저 즐거움의 싹을 땄기 때문이리니…"

이 노래는 고정희의 시 「하늘에 쓰네」에 직접 곡을 붙여서 만든 것이다. 1년
전 고정희 파티에서 처음 발표한 이 노래는 고정희 친구와 그의 시를 아는 사
람들한테서 많은 사랑을 받았다. 시인의 시와, 그것에 영감을 받은 세나의 멜

로디와 목소리의 조화가 또 다른 감동을 안겨 주었다.

마지막으로 소녀들이 준비한 것은 하얀빛이 가득한 연이다. 소녀들은 고 정희 파티, 추모제, 다른 여러 행사 때마다 흰나비를 보았다. 그 흰나비를 우리들은 시인의 환생이라고 생각한다. 오늘은 그 흰나비를 대신해 새하얀 연을 날린다. 처음에는 시큰둥했던 연이 나중에는 하늘 높이 올라간다.

여성 시인 고정희와 해남의 만남

1년 만에 무덤가에서 고정희와 재회한 우리는 좀 더 많은 사람들을 만나러 해남문화예술회관으로 향했다.

그곳에서는 고정희 11주기 기념 심포지엄이 열린다고 했다. '땅끝문학회'와 '해남여성의소리'가 주최하는 이 심포지엄은 해남 지역의 사람들이 중심이 되어 고정희를 기리는 첫 행사다. 11년이 흐르고 나서야 고정희 행사를 만들게 된 사람들은 그동안 흘러 보낸 시간을 아쉬워하면서도 이 자리를 마련한 기쁨을 감추지 못했다.

「여성 시인 고정희와 해남의 만남」이라는 주제로 심포지엄이 시작되었다. 조한(혜정)과 김준태 시인, 그리고 해남여성의소리 이명숙 씨 이렇게 세 분이 차례로 발제를 했다.

11년이나 지나서 그런지 조한의 모습은 약간은 담담해 보인다. 김준태 시인은 고정희 시인을 "남도 가락을 시로 만든 해남의 명시인"이라고 칭했다. 이어서 조한은 시인이 살아 있다면 분명 지금쯤 다시 이곳 해남으로 돌아왔을 거라고 했다. 그리고 이곳에 시인의 박물관을 만들고 시인의 되고 싶어 하는 소녀들을 위한 백일장을 열자는 제안을 했다. 이명숙 씨는 고정희 시인이 살아 있다면 많은 힘이 되었을 것이라면서 시인이 여기 없음을 아쉬워했다.

그렇게 우리는 고정희를 해남에서 만나고 있었다.

1부 심포지엄이 끝나고 2부 문화제가 이어졌다. 문화제에서는 소녀들의 페미니즘이 지난 1년 동안 고정희를 만나며 만든 슬램과 노래, 홈페이지를 보여 주었다.

슬램은 고정희의 시 「프라하의 봄」과 「C형에게」를 가사로 해서 만들어졌으며, 제1회 고정희상 시상식에서 공연한 작품이다. 홈페이지(http://www.gohjunghee.net)는 10주기 추모제 기념으로 만든 것으로, 고정희 아카이브와 소녀들의 페미니즘 활동 기록 등 여러 가지 콘텐츠를 선보였다.

고향은 만들어지는 것인가

공식적인 일정이 모두 다 끝난 그 즈음, 날이 저물기 시작했고, 우리는 하룻밤을 묵을 숙소가 있는 대흥사 근처로 향했다. 저녁 식사로 산채비빔밥을 먹고 나자, 사람들이 하나 둘씩 잔디밭으로 나오기 시작했다. 모두 둘러앉아 자신을 소개하고, 이번 여행에 대한 이야기를 꺼내 놓았다. 그들의 대화 속에서 재미있는 점을 몇 가지 발견했다.

공통점이라고는 별로 찾아볼 수 없는 사람들이 6월 9일을 기억하고 고정희를 기억해서 시인의 고향인 해남으로 모여들었다는 것. 저들의 마음속에서 해남은 제2의 집, 안식처 같은 곳이 되어 버린 것 같다. 고향은 만들어지는 것인가? 나도 그 분위기에 푹 빠져서인지 더는 촬영을 하지 못했고, 함께 간 사람들과 절에서 밤새도록 많은 이야기를 나누었다.

고정희, 그를 기억하는 사람들과 추측하는 사람들의 1박2일 여정은 이렇게 끝이 났다. 1년 만에 다시 찾은 그곳은 여전히 풀 냄새 가득하고, 마음을 편안하게 해 주었다.

여러 세대 여성들의 만남의 장이 된 고정희 10주기 추모 파티. 소녀들의 페미니즘을 고정희와
만나게 해 준 사람들은, 고정희와 함께 여성 문학, 여성 해방 등에 대해 치열하게 고민하고 활동해 온
4.50대의 멋진 여자들이었다. ⓒ 유이

아마도 그들, 우리는 또 뿔뿔이 흩어져 각자 자신들의 일을 하다가 내년 이맘때 다시 해남에서 만날 것이다. 시인 고정희를 만나러, 고정희를 만나러 가는 사람들을 만나러, 나는 또 신촌에서 새벽 버스를 탈 것이다.

2002년 6월

*　　*　　*

다시 6월이 찾아왔다

4년 전의 추모 여행기 속의 모습과 너무도 많이 변화한 우리의 모습을 마주한다. 4년 전, 조한의 말처럼 시인이 되고 싶어 하는 소녀들을 위한 백일장이 해마다 열리게 되었고 2006년 아시아 소녀들의 디스토리 페스티발, 세계여성학대회 등을 계기로 아시아 각 지역의 여성들까지 고정희를 만나러 오게 되었다. 세대와 인종, 국가 등의 경계에서 벗어나 해남은 시인의 마을로서 그 역할을 더하고 있고 그 중심에 '고정희, 그의 시'가 있다.

지금은 소녀들의 페미니즘이라는 이름으로 활동을 하고 있지 않지만 소녀들은 고정희를 만나고 나서 삶의 터닝 포인트를 맞이했고, 소중한 경험을 하게 되었다. 또한 고정희는 우리에게 롤 모델, 수호신으로 자리하고 있다. 이런 경험이 확장되어 다양한 그룹에서 고정희를 새롭게 조명하고, 여성 인물을 발굴하는 사업과 프로젝트들이 이어지고 있다. 현재 하자센터의 20대 문화 작업자 그룹 203STUDIO가 그 흐름을 함께하고 있다.

첫 해 흰나비를 발견했고, 둘째 해 그 나비와 같은 하얀 연을 날리며 자유롭게 떠도는 그의 모습을 상상했고, 셋째 해 그를 찾으러 가는 길목마다 이정표를 달았다. 올해 나는 안타깝게 해남에 가지 못했지만 사진 속의 흰 팔랑개

비가 돌아가는 모습을 보면서 해남의 바람이 그리웠고, 그 풀 냄새가 느껴지는 듯했다.

　일 년에 한 번씩은 만나자, 그 장소가 해남이면 좋겠다 하고 약속하며 헤어졌던 그때의 소녀들이 새삼 그리우면서 그 소녀들을 만나게 해 준 고정희에게 감사한다.

2006년 6월

상츄

24세, 영상작업자. 하자센터에서 10대 시절을 보냈고, 소녀들의 페미니즘 활동을 통해 페미니즘과 고정희, 그리고 든든한 소녀들과 멘토들을 만날 수 있었다. 그들과의 만남이 내 삶의 가장 중요한 터닝 포인트라고 생각할 만큼 행복하고 짜릿한 순간을 경험했다. 그 경험을 통해 이제는 어엿한 20대가 되어 20대 문화 작업자들 공간인 203STUDIO에서 영상 작업을 하고 있다. 소녀들의 페미니즘은 고정희 10주기를 기점으로 10대에서 6,70대까지 다양한 세대의 여자들이 그를 기억하고, 추모하는 만남을 진행했다. 이 글은 소녀들의 페미니즘이 2002년 6월, 1년 만에 다시 고정희를 찾아가는 과정을 중심으로 기록한 것이며, 영상으로도 제작되었다. 하자아카이브(http://archive.haja.net) 영상물 자료에서 '소녀들의 페미니즘'을 검색하면 볼 수 있다.

고정희를 만나는 해남의 6월

이명숙

평등하고 자유롭게 어울려 사는 세상을 모색하며 치열한 삶을 살다간 고정희 시인. 그를 통해 6월에 이루어지는 특별한 만남도 해를 거듭해 간다. 한 해도 거르지 않고 그의 기일에 맞춰 해남에 내려오는 '또하나의문화' 동인들이 없었다면 우리나라의 중요하고 위대한 여성주의 시인 고정희에 대한 가치를 이곳에서 지금의 모습으로 이어갈 수 있었을까?

서울 손님들의 초대

4년 전, 따가운 6월의 햇살 가득한 송정리를 방문한 서울 손님들은 땅끝 해남에 사는 우리들을 '손님'으로 맞았다. 참 괴이한 광경이었다. 분명 우리들은 해남에서 사는 사람들인데 정작 서울에서 오신 분들의 초대를 받고 고정희를 만나러 간 것이다(고정희 시인을 알고 있는 분들도 있었지만, 그들도 손님 그 이상도 그 이하도 아니었다).

그 후 고정희는 우리의 삶과 미래 속에 들어왔다. 우리는 고정희를 만나는 해남에서 더는 손님이 아닌 주인이어야 했다. 무엇을 어떻게 함께할지 아주 어려운 숙제가 우리에게 던져졌다. 주인으로서 무엇을 준비하고 채워야 하

해남여성의소리에서 고정희 추모제 때 무덤 가는 길에 걸은 고정희 시 펼침막. ⓒ 유이

는지 알아 가야 했다.

우리들이 생활 속에서 제기하고 고민했던 많은 문제점들과 우리들이 추구하려던 것들이 고정희 시와 글에 녹아 있다는 사실이 놀라웠다. 그의 삶은 우리에게 무한한 힘과 긍지 그리고 '특별한 자매'들을 주었다. 우리는 체계적이지 않았어도 결코 좌절하지 않았다. 절망하지 않고 온몸으로 봇물을 트자던 그의 외침대로 '살맛나는 사람 자매들이 모여 바로 여기 터를 닦기 위해' 한 걸음 두 걸음 내딛었다.

아이들의 미래와 교육을 걱정하고, 먹을거리와 공동체를 고민하며 생활협동조합을 만들어 해남의 유기 생산자들과 네트워크를 구축하고, 자매애로

고정희 추모 여행 때
참가자들이 미황사에서
황토 염색 체험을 하고 있다.
ⓒ 또하나의문화

여성의 모순을 풀어 가는 방안을 모색하는 가운데 우리들은 고정희 시인을
만났다. 밀밭을 밟고, 그 밭에서 밀 축제를 하며 우리 밀과 밀 생산 농가를 살
려 공동체를 되살리는 삶과 축제에 고정희는 우리와 함께했다.

나는 살아 숨쉬는 고정희를 본다

해남은 축복받은 땅이라고 이 땅에 사는 사람들이 말한다. 정윤섭은 『해남』
이란 책에서 "해남은 옛날부터 인심 좋고 경치 좋고 먹을 것이 넉넉한 고장
으로 알려져 있다. 그래서 사람들 마음이 넉넉하고 한가로워… 멋을 알고 여
유 있게 삶을 즐기며 사는 사람들"이라고 했다. 그런데 정작 이 땅에도 기러
기 아빠들이 늘어가고, 아이들과 엄마들은 도시로 해외로 유학길에 오른다.
면에서는 읍으로, 읍에서는 도시로. 폐교의 물망에 올라 수순을 밟아 교문을
닫는 초등, 중등, 고등학교가 차례로 늘면서 공동체는 서서히 무너지고 있는
게 오늘날 해남의 현실이다.

　그런데 교육청과 싸우며 폐교 직전의 학교이던 서정분교를 살려내 대안을 가꾸고 있는 공동체가 생겼다. 해남읍에서 서정분교가 있는 마을로 이사를 가고 그곳에서 이웃들과 공동체를 실현하며 함께 교육하고 함께 생활하고 있는 '특별한 사람들'이 있다. 부모들이 학교 정규 시간 외의 교육을 돌아가면서 함께하고, 두레처럼 돌아가면서 농사도 도와주면서 미래를 희망하면서 살고 있다. 그들은 폐교 직전의 다른 학교 부모들과 지역 주민들에게 힘을 주고 공동체를 살려낼 수 있는 연대의 힘을 준다. 그 속에서 나는 살아 숨쉬는 고정희를 본다.

　해남은 사시사철 작물이 자라날 수 있는 자연 환경이다. 이곳에 이 땅과 우리 먹을거리를 살려 보겠다고 귀농을 해서 10년 넘게 유기농을 실천하고 있는 젊은이들이 있다. 2월의 '밀 밟기와 지신제', 4월의 '다신제와 제다 체험', 5월의 '우리 밀과 함께하는 밀 축제와 감자 캐기', 6월 '고정희 문화제와 백일장', '오리 입수', 7.8월의 '미황사 산사 체험과 탁본', 해남생태체험학교와 함께하는 '갯벌 체험과 바지락 체험', '김장 축제' 등등. 달마다 안전한 먹을거리를 구하고, 우리의 미래를 살리고자 땀 흘리는 사람들을 만나러 광주, 서울, 목포 등지에서 여행을 오는 이들이 있다. 그들은 그냥 대상을 타자로 감상하고 스쳐 지나가는 것이 아니라 함께 어울리기 위해서, 자기 삶을 나누기 위해 여행을 온다.

참 아름다운 무덤

고정희 생가에 들어서면 널찍한 마당은 언제나 단정하게 정돈되어 있고 한쪽 뜰에는 제철의 밭작물이 자라고 있다. 부지런한 고인의 올케언니의 성품을 볼 수 있다. 올케언니는 늘 시누이 자랑에 침이 마르다. 얌전하고 정 많고 예의 바르고 책을 좋아한 시인이 밥 짓는다고 아궁이에 불 지피면서 책 보다가 어머니에게 혼날까 봐 당신이 도와주었다는 이야기며, 줄줄 엮어 나오는 이야기보따리를 시간 가는 줄 모르고 듣고 있노라면 나도 모르게 고인을 오래도록 알았던 친숙한 사람이 되어 있곤 한다.

뒷산 입구에는 '참 아름다운 무덤'이 자리한다. 소나무 숲을 뒤로 하고 앞으로는 작은 둠벙과 너른 들판이 펼쳐 있다. 생가가 무덤과 어우러져 생전의 그의 모습이 아마 이랬지 않았을까 싶을 만큼 죽어 묻혀 있는 주변 경치도 좋다.

그런데 생가를 돌보고 계신 올케언니가 점점 노령이 되시고, 또 생가를 계속 지키고 있지 못하기 때문에 그곳에 가도 사람이 없을 적이 많다는 것이다. 아마도 거기에 온 사람들은 그저 고정희 생가에서 그분의 체취와 그분의 발자취를 밟아 가는 것만으로도 만족할 수 있을지 모르겠으나, 살아 있는 이야기와 함께 사람을 만날 수 있다면 여행의 의미는 또 다를 것이다.

또한 고정희 생가와 인접한 곳에 이 시대의 전사, 사회의 억압과 부조리를 칼날 같은 독설로 내뱉은 김남주 시인의 생가가 있다. 두 분 다 1980년대를 치열하게 사회의 모순에 저항하다 짧은 생을 마쳤다는 공통점이 있다. 그의 생가가 복원 중에 있다. 고정희 생가처럼 유지, 보존되고 있지는 못했다. 그분들의 태를 묻고 꿈과 영혼을 길러준 고향에서 그들을 기억하지 못하고 방치하고 있었던 것이다. 그래도 소수지만, 그분들을 기억하고 보존하고자 하는 이들의 힘이 모여 지금의 움직임이 있는 것일 테다.

해남에 오신 것을 환영합니다

머릿속으로 이런 여행 코스를 구상해 본다. 4월에 고정희를 만나러 해남에 오고 싶은 이들을, '차와 고정희'라는 테마로 고정희 생가와 무덤을 참배하고 차의 발원지인 두륜산 대흥사 일지암에서 초의선사의 '동다송'과 '다신전'을 만나고 스님과 함께 다인 회원들과 '다신제'를 지내고 '제다 체험'에 참가하도록 초대할 수 있을 것이다. 또 체험해 보고 싶고 만나 보고 싶은 사람들이 있는 축제 일정에 맞추어 여행 계획을 세워 해남을 오는 이들을 언제든지 만날 준비를 해 놓는다.

해남의 대흥사를 들르고 싶을 때 많은 이들이 그저 관광버스에 몸을 실어 주차장에 차를 대고 아스팔트 깔린 길을 따라 대웅전을 만나고 두륜산을 바라보고 내려오는데, 대흥사를 만날 수 있는 길은 다양하다. 현산면 덕흥리에서 출발해 서산대사가 봄, 여름, 가을 들꽃이 핀 산을 넘으면서 대흥사 터를 발견하게 된 길을 걸을 수도 있고 북일면 오도재 약수터에서 산길을 올라 북암과 일지암을 경유해 대흥사에 닿는 것도 특별한 만남이 될 터이다.

해남의 무수한 문화 자원, 중생대 백악기 후기인 약 8천만~9천만 년 전에 형성된 우황리 공룡 화석지, 고려 문화의 진수인 녹청자 문화요지, 대흥사와 미황사를 비롯한 사찰들과 그에 빛나는 불교문화 유산들, 해남 윤씨 종가인 연동 녹우당과 금쇄동, 갈대와 함께 만날 수 있는 겨울 철새들의 군무 그리고 청정한 해수와 감칠맛 나는 바지락 체험, 유기 농사를 지은 배추를 가지고 직접 담아 보는 김장 축제 등등 어떻게 누구와 함께 만날 것인가를 선택하여 여행의 주인으로 함께할 수 있기를 바란다.

특별한 여행이 주는 에너지

고정희를 사랑하는 특별한 사람들의 특별한 만남들이 계속되고, 그 속에서 우리들은 '일상적인 생활 속에서 살아나는 그'를 만날 수 있다고 본다. 시인의 지인들의 '지독한 의리' 또한 해남에 살고 있는 우리들의 자긍심을 키워

주는 데 부족함이 없었다. 6월에 땅끝으로 특별한 여행을 오는 사람들에게도 의미가 크겠지만 해남에서 맞이하는 우리들은 그 만남에서 일 년 동안 일할 수 있는 에너지와 고정희와 만날 수 있는 모토를 찾아낸다. '아버지들과 고정희', '남편들과 고정희', '어머니와 고정희', '노래와 고정희', '전쟁·평화와 고정희', '아이들과 고정희', '매 맞는 여성들과 고정희', '들녘에서 일하는 생산자들과 고정희'…

저무는 우리 삶 어깨동무해
동행의 기쁜 날 생각했습니다.
…
세상의 더러움 다 걸러내고
푸른 해일 일으키며 달려오는 곳에서
깊은 바다 이끌며 돌아오는 포구에서
동행의 벅찬 힘 생각했습니다.
동행의 소중함 생각했습니다.
— 고정희, 「동행」 중에서

이명숙

'해남여성의소리'를 시작으로 지역에서 올바른 문화 정착을 위한 활동을 하고 있다. 올바른 먹을거리 운동의 일환으로 시작한 생협운동, 성인지적 관점에서 이루어지는 성교육을 위한 현장 교육과 상담 등을 하고 있으며, 고정희기념사업회를 통해 지역에서 '일상과 축제, 문화와 관광'을 새롭게 조명해 가는 활동에 참여하고 있다. 현재 한국생협연합회 해남생협 이사장과 고정희기념사업회 회장을 맡고 있다.

그녀를 만나러 가다

무덤에서 중부고속도로를 오가는 차량을 바라보다 문득 이런 생각을 했다. 난설헌이

벌떡 일어나 옆에서 잠자고 있는 아이들을 깨워 고속도로를 질주하는 차에 올라

홀연히 여행을 다닐지도 모르겠다는. — 유이

난설헌의 떠나가각

유이

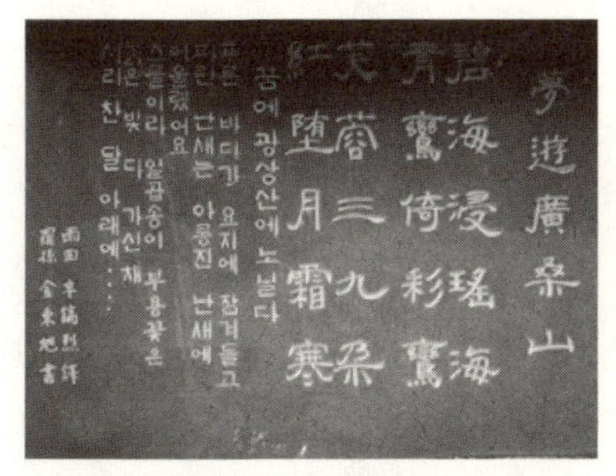

난설헌 묘역의 시비에는 「몽유광상산」이 새겨져 있다. ⓒ 유이

경기도 광주시 초월읍 지월리 중부고속도로변. 달리는 차들의 소음이 요란한 경수산 자락에 난설헌이 누워 있다. 본래, 중부고속도로가 나기 전, 그이가 누워 있던 자리는 '계족혈'이라 불린 명당자리. 계족혈이란 지세가 닭의 발가락 모양을 했다는 데서 붙여진 이름이란다. 토정 이지함이 꼽았다던 그 명당자리가 1986년 중부고속도로가 뚫려 그 명을 다했으니, 토정도 명당의 수명을 4백 년 너머는 내다보지 못한 모양이다.

경수산 기슭에서 난설헌을 만나다

난설헌의 무덤 한편에는 어려서 죽은 딸아이와 아들아이의 무덤이 나란히 자리하고 있다. 두 무덤 사이에는 그들을 일찍 떠나보낸 안타까움을 달랜 외삼촌 허봉의 애절한 사연을 새긴 비석이 놓여 있고, 난설헌 시비에는 아이 둘을 잃은 어미의 슬픔을 읊은 「곡자」란 시를 새겼다. 시비 지붕돌 밑에는 어미의 슬픔 따위는 아랑곳하지 않는 듯, 무심한 말벌들이 대저택을 짓고 자신의 세를 과시하고 있었다.

난설헌 위로는 안동 김씨 일가의 무덤들이 있다. 맨 윗자리에는 난설헌의 시아버지로 영의정을 지냈다는 김홍도가 세 부인과 함께 묻혀 있고, 그 옆에는 난설헌의 시할아버지 되는 이가 부인과 합장되어 있다. 그리고 그 밑자락, 그러니까 난설헌 묘의 윗자락에는 남편 김성립과 그 둘째 부인의 합장묘와 난설헌 시동생 부부의 합장묘가 자리하고 있다.

난설헌 할머니

'허난설헌의 묘'. 경기도 기념물 제90호로 지정되었다는 안내판에 같이 써 있는 영문본에는 99호라 적혀 있다. 옮겨 적는 중에 오자를 발견하지 못했나 보다. 그래도 영문 모르는 칠순 노인네가 지키고 있는, 이제는 남의 집이 되어 버린 그이의 생가에 비한다면 얼마나 다행인지. '강릉 이광로의 가옥'으로 문화재 등록이 된 그 집의 안내판에는 다만 "…허난설헌 생가였다고 전해진다"는 문구만이 그의 흔적을 알릴 뿐이고 동사무소 직원을 제외하면 그 동네에서 난설헌의 이름을 기억하는 이를 찾지 못해 씁쓸함을 맛보아야 했다.

그런데 지월리에서 그이의 삶을 기록한 시비와, 그이를 기억하는 후손들을 만난 것은 죽어서도 시집 식구들 틈에 끼어 있는 '덕분'인가? 경수마을에서 그이는 김씨 문중에 시집 온 글재주가 뛰어났으나 일찍 세상을 뜬 '난설헌 할머니'로 불리고 있었다. 난설헌 할머니란 호칭이 너무나 친근감이 느껴져 마치 같이 살다 돌아간 분을 연상하게 했다.

哭子

去年喪愛女
今年喪愛子
哀哀廣陵土
雙墳相對起
蕭蕭白楊風
鬼火明松楸
紙錢招汝魂
玄酒尊汝丘
應知弟兄魂
夜夜相追遊
縱有腹中孩
安可冀長成
浪吟黃臺詞
血泣悲吞聲

아들 딸 여의고서

허난설헌 (허미자 옮김)

지난 해 귀여운 딸애 여의고
올해는 사랑스런 아들 잃다니
서러워라 서러워라 광릉 땅이여
두 무덤 나란히 앞에 있구나
사시나무 가지엔 쓸쓸한 바람
도깨비불 무덤에 어리비치네
소지 올려 너희들 넋을 부르며
무덤에 냉수를 부어 놓으니
알고말고 너희 넋이야
밤마다 서로서로 얼려 놀 테지
아무리 아해를 가졌다 한들
이 또한 잘 자라길 바라겠는가
부질없이 황대사 읊조리면서
애끓는 피눈물에 목이 메인다

동네 어귀에는 어르신들이 젊은이들에게 말복을 맞아 한턱을 내는 잔치가 벌어지고 있었는데, 그곳에서 안동 김씨 12대손을 만났다. 김재균 씨는 중부고속도로가 나면서 그 터에 있던 조상묘들을 현재 위치로 이장하는 데 참여했다고 했다. 그에게서 이장에 얽힌 이야기들을 들으면서 4백 년의 세월을 넘나들었다.

이장을 하면서 시신을 확인하는 과정에서 몇 가지 특이한 점이 발견되었다. 난설헌의 무덤을 파 보았더니 반백이 다 된 머리카락이 남아 있더라는 것. 스물일곱에 요절했다는 이의 머리카락이 반백이라는 사실은 죽은 후에도 머리가 쇠는 건지, 마음고생이 심하여 스물일곱 나이에 머리가 하얗게 된 것인지 알 도리가 없는 일. 그리고 봉분만 남아 있다고 전해 오던 아이들의 무덤을 파 보니 주위의 흙과는 확연히 구별되는 검은 흙이 나왔는데, 그 길이가 1미터 가량으로 어른의 시신이라면 적어도 1미터 50센티는 되어야 마땅하므로 이 검은 흙은 아이들의 시신이 진토가 되었음을 말해 준다는 것. 또 난설헌의 시아버지의 시신은 보존 상태가 좋은 미라로 발견되었다는 것. 이장 때 발견된 것들을 사진으로 찍어 문중에서 보관하고 있으며 일부 유물들은 중부고속도로 휴게소에 있는 출토유물전시관에 보관되어 있다고 했다.

마을에서 조상을 모시는 후손으로서, 허난설헌의 비중이 크고 그 때문에 묘역이 알려진 탓에 상대적으로 자신들의 조상인 김성립의 품행이나 지력이 폄하되는 것을 못내 안타까워했다. 조선 시대 여성의 재능이나 지위가 인정받지 못했으리라는 것은 짐작이 가고도 남지만 그렇다고 해서 그의 남편을 허랑방탕한 것으로 몰아치는 언론 보도는 난설헌의 재능을 부각하다 보니 다소 왜곡된 것 같다는 것이었다. 집안에 전해 내려오는 바로는 그렇게 무능하거나 품행이 단정치 못하지 않았단다. 과거에 급제할 정도면 머리도 좋았고 임진왜란 때 참전해 왜적과 싸웠으니 그만하면 그이의 인물 됨됨이를 알 수 있는 것 아니냐는 이야기였다. 전투 중에 실족한 것은 무덤을 이장하면서 사실임이 확인되었다고 했다.

김씨 문중에서는 난설헌이 현모양처나 열녀로서 가문의 명예를 빛내는 통속적인 조선조 여인들과는 다르니 적이 당황스럽기도 할 것이다. 김씨 조상묘가 김씨 문중

허난설헌 초상화

으로 시집 온 일개 '아낙네'의 이름 덕분에 문중 사람이 아닌 세인들이 찾는 묘가 되었으니 족보를 따지는 등 부계의 혈연을 강조하는 풍토가 뿌리 깊은 곳에서는 아쉬운 일일 듯도 했다. 난설헌의 이름이 영의정 벼슬을 무색하게 만들 줄을 누가 알았으랴.

동네의 젊은 여자들은 책이나 텔레비전 등을 통해 그이를 알고 있었고 노인네들은 그저 조상 중에 난설헌 할머니란 분이 있었다는 정도 이상으로 알지 못했다. 불운한 시대를 짧게 살다 간 여성 시인으로 그이를 기억해 내기보다 '할머니'란 혈연 중심의, 개성 부재의 호칭으로 불리긴 했어도 아무런 기대를 하지 않고 찾아간 그곳에서 이장 과정에서 그이의 시신을 수습한 이의 생생한 증언은 4백 년이란 간격 속에 글로만 전해지는 난설헌이 당대를 살아낸

『난설헌시집』 목판초간본.
난설헌시집은 그가 남긴 210여 수의
작품을 모은 시문집으로 동생 허균이
목판으로 간행한 것이다.

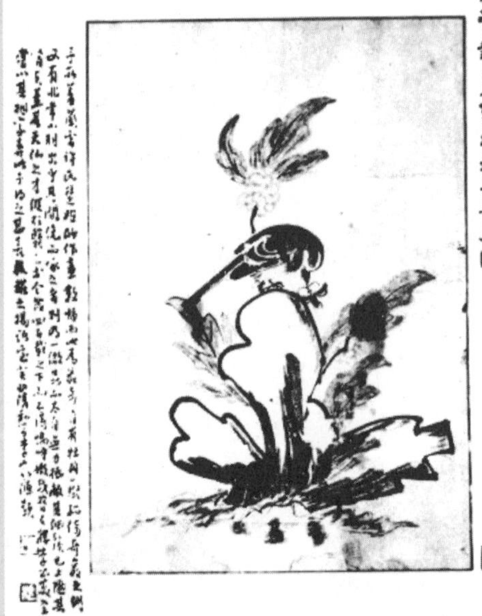

허난설헌의 글씨와 그림. 왼쪽 친필과
「앙간비금도」. 오른쪽은 「묵조도」.

우리의 선배 여성임을 새삼 확인해 주는 계기가 되었다. 그네들이 고향을 떠난 후에도 '난설헌 할머니' 하는 친근감 어린 말을 들을 수 있을까?

그를 새롭게 살려내는 일은 결국 우리 여행하는 여자들의 몫은 아닌가 하는 생각을 했다. 시제가 음력 10월 7일에 있다고 했다. 시제를 참여 관찰하는 것도 흥미로울 듯하다. 김씨 가문에서 기억되는 난설헌과 우리가 살려내는 난설헌은 어떻게 같고 다를까?*

1996년

*　*　*

베토벤의 머리카락

지월리를 다시 찾아야겠다는 생각을 한 것은 7월 한 주 내내 어린이 프로그램을 제외하고는 모든 프로그램을 전폐한 채 다큐멘터리만 틀어댄 교육방송에서 영화를 한 편 보고 나서다.

베토벤과 그의 음악을 열렬히 좋아하고 아끼는 이들과 베토벤의 머리카락의 이야기를 다룬 영화다. 베토벤이 죽은 뒤 그를 추종한 소년이 시신에서 잘라 보관하던 머리카락이 세계를 떠돌다 미국 소더비 경매장에 들어온다. 머리카락은 근 2백여 년 동안 오스트리아 빈에서 네덜란드를 거쳐 미국에 이르는 장시간의 여행을 한다. 그 사이 세계를 뒤흔든 전쟁과 유대인의 역사와

---

* 1999년에 허난설헌 생가가 있는 강릉에서 허균·허난설헌선양사업회 주관으로 허난설헌 기일(음력 3월 19일)에 그를 기리는 문화제가 처음 열렸다. 2003년부터는 해마다 9월에 강릉 여성들이 주관하는 '허난설헌 여성문화축제'가 열리고 있다. 강릉여성문화연대(033-645-1910).

베토벤의 삶의 역정이 교차된다. 베토벤의 머리카락을 사들인 그의 열혈 팬들은 머리카락의 성분 분석을 대학에 의뢰한다. 연구팀은 4년여의 연구 끝에 그의 머리카락에서 일반인들의 100배가 넘는 납을 발견한다. 그의 열정적인 음악은 납중독으로 귀를 멀고 고통을 감내하며 나온 산물일 수 있음을 증명한다. 첨단 과학의 기술에 힘입은 베토벤 마니아들의 애정은 베토벤의 삶과 죽음에 대한 새로운 역사를 써 내려갔다.

영화를 보고 난 뒤, 내 머릿속에는 화면에도 등장하고 수년 전에 유럽 여행 때 들른 적이 있는 빈의 베토벤 생가와 강릉 초당동의 난설헌 생가가 겹쳐지고, 베토벤의 머리카락과 반백이 다 된 채 발견되었다는 난설헌의 머리카락이 겹쳐졌다. '조선에서 태어난 것', '여성으로 태어난 것', '남편과 금슬이 좋지 않은 것'을 한탄한 그이. 어린 자식 둘을 잇달아 앞세우는 참척의 아픔을 겪은 그이. 시대의 굴레에서 자유롭지 못하고 자신의 창작력을 마음껏 펴지 못하고 일찍 세상을 뜬 그이. 그이도 심신의 고통 속에서 세상을 떠났을 것을 생각하니 마음이 아련해졌다.

지월리를 다시 찾다

꼭 십 년 만이다. 초복이 지난 주말 오후에 지월리를 다시 찾은 것은. 장마가 한바탕 전국을 휩쓸고 지나간 뒤 오랜만에 모습을 보인 해를 이고 공장과 논 사이로 난 길을 걸었다. 십 년 세월에 강과 산은 변해 있었다.

경안천변에는 산책로가 들어섰고, 아파트 숲이 눈에 띄었다. 지월리 경수 마을 주변에도 고층 아파트가 어김없이 들어섰고, 큰 교회도 자리를 잡았다. 이태 전엔가 고위 공직자의 땅 투기 혐의로 이 주변이 주목을 받기도 했다는데, 그러고 보니 시내에 부동산업소가 많았다.

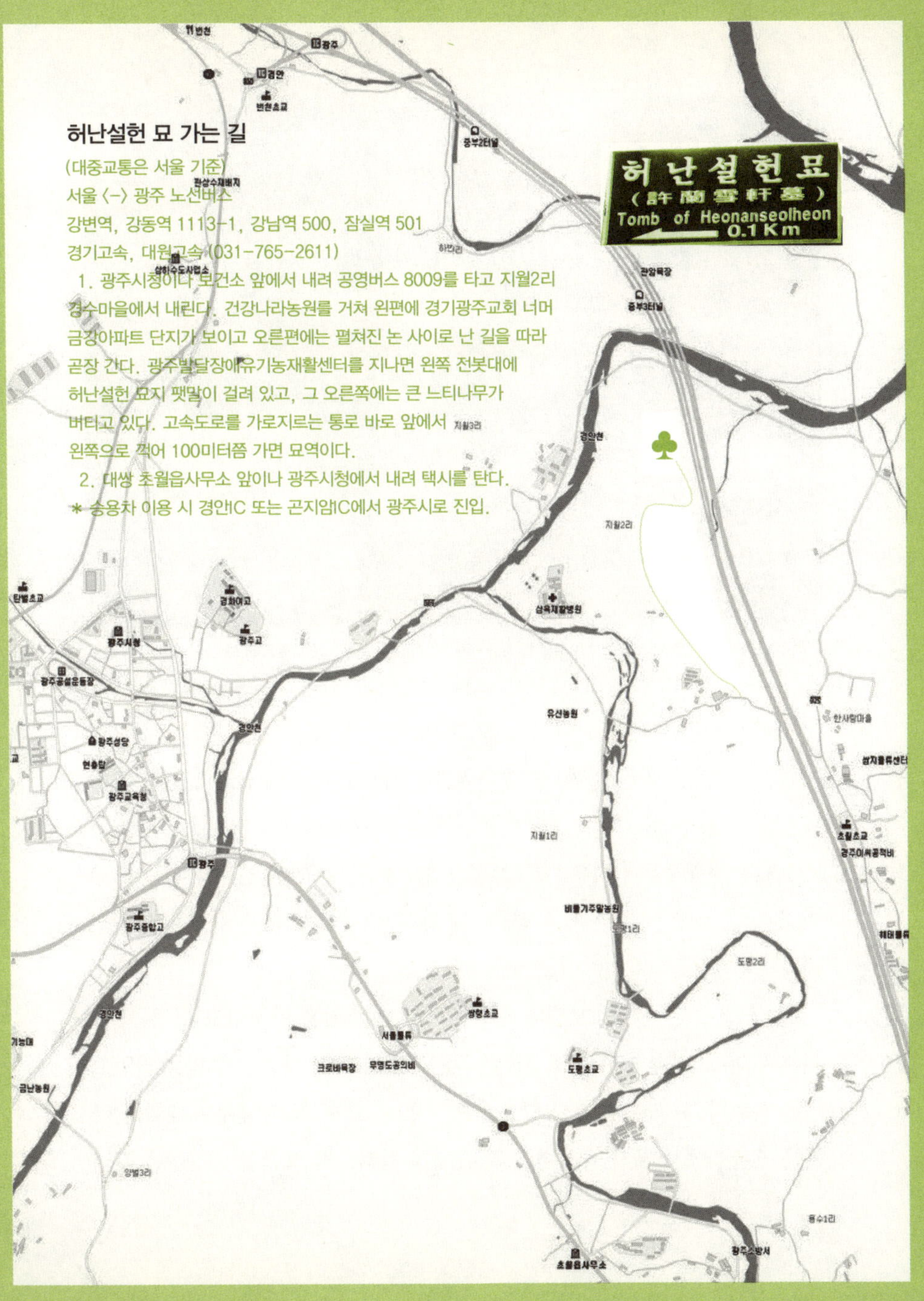

허난설헌 묘 가는 길

(대중교통은 서울 기준)
서울 〈一〉 광주 노선버스
강변역, 강동역 1113-1, 강남역 500, 잠실역 501
경기고속, 대원고속 (031-765-2611)

　1. 광주시청이나 보건소 앞에서 내려 공영버스 8009를 타고 지월2리 경수마을에서 내린다. 건강나라농원를 거쳐 왼편에 경기광주교회 너머 금강아파트 단지가 보이고 오른편에는 펼쳐진 논 사이로 난 길을 따라 곧장 간다. 광주발달장애유기농재활센터를 지나면 왼쪽 전봇대에 허난설헌 묘지 팻말이 걸려 있고, 그 오른쪽에는 큰 느티나무가 버티고 있다. 고속도로를 가로지르는 통로 바로 앞에서 왼쪽으로 꺾어 100미터쯤 가면 묘역이다.

　2. 대쌍 초월읍사무소 앞이나 광주시청에서 내려 택시를 탄다.

＊ 승용차 이용 시 경안IC 또는 곤지암IC에서 광주시로 진입.

인적이 드문 허난설헌 묘역은 고속도로를 달리는 차량의 번잡함 때문에 더욱 쓸쓸해 보인다. ⓒ 유이

멀리 난설헌 묘역 한편에 단청을 한 새 한옥이 보였다. 그 사이 난설헌의 기념관이라도 세워진 걸까? 묘역 근처에 도착하니 바람에 날려 엉킨 완공식 펼침막이 담벼락에 걸쳐져 있고 그 앞에는 안동 김씨 서운관정공파 종친회가 2006년 4월 2일에 세운 '광주재실안내문'이 있다. 안동 김씨 문중의 사당인 것이다. 사당 문은 큰 자물쇠로 굳게 닫혀 있다. 닫힌 문은 시제 때나 열리려나?

십 년 전 또문 여행소모임에서 난설헌 무덤을 처음 방문하고 난 두어 달 뒤 김씨 문중 시제 때 시간이 되는 이들 몇 명이 다시 난설헌 무덤을 찾았고 절을 올렸다. 묘제에는 김씨 남자들만 보였다. 묘제 후 식사에 초대를 받아 들른 후손집에서 제사 음식 하느라 손님상 차리느라 고단한 여자들은 우리들을 흘끔거리며 보았더랬다.

죽어서도 말이 통하지 않는 시집 식구들과 함께 잠들어 있는 난설헌. 그래도 남편과 합장되지 않고 자기만의 자리를 차지하고 누운 것은 그나마 다행 아닌가? 평소에 "절대 네 애비와 합장하지 마라!" 하며 사후 독립 선언을 하는 어머니들도 있고, 정작 살아서는 이혼을 했는데 따로 성묘하는 것을 번거로워하는 자식들에 의해 '합장을 당하는' 어머니들도 있다는데.

무덤을 찾는 이 없어도 고속도로 차선이 더 늘어난 탓에 묘역은 소란스럽기만 했다. 집에서 가까워 가끔 산책을 하는 코스인 합정동의 절두산 성지와 외국인 묘지도 강변도로를 질주하는 자동차들의 소음과 지하철 2호선의 굉음에 시달리고 있고, 오래전 배낭여행 때 들른 파리 몽파르나스 묘지도 산 자들의 이동으로 시끄럽긴 마찬가지. 그러나 산책 삼아 자주 들를 수 있는 시내의 묘지와 달리 인적이 드문 그곳은 고속도로를 달리는 차량의 번잡함 때문에 더욱 쓸쓸해 보인다.

무덤에서 중부고속도로를 오가는 차량들을 바라보다 문득 이런 생각을 했다. 난설헌이 벌떡 일어나 옆에서 잠자고 있는 아이들을 깨워 고속도로를 질주하는 차에 올라 홀연히 여행을 다닐지도 모르겠다는.

유이

또하나의문화에서 책을 만드는 일을 한 지 14년째. 1992년부터 수년간 고정희 추모 여행을 진행했고, 또하나의문화에서 여행소모임을 2년간 꾸렸다. 1995년 첫 해외 배낭여행을 시작한 뒤로 틈틈이 여행을 다녔다. 2000년 5월부터 석 달 동안 친구와 지중해 연안의 나라들을 돌아다녔다. 걷는 여행을 즐기며, 여행 책을 사 모으고, 명절 연휴를 이용해 여행을 떠나곤 한다. 이 글을 두 시기에 썼는데, 1996년 말복날 여행소모임과 처음 난설헌 묘를 찾은 후, 그리고 2006년 7월에 다시 여행하고 나서 썼다.

허난설헌이 21 칭째으늘 만났더라면

— 강릉에서 산동까지, 천 년의 여행

하자비주얼레이브

하자센터에서 지내는 동안 우리는 페미니스트 멘토들의 소개로 고정희 시인과 만났다. 고정희 시인을 통해 '글을 쓰는 여자들'에 대해 생각해 보며 그들의 글 속에서 여성의 삶과 역사에 대해 알 수 있었다. 우리는 글을 쓰며, 각기 다른 방식으로 여행을 하며 살았던 다양한 여자들을 만나면서 그들에게 '여행'이 삶의 터닝 포인트였다는 사실을 알게 되었다.

우리가 첫 번째로 주목한 여성은 오백 년 전 조선 시대에 태어난 허난설헌이다. 여자가 글을 쓰며 살기 힘들던 그 시절, 일찍부터 자신의 언어를 가지고 평생 시를 쓰며 살았던 허난설헌. 그녀 역시 '결혼'이라는 굴레에서 자유롭지 못했고, 자신의 의지와 상관없이 많은 것들을 포기하며 방안에 앉아 홀로 외로운 나날을 보내야만 했다. 하지만 허난설헌에게는 '시'가 있었고, '시'를 씀으로써 삶의 이유를 찾을 수 있었다. 그리고 그녀는 중국의 책들과 설화집들을 읽고 그것에서 많은 영향을 받았다. 특히 신선의 세계를 그리는 '유선시'는 허난설헌이 태어나기 오백 년 전 중국에서 많이 쓰였던 시 형식 중 하나이며 그녀는 시를 통해 자신이 꿈꾸는 삶과 욕망을 드러냈다. 우리는 그녀의 시 가운데 영감을 함께 주고받으며 시를 나눌 수 있는 친구/동료에 대한 그녀의 간절함을 발견했다.

두 시인의 상상 여행

우리는 허난설헌이 많은 영향을 받았다던 중국의 문헌들을 살펴보다가 그녀보다 오백 년 전 태어난 시인 리칭짜오(李淸照)를 알게 되었다. 리칭짜오 역시 평생 시를 쓰며 살았고, 특히 유선시를 즐겨 썼으며 죽기 전 힘든 시기를 보냈다는 점에서 허난설헌과 닮아 있었다. 시대적 상황과 배경의 차이는 존재하지만 시를 통해 상상 속의 여행을 시도한 두 시인을 보면서 우리는 이런 생각을 해 본다.

'만약, 허난설헌과 리칭짜오가 만났더라면 어땠을까?'
시를 통해 영감을 주고받지 않았을까?
그랬더라면 그들의 삶이 조금은
행복하게 변하지 않았을까?

베이징 톈안먼광장 일대에서 중국 사람들에게
리칭짜오에 대해 물었다. ⓒ 하자203STUDIO

우리는 이런 생각을 계기로 삼아 허난설헌과 함께 리칭짜오를 만나러 중국으로 떠날 결심을 했다. 강릉에서 산둥까지 오백 년, 천 년의 시간을 넘나들며 그녀들의 접속 지점을 찾아 떠나는 시간 여행.

'사람들이 제일 많다는 베이징 톈안먼(天安門)에 가면 리칭짜오를 아는 사람들을 만날 수 있을 거야.'

리칭짜오를 아시나요?

글쎄, 네로, 단지, 타락, 상츄. 다섯 소녀는 카메라와 허난설헌, 리칭짜오의 시집으로 무장을 하고 베이징으로 향했다. 베이징 한복판에 떡하니 버티고 있는 두 명의 인민 영웅, 마오쩌둥과 쑨원의 사진을 보면서 이런 생각이 들었다. 리칭짜오는 어디에 있을까? 리칭짜오도 유명한 시인이었다는데. 우리는 카메라를 들고 바로 인터뷰를 시작했다. "리칭짜오를 아는가?" "송대의 시인이다." "유명한 사람이다." "잘 모르겠다." 톈안먼 거리에서 긴 시간 많은 사람들을 만나 이야기를 나누었지만, 대답은 이 세 가지를 벗어나지 못했다.

북경국가도서관에서 난설헌을 찾다

우리는 문득 허난설헌의 시집이 조선이 아닌 중국에서 최초로 출판되었고, 당시 큰 반향을 일으켰다는 이야기가 떠올랐다. 북경에서 가장 크고 오래된 도서관에는 난설헌 시집이 남아 있지 않을까 하는 생각에 바로 짐을 챙겨 북경국가도서관으로 향했다.

어렵게 찾아간 도서관은 노동절 기간이라 열람실이 대부분 굳게 닫혀 있었다. 하지만 여기까지 힘겹게 왔는데 그냥 돌아갈 수 없다는 생각에『난설헌집』의 소장 여부만이라도 확인하고 싶었다. 다행히 그곳엔 난설헌집이 있고, 책의 원본 필름까지 보관되어 있다고 했다. 최근까지 책이 출판된 사실을 확인한 우리는 도서관 내의 서점으로 발길을 돌렸다. 잠시 흥분을 가라앉히고 우리가 가져간 책에 써 있는 허난설헌의 한자 이름을 가리키며 책을 검색해 달라고 했다. 하지만 책은 없었다. 우리는 아쉬운 마음을 달래며 서점 직원과 짤막한 대화를 나누었다. 우리는 한국에서 리칭짜오를 찾으러 온 소녀들인데, 혹시 리칭짜오를 아느냐? 한국의 허난설헌이라는 사람도 유선시를 썼다며 정신없이 이야기를 주고받았다. 하지만 그 역시 우리가 지금까지 만난 사람들과 별반 다르지 않은 대답을 했다.

우리는 인터뷰를 정리하면서 난관에 봉착했다. 사람들의 대답이 한결같은 이유는 무엇일까? 우리의 접근 방식에 문제가 있는 것은 아닐까? 계속 이런 방식으로 인터뷰가 진행된다면 우리가 굳이 이곳까지 온 이유는 무엇인가? 사실 리칭짜오는 허난설헌과 달리 송나라가 전쟁에 패하기 전까지 자유롭게 시를 쓰며 스스로의 삶을 선택할 수 있었다. 그렇다면 과연 이 두 사람이 접속할 지점이 있기나 한 것인가? 또한 이미 죽은 사람들이기에 우리가 보고 듣는 것을 어디까지 믿을 수 있으며 우리는 무슨 말을 할 수 있는가? 밤늦게까지 치열한 토론이 이어졌다.

지난에서 소녀들과 시를 나누다

리칭짜오가 태어났다는 지난(濟南)에 도착했다. 그곳엔 그녀의 기념관이 있었다. 다들 그녀에 대한 '무언가'를 발견할 수 있지 않을까 하는 기대감에 들떠 있었다.

"1084년 중국 지난 출생, 책과 글 짓는 일을 즐겼고 시가 널리 알려짐. 호는 이안거사. 편안하게 지내는 사람이라는 뜻."

직접 와서 그녀의 일생을 살펴보니 연대표에 적힌 글자보다 더 눈에 띄었던 것은 기념관 주위에 펼쳐진 초록의 향연. 그녀의 일생 중 "가장 행복하고 찬란한 시기를 이곳에서 보냈다"는 사실을 눈으로 확인한 느낌이다. 그렇기에 이안거사라는 호가 썩 어울렸을 것 같은 시절.

우리는 기념관에 도착해 이곳저곳을 둘러보았다. 마음이 한결 편안해졌다. 그리고 즉흥 프로젝트를 만들어 움직이기 시작했다. 두 시인의 시를 이미지로 표현하기, 그리고 중국 소녀들 인터뷰하기.

글쎄와 네로는 샹진과 정위엔페이라는 두 소녀를 만났다. 이전의 베이징 인터뷰와 달리 적극적으로 말을 걸었다. 그리고 처음으로 소녀들에게 허난설헌의 시, 「그네뛰기」를 '소리 내어' 읽어 주었다. 이어서 샹진은 우리에게 「일전매」라는 리칭짜오의 시로 화답해 주었다.

리칭짜오기념관 안에 있는 조각상
ⓒ 하자203STUDIO

鞦韆詞　　그네뛰기

許蘭雪軒　　　　　　　　　　　　　　　　허난설헌(김성남 옮김)

隣家女伴競鞦韆	이웃집 친구들과 그네뛰기 시합을 했어요.
結帶蟠巾學半仙	띠를 매고 수건 두르니 마치 선녀가 된 것 같았지요.
風送綵繩天上去	바람 차며 오색 그넷줄 하늘로 날아오르자
佩聲時落綠楊烟	노리개 소리 댕그랑 울리고
	푸른 버드나무 가지에
	아지랑이 피어올랐어요.

一剪梅　　꺾어든 매화가지 하나

李清照　　　　　　　　　　　　　　　　리칭짜오

紅藕香殘玉簞秋。	연꽃 향 엷어진 곳 대자리 깔고 앉아 가을을 느끼다가
輕解羅裳, 獨上蘭舟。	비단 치마 살짝 들고 고운 장식 한 배에 홀로 오른다.
云中誰寄錦書來	구름 헤치고 누가 편지 보내오지 않을까
雁字回時, 月滿西樓。	기러기 떼 돌아올 무렵인데 서쪽의 누각에 달빛만 비추네
花自飄零水自流。	꽃 절로 져서 흘날리고 물도 저 혼자 흐르는구나
一種相思, 兩處閑愁。	한 가지 그리움으로 두 곳에서 슬퍼하는 우리
此情無計可消除,	이런 심정 벗어날 길 없어라
才下眉頭, 卻上心頭。	겨우 눈썹에서 내려오나 했더니 다시 마음 위에 올라선다

제목 없음

허난설헌

瓊海茫茫月露溥
十千宮女駕靑鸞
平明去赴瑤池宴
一曲笙歌碧落寒

아름다운 망망 바다에 달빛과 이슬이
어우러지니,
일만 궁녀들이 푸른 난새를 탄다.
날이 밝자 하늘 연회로 날아가는데,
가락 피리 소리가 차갑게 울린다.

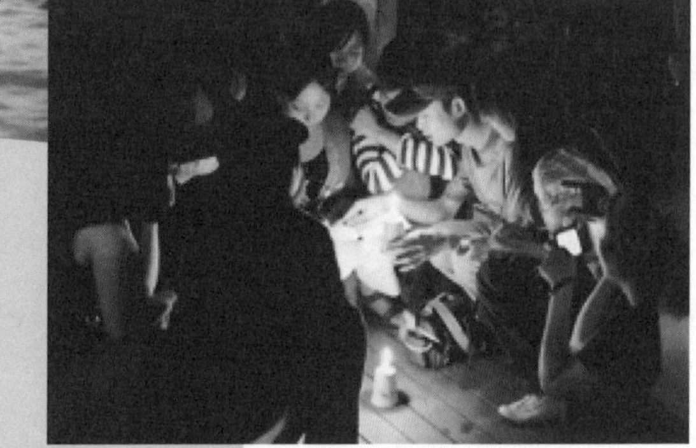

서호에서 슬램파티를 열었다. ⓒ 하자203STUDIO

물음표들을 조금 털어내다

중국 소녀들과 가진 짧은 만남에서 리칭짜오에 대한 새로운 이야기는 듣지 못했다. 하지만 소녀들이 읽어준 리칭짜오 시에 큰 감명을 받았다. 우리의 대화는 중국어, 한국어도 아닌 영어로 이루어질 수밖에 없었지만 '한자'라는 공통 문자로 쓰인 두 시인의 시가 우리를 전혀 다른 방식으로 소통할 수 있도록 만들어 주었다. 글자마다 담겨 있는 풍부한 의미와 글자를 읽었을 때 들을 수 있는 독특한 울림. 그 울림은 무수한 이미지와 감정을 불러일으키는 또 다른 언어였다.

여행을 떠나기 전, 두 시인의 시를 읽으며 각자의 삶의 고민에 대한 힌트와 가능성을 발견하면서 시가 현재를 살고 있는 우리에게 또 다른 힘을 줄 수 있음을 깨달은 것을 다시금 떠올리게 되었다. 그렇기 때문에 보이지 않는 희미한 고리가 '시'를 매개로 한 만남에서 조금은 단단해질 수 있음을 소녀들을 만나며 확신하게 되었다. 그리고 그 중심에 허난설헌과 리칭짜오가 있다는 것. 풀리지 않을 것 같던 물음표들을 이제 조금 털어낸다.

취화음, 서호에서 슬램파티를

우리는 리칭짜오가 피난 가던 길 위에 서 있었다. 소중한 책과 물건들을 15수레나 싣고 애통한 마음으로 고향을 떠났다던 리칭짜오. 급작스럽게 찾아온 삶의 변화와 슬픔들, 하지만 그러한 변화의 가운데에서 시를 쓰며 시름을 견딘 그녀의 모습이 아른거린다. 그 길 끝에는 아름다운 호수가 펼쳐져 있었다. 여신 서왕모가 구슬을 떨어뜨리자, 그 자리에 호수가 생겼다는 전설을 가지고 있는 서호. 이곳 어디에선가 리칭짜오가 맑은 술 마시며 시를 썼을 것 같은 느낌이 들었다. 우리도 그녀처럼 여행의 종착지인 이곳에서 마지막 의식을 준비하기 시작했다.

허난설헌과 리칭짜오의 시를 나누는 파티, 파티의 타이틀은 리칭짜오의 시 제목과도 같은 '취화음'. 꽃에 취하고 술에 취하고, 시에 취하는 그런 자리. 우리가 하자에서 해 왔던 슬램파티를 생각하며 초대장도 쓰고 포스터를 만들어 서호 곳곳에 붙였다. 파티의 흥을 더할 약간의 와인과 치즈를 준비했고 촛불로 분위기를 더했다.

해가 지기 시작하자 이곳에 놀러온 시안미술학교 학생들과 포스터를 보고 온 사람들이 자리를 채워 주었고, 글쎄의 사회로 파티가 시작되었다. 이어서 자연스럽게 중국 소녀와 타락이 함께 무대에 서서 허난설헌의 시를 읊었다. 한 구절씩 나누어 한국어와 중국어로 낭송해 주었다. 이어서 단지가 리칭짜오의 시 「일전매」를 읊었다. 밤새 시를 읽으며, 파티는 이어졌다. 캄캄하지만 어둠은 느껴지지 않았다. 달빛이 근사하게 우리를 비춰 주었다.

우리는 허난설헌과 리칭짜오의 시를 읽으며 그네에 몸을 실어 담장 너머 유선의 세계에서 두 시인이 만나는 모습을 상상했고, 그 모습을 카메라에 담고 싶었다. 하지만 우리가 카메라에 담을 수 있었던 것은 길에서 만난 중국 소녀들과 우리들. 시를 통해 신선의 세계를 여행한 두 시인. 그들의 시를 통해, 그들의 발자취를 따라가며 우리는 천 년의 시간을 가로질러 짧지만 아주 행복한 순간을 여행했다.

소녀들의 여행은 계속된다

우리는 여행에서 돌아와 계속해서 시를 읽고 또 다른 여행을 준비하고 있다. 더는 시를 읽지 않는다는 세대인 우리가 계속해서 시를 읽고 죽은 여자들을 따라다니는 이유는 무엇일까? 여행의 길목에서 우리는 지금 우리가 어디에,

왜 왔는지 서로 자주 묻고 확인했다. 막연한 떠남은 아닌지, 여행의 끝자락에 각자에게 명확한 해답이 손에 쥐어지지 않을지도 모른다는 의구심이 불쑥불쑥 찾아 들기도 했다. 하지만 우리는 어디든 갈 수 있지만 아무 곳에나 가는 그런 여행을 하지 않았다. 두 시인이 있었기에 강릉에서 산둥까지 발걸음을 이을 수 있었고, 그 과정에서 우리만의 행로를 만들 수 있었다. 그리고 두 시인처럼 시, 자신의 언어를 가지고 어디든 떠날 수 있는 자신감을 얻었다.

우리는 다음 행보로 고정희를 따라 땅끝마을 해남에서 필리핀까지, 나혜석을 좇아 또 다른 여자들을 만날 것이다. 그리고 지금, 우리는 자신감 넘치는 발걸음을 내딛기 위해, 그리고 그 길에서 빛날 언어를 찾아내기 위해 잠시 숨을 고르고 있다.

하자비주얼레이브

이 글은 상츄가 정리했다. 하자센터 20대 문화작업자 그룹인 영상 프로덕션 하자비주얼레이브와 여행 문화 사업팀 '빗토익스프레스'가 기획하고 진행한 디스토리 다큐멘터리 시리즈, '여성과 여행' 첫 영상물 「허난설헌이 리칭짜오를 만났더라면 — 강릉에서 산둥까지, 천 년의 여행」을 재구성한 것이다. 2005년 5월 3일에서 12일까지 9박 10일간 베이징, 지난, 항조우, 상하이 등 중국의 네 도시를 여행한 기록이다. 2004년 가을, 하자작업장학교의 '국경을 넘고 싶다' 프로젝트를 계기로 이 여행이 기획되었고, 준비 기간은 6개월이 걸렸다. 영상물은 http://dstorygirl.haja.net에서 볼 수 있다.

월경대 찾아 삼만리

고은

대안 월경대 ⓒ 피자매연대

얼마 전 「구름의 남쪽」(雲的南方)이라는 중국 영화가 개봉되었다. 윈난(雲南), 구름의 남쪽. 중국인 누구나 한번은 가 보고 싶어 한다는 파라다이스. 작년 여름 윈난성에서 지낸 기억이 슬며시 떠오른다. 나는 중국 윈난성으로 소수 민족 여성들의 월경 문화를 조사하러 갔었다. 다음세대재단의 '2004 Youth 글로벌 문화 프로젝트'에서 'Whisper Loudly!'(큰소리로 속삭여 봐)라는 팀 이름으로 지원을 받았고, 파트너 '오방'과 함께였다.

윈난성은 태국과 접경 지역, 중국에서도 가장 남쪽에 있는 성 중 하나다. 남한보다 약간 큰 면적에, 특색 있는 소수 민족이 많이 살고 있는 곳. 인구 5천 명이 넘는 소수 민족만도 26개에 달한다. 윈난성 사람들은 자신들 사는 지역이 '중국에서 가장 낙후된 곳'이라고 불평하곤 했다. 삼국지 같은 소설에서 "아무개가 군주의 노여움을 사서 변방으로 추방되었다"고 할 때 그 '변방'이 바로 윈난이라니, 확실히 남(南)은 중국의 뼈대 있는(?) 변두리다.

소수 민족의 월경 문화를 찾아서

떠나기 전 나는, '소수 민족 여성들은 일회용 생리대가 아닌 그 어떤 다른, 전통적 방법으로 월경을 치르고 있을 것'이라고 생각했다. 이 동네는 요렇게, 저 동네는 조렇게, 나름의 방법이 있었을 텐데, 일회용 생리대로 인해 여성들의 월경 나기 방식이 획일화되어 있는 점이 못마땅하게 여겨졌기 때문이다. 저 멀리 중국 윈난성에 가면 일회용 생리대가 여성들을 '덮치기' 이전의 월경 문화가 남아 있을 거라는 생각에, 그걸 찾고 싶었다. 하지만 애석하게도 전기가 들어와 있는 곳은 어디나 일회용 생리대를 쓰고 있었다.

막연한 기대만으로 허술하게 준비를 하고 떠났지만, 행운과 우연이 겹치고 여러 사람의 소중한 도움을 받은 덕분에 우리는 좋은 정보 제공자들을 만날 수 있었다. 친밀감 형성을 위해 알록달록한 에나멜을 서로 발라 주며 말문을 트기도 하고, 대접받는 음식을 "대단히 맛있습니다" 하며 넙죽넙죽 받아먹었다. 덕분에 우리 손발톱에는 꼬맹이들이 예술적으로 칠해 준 에나멜이 항상 발려 있었고, 생선까지만 먹는 채식주의자인 나는 '고기를 안 먹는다'는 설명이 통하지 않아 개고기를 억지로 먹다 탈이 나기도 했다. 촌장에게 선물로 사간 술을 드리면, 50도짜리 독주가 손님 대접용으로 되돌아와 얼굴이 벌겋게 달아오른 것이 몇 차례였다.

윈난성에서 기자를 사칭하다

사람과 가축이 함께 사는 전통 가옥을 드나들다보니 오방은 벼룩이 옮아 물린 자국이 온몸에 50군데나 됐다. 그런 꼴을 하고도 윈난민족박물관 관장을 만나 "저희는 한국의 ○○방송 기자입니다. 중국 CCTV와 맞먹는 가장 큰 방송사에서 다큐멘터리 취재를 나왔습니다" 하고 구라를 쳤다. 원래부터 거

왜 나는 윈난까지 가서 '미개인'을
교화하는 선교사마냥, 그 계몽적인
시각으로 접근했던 걸까? 서울이나
윈난이나 같은 시대를 살아가기는
마찬가진데 말이다. 경제 수준, 직업,
나이 등 개별 조건에 따라 여성들이
몸으로 겪는 경험이 다르고 달거리대에
반응하는 방식과 내용도 달랐다.
사니족 가족(위), 하니족 여성과
기념 사진을 찍었다. ⓒ 고은

짓밀을 할 생각은 없었지만 윈난성에서 공산당 서열 3위라는 사람을 "저희
는 인류학 공부하는 학생인데요" 해서야 어떻게 만나겠는가?

어쨌든 관장이 소개해 준 푸저헤이(普者黑)에서는 깍듯이 기자 대우를 받
으며 지냈다. 내 이름이 고은이라니까 아버지뻘 되는 촌장이 '고 선생님'(高老
師)라고 부르는 통에 너무 불편해서 애를 먹었다. "우리 중국에서는 기자님
한테는 무조건 선생님이라고 합니다. 괘념치 마세요" 하며 고집을 부리는 거
였다. 여기에 대고 "저는 원래 이고은인데요, 부모님 성을 둘 다 안 써서 그
냥 고은이라고 합니다" 설명하면 이상한 기자로 의심받을까 봐, 그냥 고 기
자가 되었다.

대안 월경대 전도사, 소수 민족 여성을 인터뷰하다

나는 '두꺼운 광목천→일회용 생리대→대안 월경대'라는 단선화된 진화의
도식을 머릿속에 갖고 있었다. 일회용 생리대에 점령당한 여성들에게 "이것
보세요. 대안 월경대예요!" 하고 복음을 전파해야 한다고 생각했던 것이다.

하지만 대부분의 소수 민족 여성들로부터 나는 항상 똑같은 답을 들어야
했다. "빨아 써요? 너무 번거롭네요." 이런 반응은 한국에서 숱하게 겪었다.
그런데 왜 나는 윈난까지 가서 '미개인'을 교화하는 선교사마냥, 그 계몽적
인 시각으로 접근했던 걸까? 서울이나 윈난이나 같은 시대를 살아가기는 마
찬가진데 말이다. 당연한 얘기지만, 그곳 여성들을 '여성'이라는 한 범주로
묶기는 무리가 있었다. 경제 수준, 직업, 나이 등 개별 조건에 따라 여성들이
몸으로 겪는 경험이 다르고 달거리대에 반응하는 방식과 내용도 달랐다.

의사 어머니를 둔 바이족 여대생은 내가 소개하는 천 달거리대에 강한 거
부감을 보였는데, 그녀의 어머니 왈, 일회용 생리대가 깨끗하기 때문이라고

했다. 경영학을 전공하는 그녀는 중국제 생리대를 쓰고 있었다.

반면, 여행사를 경영하는 이족 여성은, 중국산 생리대는 더럽기 때문에 자신은 일본에 사는 언니가 국제 우편으로 부쳐 주는 일본제 생리대만 쓴다고 했다. 그리고 부득이하게 중국산을 쓰게 될 때는 햇빛에 널어 소독을 해서 쓴다고 했다.

또 어떤 다이족 할머니는 일회용 생리대를 구경도 해 보기 전에 완경을 했다고 했다. 달거리대로 사용한 천을 빤 뒤에는 빨랫줄에 걸어 놓고 그 위에 수건을 덮어 두었다고 했다. 다른 옷들과 함께 널어 두기 민망했기 때문이다. 그녀의 며느리는 1990년대 초반부터 천에서 일회용 생리대로 전환했다. 할머니의 일곱 살짜리 손녀는 아마도 (내가 선물한 대안 월경대를 쓰지 않는다면) 초경부터 일회용 생리대를 사용하게 될 것이다.

윈난성에서 맞은 달거리

윈난성에 도착한 지 2주가 지나서 달거리가 찾아왔고, 나는 준비해 간 월경대를 꺼냈다. 한국에서는 아무 불편없이 천으로 만든 달거리대만 썼는데, 여행지에서는 사정이 사뭇 달랐다. 윽! 천 월경대를 빨아 써야 하는 번거로움으로 어느 순간 짜증이 치밀었다. 우리가 묵은 민박집에는 객실이 2개 있었는데, 욕실 하나를 두 방의 투숙객들이 공동으로 사용했다. 나는 평소대로, 월경혈을 머금은 달거리대를 그릇에 담고 물을 받아서 피를 빼려고 욕실에 놓아두었다. 한국에서는 룸메이트들이 모두 이해해 주던 일이었다. 그런데 혹시 다른 방에 투숙객들이 묵게 되고, 달거리대가 담긴 시뻘건 그릇을 욕실에서 목격하게 되지 않을까 하는 상상에 하루 종일 신경이 쏠렸다. 이건 분명 놀라운 일이었다. 월경이 부끄럽다는 생각을 나 자신에게서 처음으로 발견한 충격적인 사건이었다. 월경은 내 몸에서 일어나는 자연스런 현상이라고, 대안 월경대가 정치적으로 올바르고 내 몸에도 이롭다고 굳게 믿고 있었는데, 어느 순간 월경이 더럽게 느껴졌고 귀찮았으니까.

"달거리고 뭐고 귀찮아. 너무 귀찮고 짜증난다구!!" 아프다고 드러누워 사니족 아줌마와 하기로 한 인터뷰도 펑크 내고, 애꿎은 오방에게 소리치는 내가 참 낯설게 느껴졌다. 뭐? 월경이 거추장스럽다고라? 일찍이 힐데가르트 성녀께서 "월경은 여성에게 생명을 낳고 꽃피울 힘이 있다는 것을 나타내는 표시"라고 하셨거늘. 하지만 그 순간 나는 처음으로 이해했다. 월경을, 전혀 반갑지 않은, 잽싸게 처리해 버려야 할 귀찮은 문제로 인식하는 여성들의 심정을.

중국 윈난성에서 나는 한국의 1970년대 근대화 과정을 보는 기분이었다. 10대 후반에서 20대 초반의 시골 여성들은 밥벌이를 위해 도시로 몰려들고 저학력에 별 기술이 없는 그녀들이 도시에서 제일 먼저 하게 되는 일은 청소와 빨래를 해 주는 파출부가 대부분인데, 고된 노동에 임금 체불이 일쑤라고 했다. 아침 식사를 길거리 호떡으로 급하게 때우고 출근하는 그들에게 달거리란 생명의 힘을 느끼고 환희를 각성하는 원천이 아니라, 반갑지 않고 거추장스러운 행사에 지나지 않을지 모른다. 감쪽같이 '처리'해야 할 문제이고.

일회용의 위력

이후 나는 열심히 생체 실험(?)을 했다. 중국의 일회용 생리대들을 여러 가지 사서 써 봤다. 중국어로 '위생건'이라는 일회용 생리대 중에는 소독약 냄새가 지독하게 나는 제품들도 많았다. 시험 삼아 써 봤는데, 보지가 화끈거리는 느낌에 차고 있기가 난감했다. 이런 생리대에 들어 있는 화학 물질이 그대로 중

국 여성들의 몸속으로 들어가 건강을 망치고 있구나 하는 생각에 마음이 아
팠다. 예전에 많이 썼다는 '위생지'도 재래시장에서 사다 써 봤는데, 넓은 휴
지를 둘둘 말은 것이었다. 한 장을 꺼내 착착 접어 팬티로 몸에 밀착시키면,
신문지 위에 엉거주춤 앉아 있는 기분이었다. 위생지를 팔던 노점의 할머니
가 "요즘 누가 이런 걸 써" 하셨는데, 그 버석거리는 느낌은 정말 최악이었
다. 그런 휴지를 사용하던 사람이라면, 새하얗고 편리한 일회용을 손에 넣었
을 때 어떻게 거기에 반하지 않고 배기겠는가.

　일회용 생리대는 분명 사용하기에 편리하고 여성들이 사회 활동을 하는
데 도움을 주었다. 그렇지만 점점 더 얇고 하얗게 만들기 위해 화학 물질을
첨가하면서, 예컨대 탐폰의 경우 독성쇼크증후군이라는 치명적인 병을 일으
켜 많은 여성을 죽음으로 모는 등 여성 건강에 심각한 해를 끼친다. 또한 한
번 쓰고 버리는 데다 썩지 않는 일회용품의 속성 때문에 환경 파괴에도 일조
하고 있다. 더욱이 끊임없는 이윤을 내야 하는 자본주의의 기업 경영 속성상,
우리는 그걸 사서 쓸 것을 강요받는다. 이렇게 산업 사회의 '쓴 맛'을 경험한
'웰빙' 세계에서 온 사람들이 이제 한창 근대화를 시작한 사회에서 도시적 삶
을 선망하는 사람들에게 일회용 생리대는 몸과 환경에 나쁘니 쓰지 말아야
한다는 얘길 했으니, 그분들은 받아들이고 싶지 않았을 것이다.

　관광지에서 전통 의상을 입고 매일 밤 전통춤을 추는 아주머니에게, 루구
호수변에서 말몰이꾼으로 생계를 유지하는 아주머니에게, 일회용보다 불편
해도 몸에 좋고 환경에 좋은 대안 생리대를 사용하라고 말할 수 있을까? 나
는 윈난성의 소수 민족 여성이나 한국 서울의 우리나 지구화의 동시대를 살
고 있다는 사실을 무시한 채 순진한 생각을 품었다가, 보기 좋게 한 방 먹은
셈이었다. 서양인들이 동양을 '미지의 순수한 곳'으로 바라보는 그 건방진 시

모수오족 전통 의상을 입은 글쓴이 일행과 모수오족 여성(맨 오른쪽) ⓒ 고은

각을 그대로 답습한 덕분에.

　개발이 적게 된 시골로 갈수록, 담벼락이나 현수막에 '위생'을 강조하는 문구들이 붉은 페인트로 쓰여 있는 것을 자주 볼 수 있었다. 시샹반나의 하니족 마을 공중화장실에 갔을 때 담벼락 안에 파인 몇 개의 흙구덩이와 그 아래에 나뒹구는 피 묻은 생리대가 눈에 들어왔다. 쓰레기를 아무 데나 버리지 말고 쓰레기통에 넣자는 것과, 쓰레기의 절대량을 줄이자는 건 전혀 다른 얘기다. 생태적인 관심과 위생 또한 각기 다른 관점에서 비롯된다. 그들이 '청결', '위생'을 그토록 소리 높여 부르짖는 것은, 여성의 몸과 환경보다는 불결한 생리대가 눈앞에 보이지 않게 하는 것에 더욱 무게를 두는 태도다. 2008년 베이징 올림픽을 준비하니까, 외국인들에게 깔끔하게 보이기 위한 중앙

정부의 노력은 더욱 박차를 가할 것이다.

생명의 여신도 월경이 부끄러웠을까?

숙소에서 쉴 때면 주로 텔레비전을 봤는데, 생리대 광고도 종종 나왔다. "넘 편해요!" "감쪽같아요!" 한국의 광고와 똑같았다. 대형 매장에 가면 제품의 가짓수만 해도 어림잡아 100개가 넘는데, 생리대의 진열대가 하도 길어서 캠코더로 한 샷에 잡아지지도 않았다. 윈난성에서 지낸 한 달 동안 가장 충격적이던 일은, 모계 사회로 유명한 모수오족 여인들조차 월경을 더러운 것, 수치스러운 것이라고 말하던 모습이다.

루구호에 의존해 사는 그들에게, 호수는 루구 여신이 흘린 눈물이라는 전설이 있다. 그들은 결혼 풍습과 남편이라는 것 없이 모계 사회를 이루고 살아왔다. 주혼(走婚)이라는 독특한 제도는 여성을 집안의 어른으로, 남성을 이웃이자 손님의 위치에 놓았다. 그래서 나는 최소한 모수오족이라면 월경에 대해 긍정적인 인식을 가지고 있을 거라고 기대했던 것이다.

"당신들이 숭배하는 루구 여신도 월경을 하지 않았을까요? 그런데도 월경이 부끄러운 거예요?"

"그녀도 남자 신들과 같이 있을 때는 그랬겠죠."

모수오족이 살고 있는 루구 호수는 험준한 산꼭대기에 있는데, 길이 닦이고 외지와 왕래가 잦아지면서 그들도 1990년대 초반부터 일회용 생리대를 사용하고 있었다.

중화주의로 달려가는 중국에서 소수 민족들은 점차 자신들의 전통적 세계관을 잃은 듯했다. 중국 정부는 기껏해야 그들의 생활양식을 관광 상품으로 보존하기를 원하는 것 같다. 박물관이나 공연장, 소수 민족 축제에서 만난 소수 민족 젊은이들은 그야말로 박제된 웃음을 지어 보이는 것 같아 우울했다. 유물이 아니라 사람이 전시물이었다. 산골짜기 구석구석까지 들어간 텔레비전이 소수 민족들에게 그들의 전설과 이야기들을 대신하고 있는 상황이니 그들의 삶에서 자연이 차지했던 자리는 잊히고 있는 게 아닐까. 기록될 틈도 없이 사라져 버린 이야기들, 많고 많았을 그 이야기 속에서 월경은 사람들과 어떤 관계를 맺고 있었을까? 알 수 없었다.

달거리대를 바느질하고 빨아 쓰기는 분명 귀찮고 힘든 일이다. 하지만 현실은 그러기를 원하는 여성에게서조차 그 가능성을 빼앗아 버리고, 근대화 과정이 진행되는 곳에서는 몸과 월경에 대한 관심을 가질 기회나 대안적 정보에 대한 접근도 차단된다는 문제의식을 안고 우리는 한국으로 돌아왔다.

고은

groogon@gmail.com 이야기 듣는 것을 좋아한다. 그런데 중국 윈난성 모계 사회에 가서 알게 된 것은, 내가 사람을 만날 준비가 되어 있지 않기 때문에, 사람의 이야기도 들을 준비가 되어 있지 않다는 점이다. 나의 가장 무모했던 여행은 나를 아프게 변화시켰다. 부끄럽고 자랑스러운 기억은 이제 반짝반짝 빛나고 있다. 어떤 먼 곳의 흙은 자꾸만 나를 부른다. 그대로의 아름다움과 즐거움을 아는 '피자매연대'에서 활동하며 대학에서 인류학을 공부하고 있다. 이 글은 『이프』 2005년 가을호에 실리기도 했다.

'위대한 여신'을 찾아서

엄연수·이현정

"세상은 카오스로부터 형성되었다. 카오스에서 대지의 어머니 가이아가 왔다(그러니까 최초의 존재는 여신이었군…). 가이아는 아들 우라노스를 낳았고 그와 관계하여 티탄들을 낳았다. 그중에는 크로노스와 레아가 있었다… 제우스는 어머니 레아를 강간하고…(고상하게 번역된 책에는 '아내를 삼았다'고 하겠지만 '강간했다'가 더 적합한 말이겠지…) 다시 그의 누이인 헤라를 강간했다. 제우스는 메티스를 임신시키고 그녀를 삼켜 버렸다(제우스가 근친강간과 가정폭력의 원조구먼…). 그리고 제우스의 머리에서 아테나가 나왔다."

테마 배낭여행 기획안 공모전에 당당하게 당선돼 공짜로 여행 한번 하겠다는 야심으로 시작한 일이었는데, 그 계획이 산산이 무산되고 나서도 우리가 택한 테마 '위대한 여신'은 머릿속에서 영 떠나질 않았다. 강력한 여신은 모권제 문화의 반영일 수도 있으며 더 나아가 초역사적인 가부장제의 보편성, 일반성을 뒤엎을 수 있는 단서를 품고 있기 때문이다. 아니, 아니 다 집어치우더라도 여신이 우릴 부르는 것만 같았다.

올림피아에서 지모신을 숭배하던 신전들. 왼쪽은 레아 여신을 모시는 메트룬이고, 오른쪽은 헤라 여신을 모시는 헤라이온인데, 헤라이온은 올림픽 경기의 성화가 채취되는 곳으로 잘 알려져 있다.

올림피아의 레아와 헤라

부지런을 떨며 아테네에서 아침 일찍 출발했건만 올림피아에 도착하고 보니 땅거미가 질 무렵이었다. 한나절을 꼬박 버스 안에서 보냈는데도 지루함보다 아쉬움이 진하게 남는 까닭은 파노라마처럼 펼쳐지는 펠로폰네소스 반도의 아름다운 풍경 때문이리라. 부드러운 능선이 보이는가 하면 어느새 아슬아슬한 절벽 위로 위태롭게 버스가 달리고 있고 눈을 감았다 뜨면 시야 가득 바다가 들어오질 않나, 마당 한가운데 아무렇지도 않게 세워 놓은 자전거처럼 경비행기가 있는 농가도 보이고…

올림피아에 도착하자마자 숙소를 정하고 나서, 여유롭게 시내를 구경하려던 우리는 그것이 얼마나 거창한 계획인가 깨닫는 데 십 분도 걸리지 않았다. 어림잡아 200미터 정도 한 줄로 늘어선 대로가 그 마을의 전부였으니까. 마치 서부 영화에서 총잡이들이 결투를 벌이는 마을처럼 단출하다 못해 적막함마저 느껴졌다.

이튿날 해가 뜨거워지기 전에 서둘러 올림피아 유적지로 향했다. 올림피아는 올림픽 경기의 개최지로 유명하지만 그보다 우리 관심을 끈 것은 레아와 헤라가 토착의 지모신으로 숭배됐다는 사실이다. 바로 그 현장을 눈으로 확인하기 위해 아테네에서 그 먼 길을 주저 없이 달려왔는데 올림피아 유적지에는 비바람에 닳고 닳은 돌덩이들만이 너른 들판에 뒹굴고 있었다.

모권제와 초기 가부장제, 그 치열한 싸움의 흔적

한참을 헤매다 겨우 찾은 신들의 어머니 레아를 모셨다는 신전 '메트룬'과 헤라의 신전 '헤라리온'은 사이좋게 이웃해 있었다. 모녀지간이면서 고부간이기도 한 둘의 관계는 과연 어땠을까? 이름도 서로 비슷한 것을 보면 어디선가 읽은 것처럼, 원래는 동일 인물이 아니었을까?

잘나가는 이영애가 도도한 표정으로 광고했던 화장품이 헤라여서인지 헤라 여신은 레아보다 상대적으로 가깝게 다가왔다. 그리스 신화 속에서 헤라는 제우스의 아내로 본처 역할을 톡톡히 하는 질투심 많고 잔인하기 이를 데 없는 모습이었다. 하지만 헤라 입장에서 보면 그 결혼은 불행하기 짝이 없었을 거다. 그런 헤라가 결혼의 수호신이라니 아이러니하다. 자기보다 한참이나 나이 어린 친동생과의 결혼은 결코 헤라가 원해서 이루어진 것이 아니었다고 한다. 완강하게 저항했지만 어쩔 수 없이 맺어져야 했던 그 둘의 결합은 모권제와 초기 가부장제의 갈등과 가부장제의 승리를 반영한 것이리라. 이러한 해석을 가능케 하는 단서들이 바로 그 올림피아 유적지에 남아 있다.

메트룬과 헤라리온 정면에는 제우스 신전이 자리 잡고 있었는데 넓이로 따지자면 메트룬과 헤라리온을 합친 것보다도 훨씬 컸고 신전을 떠받쳤던 기둥의 둘레로 짐작컨대 그 높이도 어마어마했을 것이다. 하지만 제우스 신전의 기둥들이 더욱 생생한 것을 보면 메트룬이나 헤라리온보다 한참이나 후에 지어진 것임에 분명했다. 즉 뒤늦게 등장한 제우스(초기 가부장제)가 레아와 헤라(모권제)를 제압하기 위해 과장되게 폼을 잡은 것이 수천 년이 지난 지금까지도 흔적으로 남아 있는 것이다. 우리는 메트룬 한가운데 서서 크기로 짓누르려 했지만 결코 눌리지 않았던 여신의 힘을 느껴 보려 했다. 의식에 익숙하지 않은 탓에 그 경건한 순간을 어떻게 처리해야 할지 난감했지만 우리의 두 발이 닿아 있는 그 신전 위로 여신에게 경의를 표하고 여신에게 도움을 구하기 위해 수많은 사람들이 오갔을 거라고 생각을 하니 발끝부터 전율이 느껴졌다. 아마 여신의 기가 전달된 것이 아니었을까?

뱀의 여신상에 반해

우리는 뱀의 여신상이 발견된 크레타 섬으로 향했다. 이번 여행의 하이라이트는 뱀의 여신상이라고 여겼기 때문이었는지 크레타 섬에 가까워질수록 심장이 두근거렸다. 애초에 우린 뱀의 여신상 사진에 반해서 그리스 행을 택한 것이다. 그런데 정작 섬에 도착하고 나니 뱀의 여신상과의 대면을 미루고 싶은 것은 또 무슨 변덕일까? 맛있는 음식은 아끼고 아꼈다가 맨 나중에 먹는 오래된 습관 때문이었을 거다. 하지만 주어진 시간이 넉넉지 않았기 때문에 기대에 찬 기다림을 마냥 음미하고만 있을 수는 없었다.

　이라클리오 박물관에서 만난 뱀의 여신상은 양 손에 뱀 한 마리씩 떡하니 쥐고 두 눈을 크게 부릅뜬 모습으로 아담한 사이즈에도 불구하고 보는 이들을 압도했다. 그 여신상은 양쪽 가슴을 다 드러내고 비비안 리 뺨치는 잘록한 허리를 지녔건만 색스러움, 섬세함, 관용과는 한참이나 거리가 멀어 보였다. 그보다는 당당한 위용, 여신의 뜻을 조금이라도 거스르면 가차 없이 벌을 줄 것만 같은 깐깐함이 있었다.

처음 사진으로 보았을 때, 여신의 손에 쥐어진 뱀이 무엇을 상징하는가를 놓고 우리 사이엔 의견이 분분했다. 출산과 풍요를 관장하기 위해선 좋은 토양뿐만 아니라 씨앗이 필요하다. 따라서 그 뱀은 남근의 상징일 것이라는 나름의 해석에 만족했었는데, 이 얼마나 프로이트의 틀에서 벗어나지 못한 빈약한 상상력의 소치일까?

전해지는 문헌에 의하면 이 뱀은 불멸의 상징이었다고 한다. 즉 뱀이 허물을 벗을 때마다 새로운 생명을 얻는다고 믿었기 때문에 생명과 부활의 상징이 된 것이다. 고대 그리스에선 뱀과 여신이 동일시되었는데 이는 신성한 샘물에 몸을 담금으로써 해마다 젊음과 처녀성을 갱신하는 헤라, 아프로디테에게까지 이어져 내려온다. 이밖에도 뱀은 직관, 예측 불허의 행동(뱀은 갑자기 나타났다 홀연히 사라지므로), 신비스러움 등 여신들의 여성적인 특질을 의미하기도 했다. 뱀의 여신상은 크노소스 궁전에서 발굴되었다. 크노소스 궁전은 미노아 문명의 대표적인 유물로, 지진과 화재로 땅 밑에 파묻혀 있었기 때문에 비교적 보존이 잘 돼 있었다. 게다가 오랜 시간 공들여 복구해 놓아서(그 정확성에 대해서는 이견도 많지만) 과연 이것이 수천 년 전에 지어 놓은 것일까 싶을 정도로 말짱했다.

크노소스 궁전에서 발굴된 뱀의 여신상.
생명과 부활의 상징이다.

드러낸 젖가슴의 당당함

크노소스는 궁전이라기보다는 집단 거주지라는 말이 더 정확한 표현일 게다. 적게는 2만에서 많게는 10만 명이 함께 살았던 이곳은 생활의 편리를 위한 모든 시설이 구비되어 있어 현재 우리가 그 옛날 사람들보다 더 나은 삶을 살고 있는지, 과연 문명은 진보하고 있는지 의문을 갖게 한다. 거미줄처럼 치밀하고 완벽하게 정돈된 수로와 자연 채광을 최대한 이용할 수 있도록 나 있는 창 그리고 적절하게 배치된 저장고, 작업장, 극장 등등 놀랄 거리가 수두룩했다.

그 가운데 가장 인상적인 것은 여왕이 거처하는 방이 매우 검소했다는 점이다. 다른 방에 비해 더 크지도 않았고 위치도 정중앙에서 한참이나 빗겨난 지점에 있었던 것을 보면 왕족과 평민의 차별이 크게 강조되지 않는 평등한 사회가 아니었을까 하는 추측을 불러일으켰다. 어쩌면 크노소스가 여신을 숭배했기 때문에 그런 건지도 모른다. 초기 청동기 시대에도 이곳에는 여신에게 바치는 신전이 있었다고 하며 여신 숭배의 전통은 오늘날까지 크노소스에 그 흔적을 남긴 데메테르, 레아 그리고 헤라의 신전으로 이어진다.

크노소스를 말하면서 빼놓을 수 없는 것은 여기저기서 발견된 아름다운 프레스코화다. 진홍, 검정, 진노랑, 하양, 파랑만으로 그린 이 그림은 그 자체만으로도 미적인 감흥을 주기에 충분했지만 이에 더해 미노아인들의 생활을 엿볼 수 있어서 쉽게 눈길을 뗄 수가 없었다.

아마도 그 당시 크노소스에서는 여성들이 가슴을 드러내는 것이 유행이었나 보다. 누구처럼 한여름에도 솜이 두껍게 들어 있는 브래지어를 착용하는 것이 아니라 모든 여자들이 저렇게 쑥 꺼내 놓고 다니면 얼마나 편할까 하는 부러운 마음에서 한동안 그림 속의 하얀 젖가슴만 쳐다보았다. 저 당당한 가슴에서 그 당시 여성들의 지위를 유추해 볼 수 있었다.

크노소스 궁전 프레스코. 당당히 젖가슴을 드러낸 여인이 부러워…

크레타 섬은 신석기 시대부터 도리아인의 침입을 받기 전까지는 모계제 사회였고, 여성이 왕의 역할과 종교 의식을 담당했으며 상속도 딸에게 했다고 전해진다. 게다가 여성들은 상당한 성적 자유를 누렸다고 하니 뭐가 두려워 가슴을 꽁꽁 동여매고 다녔겠는가?

기다림 끝에

그동안 쉬지도 않고 열심히 다닌 것이 스스로 대견스러워 우리 자신에게 포상을 좀 하기로 했다. 그것은 다름 아닌 경치 좋은 해변에서 한가로운 오후를 보내는 것. 모두들 침이 마르게 칭찬하는 산토리니 섬으로 행선지를 정하고 배표를 샀다. 표에는 오전 11시 출발이라고 적혀 있었건만 한 시간이 지나고 두 시간이 지나도 배는 코빼기도 비치지 않았다.

결국 다섯 시간이나 지난 후에야 배를 탈 수 있었는데, 정작 우리가 놀란 것은 사람들의 배를 기다리는 태도였다. 도대체 배가 언제 오는 거냐고 안달이 나서 사무실에 들락날락거리는 이는 우리뿐이었고 모두들 느긋하게 앉아서 책을 읽거나 낮잠을 자거나 아니면 뜨개질을 하고 있었다. 정시에 출발하는 일이 벌어지리라곤 아예 생각도 안 하는 사람들처럼 말이다. 많은 사람들의 시간을 뭉텅 집어 삼킨 터무니없는 배 운항 시간표에 화가 나면서도 우리는 그동안 얼마나 시간에 쫓겨 다녔으면 몇 시간(장장 다섯 시간 넘게지만)의 기다림도 참아내지 못하는 걸까 씁쓸했다.

간판 없는 노부부의 식당

어렵사리 도착한 산토리니 섬은 관광객들의 손을 지나치게 많이 탄 곳이었다. 지중해 관광 안내책자에 곧잘 등장하는 회칠이 된 하얗고 동글동글한 집 그리고 벽과 선명한 대조를 이루는 파란 대문과 창틀. 관광객들의 기대에 열심히 부응하려는 노력들이 여기저기에서 보였다. 더구나 우리가 돈 많은 일본인인 줄 알고 바가지를 씌우려는 서툰 상술을 부리는 몇몇 사람들 때문에 산토리니에 대한 인상은 영 좋질 않았다. 하지만 이 불쾌한 감정은 관광객들이 붐비는 곳을 벗어나면서 사라지기 시작했다. 어쩌다가 우리의 발길이 닿은 곳은 모래 대신에 검은 자갈이 깔린 오이아 해변으로 사람들도 없는 매우 한적한 곳이었다.

그곳에서 우리는 지는 해를 보면서 해수욕을 했고 마음씨 좋은 할머니가 하는 아늑한 식당에서 멋진 저녁을 먹었다. 이번 여행 기간 동안 가장 평화로운 순간이었다. 그 식당은 간판도 없었고 젊은 시절 선원 생활을 하느라 한국에도 가 보았다고 자랑하는 유쾌한 할아버지가 낚아 온 신선한 생선만으로 요리했는데 그 맛이 일품이었다. 더구나 집에서 담갔다는 와인까지 곁들여 먹었는데도 값은 매우 쌌다. 할머니, 할아버지의 수고와 친절에 대한 대가치곤 적은 것 같아 미안한 마음이 들 정도였다. 겨우 산토리니의 위신을 그 노부부가 세워준 것이다.

다시 배를 타고 터키로 향할 때, 어쩜 저리도 바닷물이 파랄까 감탄, 또 감탄했다. 어릴 때 즐겨 부르던 동요는 "초록빛 바닷물에 두 손을 담그면…"으로 시작했고 우리가 여태껏 봐 온 바다는 초록빛이었는데 이 에게해는 정말로 파아아랬다. 막연하게 파랑은 차갑고 우울한 색인 줄로만 알았는데 이 파란 바닷빛은 뜨거운 태양 아래에 있어서인지 한없이 부드럽고 따뜻해 보였다.

원조 터키탕

터키 에페소스에 도착해서는 바닷바람과 소금에 쩐 몸을 씻고 싶어 터키탕을 물어물어 찾아갔다. 목욕탕 아저씨의 안내를 받아 큰 타월로 몸을 가리고 들어간 터키탕은 아, 글쎄 남녀 혼탕이었다. 덩치 큰 남자들만(물론 타월을 두르고) 네 명이 있기에 다시 나가려고 했는데 우리가 당황하는 것을 눈치 챈 목욕탕 아저씨는 계속 걱정하지 말라고 안심을 시켰다.

터키탕의 구조는 매우 특이했다. 한가운데 높은 돔 지붕이 있고 그 지붕에 난 조그만 구멍으로 들어오는 은은한 햇빛만으로 터키탕의 실내를 밝혔다. 돔 바로 밑으로 대리석으로 된 팔각형의 커다란 단이 있는데 그 위에 누워 있으면 달궈진 돌의 온기로 때가 붇는 거였다.

터키탕에 좀 적응이 돼 가는 찰나, 때밀이 아저씨가 엄청 큰 검정 때수건을 들고 나타났을 때 다시 당황스러웠다. 하지만 그 아저씨는 아랑곳하지 않고 힘 좋게 쓱쓱 때를 문지른 다음 비누 거품으로 마사지까지 해 주었다. 물론 타월 바깥 부분만 아주 조심스럽게 말이다. 예상치도 않게 남자의 손에 때를 벗긴 우리는 그 민망함을 털어 내려 황급히 에페소스 박물관으로 향했다.

지모신 아르테미스를 조우하다

박물관에서 우리는 뱀의 여신상에서 받은 충격과 같은 정도의 아니 그 이상의 쇼크를 받았다. 바로 에페소스의 아르테미스상. 가슴에는 30개도 넘는 젖이 달려 있고 몸은 온갖 종류의 동물들로 장식되어 있었다. 분명 아르테미스는 처녀신이고 결벽증이 유달리 심한 것으로 유명한데 어찌 저리도 젖을 주렁주렁 달고 있을까? 어찌 보면 기괴한 것 같기도 하고 어찌 보면 한없이 푸근한 것도 같은 그 아르테미스상은 여태껏 봐 온 여신상과는 색다른 느낌을 주었다. 계란과 같은 모양을 한 그 수많은 젖들은 처녀신의 한없는 은혜, 영원한 풍요, 구원의 상징이라고 안내 책자에 적혀 있었다.

음… 아마 이름도 없이 숭배되었던 지모신에게 후세 사람들이 아르테미스란 이름을 갖다 붙인 것인지도 모르겠다. 우리가 이미 올림피아에서도 보았듯이 지중해 일대의 토착신이던 수많은 여신들은 그리스 신화의 틀 속에서 남신들의 아내, 누이, 어머니의 위치로 끼워 맞혀졌는데 이 여신도 예외는 아니었을 것이다. 이름이야 어떻게 불리든 간에 다산과 풍요를 약속하는 지모신의 모습은 이렇게 남아 바로 우리와 마주하고 있는 것이다.

　여신을 찾아다녔던 이 여정이 아르테미스와의

에페소스 박물관의 아르테미스상.
은혜, 풍요, 구원의 상징이다.

조우로 끝맺음을 하게 되는구나 싶어서인지 보면 볼수록 아쉬움이 남았다. 사냥의 여신으로 활을 들고 산과 들판을 질주했던 아르테미스의 용맹스러움과 영원히 마르지 않는 젖을 지닌 지모신의 넉넉함이 바로 페미니스트로 살아갈 우리들이 지녀야 될 품성이라고 그 여신상은 조용히 일러 주는 것만 같았다. 그 가르침을 가슴에 품은 채 우리의 길지 않은 여행을 마무리했다.

엄연수·이현정

이 여행을 떠난 강보길, 엄연수, 이현정은 이대 여성학과를 함께 다닌 친구들이다. 워낙 나름의 개성이 강해서 여행을 떠나기 전엔 살짝 걱정이 되기도 했지만 제법 훌륭한 조합이었다. 팔딱팔딱 성질만 급한 연수와 느긋한 현정, 그리고 이 중간에서 완충재가 되어준 보길. 지금 보길은 교육학으로 미국 유학중이며 이 여행으로 발동이 걸린 이후, 자주 자주 떠난다. 연수는 뒤늦은 출산과 육아로 요즘 여행은 꿈도 못 꾼다. 그리고 현정은 시골에서 살면서 프리랜서 편집자로, 번역가로 활동하고 있다. 언제고 이 친구들은 다시 모여 함께 떠날 거다. 이만큼 여행하면서 서로 유쾌하고 편한 친구도 없을 테니까. 이 글은 「이프」 1997년 겨울호와 1998년 봄호에 실린 것을 재구성한 것이다.

길 위에 서서

여행사에선 60세 환갑을 앞둔 내 나이에 대해 많이 당황스러워하며 가차 없이 거절들을 했다.

같은 나이라도 남성이 이런 여행을 결심했더라면 그토록 여행사에서 만류했을까 생각한다. — 박형옥

예순 살에 떠난 유럽 배낭여행

박 형 옥

딸의 결혼식을 무사히 치른 지 한 달 만에 더는 미룰 수 없다는 '절박한' 심정으로 김포공항을 떠났다. 오래전 신혼 때 3년간 유럽에서 공부하고 돌아온, 지금은 저세상 사람이 되어 버린 남편, 고2 때 걸스카우트 대표로 잼보리대회에 참가하느라 한 달간 유럽을 두루 돌아다녔던 딸, 바쁜 직장 생활 중 틈을 내 유럽을 다녀온 사위와 아들에 이어 가족 중에선 제일 꼴찌였지만 내가 유럽을 여행하게 된다는 게 여간해서 실감이 나지 않았다.

보약도 먹고 유언장도 쓰고

40년 전 대학에 갓 입학했을 무렵, 미대생이던 친구 순곤이와 건축도로 음악을 미치도록 좋아한 순곤이 오빠 덕에 미술과 음악을 자연스레 접하게 되었다. 그때부터 시간만 나면 도서관에 틀어박혀 세계 유명 화가들의 작품을 들여다보곤 했다. 또 외국의 저명한 연주자나 오케스트라가 내한하면 동생을 꼬여 부지런히 연주장을 찾아다녔다. 이런 것들이 유럽에 직접 가고 싶은 마음을 부채질했고, 대학 졸업 후 결혼했을 무렵만 해도 이 꿈을 이룰 수 있다고 믿었다. 정말 결혼의 실상을 몰랐던 철부지였다. 내 꿈은 내가 노력해 '쟁취'해야만 한다는 것을 오랜 시간이 지난 후에야 깨달았다. 하지만 나이 들어 하는 여행도 괜찮았다. 막상 유럽에 발을 처음 딛고 보니 '묵은 포도주와 잘 익은 사과의 맛을 과연 젊은 시절에 알 수 있었을까' 하는 생각도 들었다. 그간 이 여행을 위해 새벽 기도회에 빠짐없이 참석해 기도를 드렸고 체력을 위해 생전 처음으로 보약이란 것도 먹어 보았다.

그런데 여행사에선 60세 환갑을 앞둔 내 나이에 대해 많이 당황스러워하며 가차 없이 거절들을 했다. 하긴 가이드가 안내해 주는 대로만 따라가는 여행엔 절대 만족 못할 거라는 내 성격을 잘 아는 자식들도 여행이 끝날 때까지 마음을 놓지 못했다고 했다. 같은 나이라도 남성이 이런 여행을 결심했더라면 그토록 여행사에서 만류했을까 생각했다. 마지막으로 한 여행사의 과장을 만나 자신감을 당당히 내비쳤더니, 별 걱정 안 해도 되겠다며 오히려 내 사례가 새로운 관광 상품을 만들어 낼 수도 있겠다는 농담을 하며 허락을 했다.

정작 일이 결정되고 나니, 나이 들어도 집안의 크고 작은 일은 영원히 주부의 몫이라는 사실이 실감나기 시작했다. 다른 이들에 비해 별 부담이 없는 편이었지만, 거동이 불편한 친정어머니 문제는 좀 심각했다. 어머니를 비롯해 동생과 주변 사람들이 나를 좀 매정한 딸이라고 생각하는 눈치였지만, 여자가 일생 그런 눈치가 무서워 진정 자신이 하고 싶은 일에 결단을 못 내린다면 얼마나 그 인생이 초라할까? 그래서 난 과감히 '무시'해 버렸다. 다행히 여동생이 가까이 살아서 어머니 문제는 걱정 말라고 해서 한시름 놓았다.

딸 결혼 전에 아이들과 함께 유럽 땅을 밟을 수 있길 간절히 바랐지만, 사

영국 런던의 대영박물관. 박물관을 구경하면서 늙어 간다는 것은 삶의 풍요로움을 농축하는 것이라는 생각이 문득 들었다. ⓒ 박형옥

실 그 당시 유럽에 가장 함께 가고 싶었던 사람은 내 여동생이었고, 가는 곳마다 동생 생각이 늘 따라다녀 많이 안타까웠다. 남보다 몸이 많이 약한데도 불구하고 책임감과 헌신성이 너무 강해 우리 집 일까지 낱낱이 봐 주느라 정작 자신이 하고 싶은 일은 늘 뒷전이었던 동생을 강제로라도 끌고 올 걸 하는 생각을 참 많이 했다.

떠나기 전날 유언장을 작성하고 아들에게 유언장을 잘 챙기게 하고 만약의 경우 대학 병원에 시신을 기증할 것 등을 당부한 후에야 홀가분한 맘으로 여행을 떠날 수 있던 것을 회상하면 지금도 잘했다는 생각이 든다.

걷는 여행의 즐거움

내 일정은 미술관, 박물관, 건축물을 중심으로 진행됐다. 버스, 전철을 쉼 없

암스테르담의 고흐미술관 가는 길. 운하를 따라 줄지어 늘어선 장난감 같은 예쁜 집들로 마치 동화의 나라에 들어가는 것 같았다. ⓒ 박형옥

이 갈아타느라 아무리 욕심나도 한 곳에서 기껏 3시간 정도밖에 보내지 못하는 아쉬움은 있었지만, 오가는 사람들을 바라보고 때론 차도 마시는 여유가 그만이어서 여행을 하려는 이들에게 꼭 '걷는' 여행을 권하고 싶다. 또 '걷는' 여행이 문화적 충격을 '피부에 와 닿게 느끼는' 여행이라면, 정해진 관광용 차를 타고 하는 여행은 정해진 정류장을 지나가듯 그냥 그렇게 습관적으로 '스쳐 지나가는' 여행으로 비유할 수 있겠다.

런던의 자연사박물관 앞에서 만난 곱게 성장한 70대 여성은 내게 깊은 인상을 남겼다. 자신이 이 박물관 회원권을 가지고 있어 적어도 한 달에 한 번

은 이곳에서 강좌를 들으면서 많은 것을 배우며 재미있게 생활하고 있다고
했다. 그의 안내로 박물관을 구경하면서 늙어 간다는 것은 삶의 풍요로움을
농축하는 과정이라는 생각이 문득 들었다. 또 빅토리아 앤드 앨버트 박물관
에서는 영문학 전공 후 책 역사를 공부하기 위해 캐나다에서 유학 온 젊은
여성을 만나 동무하며 차도 함께 마시고 피카딜리 가에서 장기 공연 중인 뮤
지컬 「미스 사이공」을 같이 관람하기도 했다. 월남판 나비부인. 호텔이 예약
되어 있지 않았다면 더 머무르고 싶은 곳이 런던이었다.

　네덜란드에선 내가 그토록 좋아하던 고흐의 작품만을 모은 고흐미술관을
갈 것을 생각하니 잠이 오지 않을 지경이었다. 운하에서 배를 타고 미술관 가
는 길을 따라 줄지어 늘어선 장난감 같은 예쁜 집들로 마치 동화의 나라에
들어가는 것 같았다. 안네 프랑크의 집도 지났다. 미술관 4층 끝까지 세 번이
나 반복해 다니면서 다시는 고흐가 내 맘 속에서 지워지는 일이 없도록 보고
또 보며 여한 없이 지냈다. 고흐 풍경화에서 흔히 보던, 하늘을 향해 불꽃처
럼 휘말려 올라가 광기를 느끼게 했던 전나무와 갈가마귀 떼들에 대해 어떤
평론가는 "작가의 정신병 영향 때문"이라고 한 적도 있었는데, 고흐의 고향
인 이곳에 와 보니 그런 풍경은 바로 네덜란드 특유의 풍경이 아닌가. 유럽
다른 곳에서도 종종 느낀 바지만 그 작가를 이해하려면 그가 생활한 곳에 직
접 와 보는 것이 가장 좋은 방법이라는 생각이 절로 들었다.

　그런데 숙소로 돌아가려고 배를 타는 중에 좀 불쾌한 일이 생겼다. 여성 안
내원이 올라와 내 표만 검사하는 게 아닌가? 왜 나만 검사하느냐고 항의했더
니 전혀 미안한 기색 없이 내가 표가 없어 보였다나? 그의 유창한 영어 실력
에도 불구하고 그 순간 형편없이 오만한 인종 차별주의자로 보인 것은 유색
인종인 나의 어쩔 수 없는 과잉 반응인가?

하이델베르크를 가느라 라인강을 끼고 달리는 기차 안에서는 건너편 좌석에 앉은 미국 여성 둘과 얘기를 나누게 됐다. 그들은 여름 방학을 이용해 유럽의 고성만을 찾아다니는 일정을 짠 여행을 하고 있었다. 괜한 욕심 부리는 부실한 여행보다 주제가 분명한 여행, 얼마나 좋은 아이디어인가?

맥주의 본고장답게 뮌헨의 맥주 맛은 내가 맛본 맥주 중 최고였다. 맥주집에서 흘러나오던 우렁찬 합창 소리와 어울려, 길가에 자리한 카페의 커다란 나무 밑에 앉아 독일인들처럼 맥주와 음식을 먹는 중에 우연히 독일 여성과 동석하게 되었다. 내가 '여성의전화'에서 일할 당시 독일 단체들의 도움을 많이 받았던 것이 기억나 그 얘기를 하며 그에게 저녁 식사를 대접했더니, 굉장히 놀라는 표정이었다. 내가 너무 감상적이었나? 나 자신 이렇게 느낀 바를 즉각적으로 독립적으로 자유롭게 행동으로 옮길 수 있다니, 스스로가 멋진 느낌이 들면서 혼자 여행하는 것이 통념과는 달리 참 좋구나 하는 것을 실감했다.

뮌헨에서 프라하로 가는 밤 기차를 탔다. 국경 근처에서 밤 기차 도둑들이 극성을 부린다는 말을 듣고 침대칸이었음에도 불구하고 밤새 기차가 달리는 소리를 들으며 여권과 돈을 한시도 품에서 떼어 놓지 못했던지라 아침에 프라하에 도착해서는 몹시 피곤했다. 택시를 탔지만 흥정 요금보다 몇 배나 비싼 값을 요구해 호텔 앞에서 실랑이를 벌이고 지배인까지 불렀지만 자국민들이어선지 별 도움이 안 됐고, 택시 기사가 내 짐을 안 내줘서 끝내 그 엉터리 요금을 물었다. 그래서 그런지 프라하에 대한 인상이 장엄한 건축물들에도 불구하고 그다지 좋지 못했다.

프라하에선 카프카 생가에도 들렀다. 내가 좋아하던 카프카가 살던 집은 의외로 시멘트로 지은, 아주 납작하고 초라한 집이었다. 그곳에 직접 가 보니

카프카 생가(왼쪽 첫 번째 집)가 있는 거리　ⓒ 전혜순

그가 쓴 소설 『성』에 흐르고 있는 갑갑하고 짓눌린 듯한 분위기가 쉽게 이해
되었다. 후에 유태인 거주 지역을 지나가면서 카프카가 살았다는 아파트 비
슷한 건물도 지나갔는데, '카프카'란 이름만 작은 간판에 쓰여 있었다.

유럽 여행을 떠나는 수많은 딸들에게

여행을 다니며 터득한 바로는, 말이 잘 통하지 않고 관광 명소를 찾아다니기
힘든 곳일수록 당일 관광 코스를 택하는 것이 좋은 방법이라는 것이다. 가이
드의 안내를 따라 중요한 곳마다 가 보고 그래도 시간이 남으면 거리를 천천
히 거닐며 그곳 분위기에 젖어 보는 것이 효율적인 것 같다.

여행에서 의아스러웠던 점 한 가지가 한국 학생들은 서로 만나도 인사조차 없이 지나친다는 거다. 그리고 그들은 내게 거침없이 '할머니'라고 부르는 것이었다. 그래서 난 그들에게 "당신들과 나는 실제 나이를 따져 보아도 할머니가 되지 않을 뿐만 아니라, 내겐 엄연한 이름이 있으니 이름으로 불러 달라"고 요구했다. 그 후부터는 소문이 어떻게 퍼져 나갔는지 '박 선생님'이라 부르며 인사를 했다. 내 나이 또래의 남성이라면 '할아버지' 하고 불렀을까?

여행 중에 거리에 나서 보면 어디에나 한국 학생들이 보이는데 박물관이나 미술관, 유적지에 들어가 보면 왜 그들이 한 명도 보이지 않는 걸까? 정말 궁금했다. 그들은 지금 어디서 무얼 하고 있는 걸까? 물론 모든 사람이 취미가 같을 수는 없겠지만, 그래도 지적 욕구와 호기심이 한창 활발할 나이일 텐데…

이런 일도 있었다. 가끔은 여행 중에 스케줄이 비슷한 여대생들과 한 호텔에 묵으며 그중 한 명과 한 방을 쓰기도 했다. 그런데 이들 중 한 여학생이 비행장에서 언뜻 본 남학생에게 호감을 느껴 그를 다시 만나야겠다고 생각한 모양이다. 여학생은 한국 학생들이라면 반드시 들른다는, 뮌헨 최대 규모의 맥주홀에서 꼼짝 않고 사흘이나 기다린 끝에 그를 만났다고. 기적 같은 로맨스라고 우리에게 자랑을 했다. 그 모습을 보니 좀 딱한 생각이 들었다. 멀리 뮌헨까지 와서 한 남성을 만나기 위해 사흘 동안 맥주홀에 '출근'한 그 여학생의 여행 목적은 과연 무엇일까? 후에 여행 마지막 날 파리에서 우연히 다시 만나게 된 그 여학생은 그 남학생을 뮌헨에서부터 친구와 함께 쓰는 호텔방에 기거시키며 숙식을 '책임'져 주고 있다나? 거기다 여권과 돈을 소매치기 당해 한국대사관에서 수속을 밟고 있느라고 여간 고생이 아니라고 했다.

나는 정말 많은 한국 여성들이 여행을 떠나 즐거움과 배움을 얻었으면 하

뮌헨미술관에서 찍은 사진.
여행 중에 거리에 나서 보면
한국 학생들이 보이는데
박물관이나 미술관, 유적지에
들어가 보면 왜 그들이 한 명도
보이지 않는 걸까? ⓒ 박형옥

고 바란다. 그런데 이번 여행에서 그렇지 못한 모습이 꽤 많이 눈에 띄었다. 유럽 여행 경비만 해도 그리 쉽게 마련할 수 있는 액수는 아닌데 말이다.

여행을 정리하면서

한 달간의 배낭여행을 성공적으로 마친 내게 식구들과 주변 친구들은 연령을 극복한 놀라운 여행이라고 칭찬㉠도 하면서 무지한 자가 용감하다고 놀리는 것도 잊지 않는다. 여행에서 돌아온 후 어려울 때나 기쁠 때마다 나만이 소중히 간직한 보석을 남몰래 꺼내 보듯이 흐뭇해하며 삶의 힘을 얻는다. 유럽 여행은 경제적으로 나 자신에 대한 최초의 과분한 투자였다. 우리 집 형편을 보더라도 과다한 출혈이었다. 그러나 이제 내 나이 예순, 무엇을 두려워하랴.

* * *

또다시 여행을 꿈꾼다

나 홀로 한 달간 유럽을 누빈 지 10여 년이 흘렀다. 그동안 딸과 아들에게서 아이들이 한 명씩 태어나, 난 그 두 손자를 품어 볼 수 있는 할머니가 되었다. 모든 사회 활동에서 떠나 몇 십 년 만에 아가들을 안아 보는 포근함을 만끽했다.

아들의 아가는 내 손길 속에서 성장해 다섯 살이 됐고, 이제 세 살을 넘긴 딸네 아가는 가끔 만나는 것으로 만족할 수밖에 없으나, 어쨌든 두 아이를 보는 것만으로도 즐겁다. 그래도 방학이 가까워 오면 마음이 설렌다. 내 아이들은 내가 가고 싶은 곳의 여행 상품권을 준비해 주기도 하고, 때론 동행하기도 한다. 이번 7월 여름 방학엔 칠순을 미리 축하하는 뜻에서 딸과 아들 식구와 함께 내가 평소에 오래 머물렀으면 하는 해외여행지로 떠났다. 여행 전, 아이들은 내 의견을 세세히 참고하면서 일정을 짰고, 내가 마음에 쏙 들어 할 최고의 프로그램을 마련하려고 애썼다. 난 늘 편안한 마음으로 아이들을 의지하며 신경 쓸 일 없이 여행을 즐겼다. 꿈길을 지나온 것 같은 아름다운 시간들이었다.

노년의 편안함이여! 새삼 느끼는 가족의 고마움이라니! 이제 일상 삶의 자리로 돌아온 지금, 난 또다시 여행을 꿈꾼다.

박형옥

1937년 평북 신의주에서 태어났다. 월남하여 대학에서 영문학을 공부하고 졸업하자마자 학교 입학하듯이 결혼, 자신의 일을 하지도 갖지도 못한 채 두 자녀를 키우며 결혼 생활의 의미 없음에 항상 갈등했다. 남편이 세상을 떠난 후 하고 싶었던 일들을 마음껏 펼치면서 소중한 시간들을 보냈다. '여성의전화' 자원 상담원에서 시작해 여성 문제 전문 상담가로 여성 운동에 동참하기도 했다. 오십이 넘은 나이에 열심히 공부해 여성학과에서 공부할 수 있는 기회도 가졌다.

종이배 타고 절로, 저절로

이숙인

지난 주, 강화도 보문사에 다녀왔다. 이번엔 절을 올리고 와야지, 한 것은 돌아가신 이모가 생각나서였는지 모른다. 엄마의 맏언니였던 큰이모는 천주교 집안에서 그야말로 아무 종교적 신념이나 선택이 아닌 순전히 개인 사정에서, 올망졸망한 자식들 다 두고 출가를 한 늦깎이였다. 어려서 그분이 집에 다니러 오면 착실한 주일 학교 모범생이던 내가 열이 펄펄 끓어서 주변에선 몹시 기이하게 여긴 일이 있다. 그럴 때면 이모는 서운한 얼굴로 서둘러 이웃 친척집으로 걸음을 옮기곤 하셨다. 나는 성장해서도 그분의 임종을 보지도, 다비식에 참례하지도 않았다. 이혼을 하고 돌아온 장성한 딸의 위치라는 것은 집안 대소사에 그저 국으로 나타나지 않는 것이 그 집의 체모를 지키는 데 도와주는 일이었으니까.

교회나 성당을 주로 드나든 편이라 그동안 불상에 대고 절을 한다는 것은 내심 금기였다. 가위에 눌렸을 때 성호를 긋는다든지 심신이 괴로울 때 주기도문이나 성모송을 읊는 일 등이 익숙한 까닭에 그간 절에는 가도 절을 올리지는 않았다. 더불어 점이나 사주, 궁합 등은 일찍부터 우리 집안에서는 비웃음거리 풍속이었다. 가족 가운데 동양 철학을 나름대로 전공한 형제가 하나

보문사 극락보전과 옛 스님들이 공양을 준비하는 데 썼다는 맷돌.
맷돌 위에는 수행에 정진하는 동자상들이 빼곡하다. ⓒ 유이

있는 데다, 외래 문물에 대한 무조건적 동의가 곧 당신
의 여성 해방과 교육 기회 및 성장을 의미했던 엄마는, 무속
이나 민속 자체에 지금도 그 혐오가 심한 분이다. 불교와 민간신앙이란 가깝
고도 실은 먼 관계일지 모르는데 매우 근대적인 내 엄마는 둘을 싸잡아 백안
시했다.

커밍아웃

얼마 전, '절친한 마음의 친구' 하나가 함께 절에 가자고 권했다. 요즘 가까운
친구들 몇이 명상과 예불이며 백팔 배 올리는 것에 심취해 있다. 일시적인 유

104

행이라기엔 제법 절실하고 곡진한 포즈로. 나 역시 그 제안에 마음이 끌렸다.

각자 멀리서 다른 길로 허정허정 걸어왔는데 어느 날 둥글게 모여 앉게 된 형국이랄까. 나는 나대로 3년 전부터 여기저기서 또는 독학으로 요가를 배웠고 명상과 참선 서적에 관심을 기울였다. 거창한 의도는 없었고 '소심한 데다 열까지 잘 받는' 성격을 좀 고쳐 보려고 시작했다. 하지만 너무 유행을 타는 것 같아 겸연쩍어 혼자서만 몰래 그러고 있었다.

사실 가까운 친구들(주로 여성 운동이나 과거 학생 운동을 했던) 사이에서 요즘 영성이나 그와 관련한 여러 현상에 관심 있는 것은 일종의 조심스런 '커밍아웃' 과정을 통해 서로에게 알려지곤 한다. 스스로 그것을 드러내고 인정하는 것이 결코 가벼운 사건이 아니란 뜻이다. 그만큼 자기 내부의 변화를 지금까지와 다른 방식으로 나누는 데 익숙하지 않은 집단이 우리 세대가 아닌가 싶다.

심지어 어떤 친구는 분명 영적인 세계에 관심 있는 언행을 하면서도 자신은 절대 그런 것과 거리가 멀다고 극구 부인하기도 했다. 그것도 만취한 상태에서 부득부득 우기는데 보는 사람 입장에선 거의 강박으로 느껴질 정도였다. 그 친구는 마치 자신이 그것을 인정하면 지금은 공고하지도 않은 특정 조직에 무슨 배반을 하거나 전향을 하는 듯 필사적인 태도였고, 자기는 영적인 것도 종교에도 전혀 관심이 없으며 자기가 힘들다고 어딘가에 절을 하게 되면 그날이 바로 자기가 죽는 날이 될 것이라고까지 했다. 또, '이성이 잠들면 요괴가 날뛴다'는 예전 어느 사회 운동가의 소설인지 에세이인지의 제목을 술자리에서 엎어져 자면서도 자꾸 되뇌었다.

절을 한번 해 볼까

동시대의 고뇌와 경험을 고스란히 함께 겪은 '절친한 마음의 친구' M은 그동안 무리와 떨어져 홀로 지낸 지 벌써 3년이 넘는다. 그녀는 가까운 친구들이 크고 작은 부침과 파란만장한 개인사를 겪는 동안 지속적인 수련 정진을 하고 도의 세계에 입문을 해서 스승도 이미 여럿 순례하였다.

그런 세계와 아주 거리가 있어 보이던 또 다른 친구 K의 소식도 그녀가 전해 주었다. 뜨거운 불덩이와 차가운 얼음이 꼭 반씩 뒤섞여 불안불안하던 성정의 K는 어느 날 별안간 절로만 걸음이 닿더니 요즘은 집에서도 절에서도 배를 올리는 일에 몰두한다 했다. 한번 하면 백팔 배요, 천 배도 삼천 배도 하냥 올리게 된다는 것이다. 땀으로 온몸이 절고 관절이 꺾이듯 아프고 그래도 그러고 나면 마음이 깃털이란다. 그렇게 이런저런 벗들의 경험담을 전해 듣고 나니 다음에 나도 절에 가면 절을 한번 해 볼까, 하는 마음이 불쑥 들었던 것이다.

종이배 타고 절로, 저절로

그런 마음을 먹은 며칠 후, M이 불쑥 강화도에 있는 보문사에 가자 했다. 그녀는 보문사를 참 좋아했고 그간 자주 내게 언급도 했다. 자기는 그 절을 혼자서도 여러 번 갔고 친구들과도 자주 다녀온 곳이라 했다. 거기 있는 극락보전의 아미타불이 그렇게 아름답다고도 했다. 마음이 어지럽거나 기도를 하고 싶을 때면 그 친구는 보문사에 간다 했다. 그런데 마침 길을 떠나려 하니 그날따라 내 생각이 났고 그냥 한번 전화를 하는 거라고 했다. 나는 잠시 망설이다 그러자고 했다. 매일 아침 하루 할 일과 행로를 그때그때 정하는 나날이라 쉽게 그러마고 했는지 내심 기다렸던 행선지인지 잘 분간이 되지 않은 채 기쁜 마음으로 길을 나섰다. 동시에 내 생에서 이 사건이 아주 중요한 것이리라는 마음도 분명히 들었다. 과거도 돌아보지 않고 미래도 기약하지 않는 이즈음의 나날에 그렇게 절로, 저절로 발길이 갔다.

강화에 도착했는데 보문사까지는 배를 타고 가는 것이라 친구가 말했다. 나는 깜짝 놀랐다. 아무런 사전 조사 없이 떠난 길이라 그저 기대 밖의 일을 겪는 재미가 있다고 생각하면 될 터인데 배라면, 이건 얘기가 좀 달랐다. 무거운 차들을 잔뜩 배에 실고 절까지 가다니…! 과거, 가까운 가족이 근해에서 배를 타고 놀다 참람한 죽음을 맞은 적이 있는 나는 그때부터 배에 관한 극심한 공포가 생겼다. 오죽하면 배 타고 가는 단체 여행에는 무조건 아이를 보내지 않을까. 그러나 여기까지 와서 그런 내색을 할 순 없었다. 말없이 차에 그대로 앉아 배에 몸을 실게 된 나는 서서히 등줄기에 식은땀이 나기 시작했다.

그런데 우연인지 알고 그러는 건지, 이제 너무 특별한 성분의 인간이 되어버린 것만 같은 운전석의 M이 갑자기 혼잣말처럼 그런 말을 했다. "난 말야, 이제 죽음이 하나도 두렵지 않아. 오늘 죽어도 지금 죽어도 여한이 없어…" 그때 엉뚱하게도 이런 화답이 내 입에서 동그란 구슬알처럼 또르르 굴러 나왔다. "아침에 도(道)를 들으면 저녁에 죽어도 좋다…, 그치?" 서서히 등짝의 땀이 식고 마음이 차분해지고 육중하고 크기만 해서 아무 운치가 없던 석모도 가는 배가 얇고 가벼운 종이배처럼 홀연히 여겨졌다. 그리고 물리적으로도 5분도 채 되지 않아 우리는 보문사가 있는 섬에 닿았다.

사백열아홉 계단을 오르며

친구는 절의 곳곳을 잠시 안내하더니 자기는 극락보전에 들어가 좀 묵상을 한 다음 바로 절을 시작하려 한다 했다. 나더러는 알아서 뭐든 하라 했다. 본래 둘은 마음이 잘 통하는지라 거의 동시에 "이제 각자 절 입구에서 갈리어 나름 홀로의 시간을 보낸 다음 다시 보자"고 제안했다. 그리고 나는 예정된 것처럼 아

사람들이 계단 놓느라 참 수고했겠다, 생각하니 의식 저 바닥까지 추락해 있던 종교니 영성이니 하는 것들이 내게 새삼스러워졌다. ⓒ 유이

까 흘깃 봐 둔 마애석불에게 가기로 했다. 커다란 바위에 큰 얼굴로 새겨진 부처님… 나는 그리로 향하는 돌계단을 천천히 오르기 시작했다. 문득 어느 해 가을, 승가사에 갔을 때 백팔계단을 하염없이 오르내리던 일이 생각났다. 그때는 깨진 연애 때문에 마음이 지옥이었는데 지금은 웃으며 즐거이 이 계단을 오르는구나, 사람들이 계단 놓느라 참 수고했겠다, 생각하니 의식 저 바닥까지 추락해 있던 종교니 영성이니 하는 것들이 내게 새삼스러워졌다.

작은 산의 꼭대기까지 꼭 사백열아홉 개로 이어진 돌계단을 따라 올라가 마애불 앞에 닿으니 사람들(주로 여자들)이 앉아 경을 읽거나 염주를 굴리거나 방석을 깔고 절을 올리고 있었다. 나는 절을 어떻게 하는지도 몰랐고 거기서는 왠지 혼자 절을 올릴 수가 없었다. "절이란 정말 봉건적인 의식이야…" 하던 둘째 오빠의 불평도 귀에 들렸다. "왜 우리나라 사람들은 모든 의식마다 절을 하지? 내가 오체투지하는 승려도 아니고 사제 서품 받는 것도 아닌데, 존경하지도 않는 대상에 대고 나를 굴신(屈身)하다니…" 하던 논리와 함께.

108

나는 절 대신 앉아서 명상을 시작한다. 명상을 조금 익히고 자주 한 지는 1년이 되어 간다. 그전에 성당을 열심히 다닐 때도 가장 좋았던 시간이 '피정'이란 것을 가서 면벽하고 명상하던 기억이었다. 눈을 반쯤 감고 가부좌를 하고 의식을 집중하는데 늘 그러하듯 조금 시간이 흐르자 이런저런 감정과 기억이 재현되는 한바탕 유념의 시간이 지나고 텅 빈 의식이 찾아들었다. 유념의 시간 중에는 돌아가신 이모를 오래 만났다. 이모가 어린 나를 볼 때마다 귀엽다고 파안대소하던 모습, 우리를 위해 표고버섯 만두를 해 준다는 게 절에서 하던 대중공양처럼 그야말로 '한 다라이'를 만들어 두고두고 먹고, 나눠 먹어도 없어지지 않아 우리 모두를 기함시킨 일, 어쩌다 속가에 내려오면 으레 그런다는 걸 알면서도 고기를 너무 잘 드셔 사춘기 무렵 예민하던 나를 놀래키던 일, 이모가 내 이마를 쓸어 주며 우리 밝은 사람, 밝은 사람, 하던 기억 끄트머리에서 기어이 난 눈물을 쏟고 만다(지금 이 글을 쓰는 내내 다시 더운 눈물이 흐르고 있다). 순간, 이모의 마지막 가는 길을 내게 알리지 않은 엄마도 미웠고 그런다고 이모 한번 찾아보지 않은 나도 미웠다. 그러나 이제 무슨 소용이랴⋯ 이렇게 우리는 늘 만날 수 있는 것을⋯

울음이 잦아들자 이어서 내부의 의식이 둥글게 비어 갔다. 이어 몸도 따라 둥글게 비워져 점점 거대한 공간감이 찾아든다는 느낌 바로 다음, 주위의 바람이 주변의 물상과 사람들을 투과하기 시작했다. 산들산들 부는 바람은 마치 춤추듯 내 몸을 가벼이 통과해서 이리저리 스미고 깃들고 또 나가며 놀았다. 이어 새 소리가 찾아와 귀를 부드럽게 만지고 간지럽혔다. 다음으로 찾아온 것은 눈썹바위 아래 마애불의 낯설고도 남다른 기운이었다.

꺼끌꺼끌한 바위에 웃음을 머금은 부처의 얼굴에 피가 돌고 숨이 붙어 있

마애불 앞에는 사람들이 앉아 경을 읽거나 염주를 굴리거나 방석을 깔고 절을 올리고 있었다. ⓒ 유이

는 것처럼 그의 존재가 아주 가까이 느껴지더니 내 몸이 저절로 좌우로 조금씩 움직이며 리듬을 타듯 흔들거렸다. 그리고 나도 모르게 두 볼에 조용히 웃음을 머금기 시작했다. 마치 오래 그리던 친구 앞에 있는 것처럼 기분이 편하고 좋았다. 강화 바위에 부조된 저 부처는 분명 성정이 아주 유머러스하고 경쾌한 분인 듯했다. 얼마나 지났을까. 시간을 헤일 수 없는 시간이 흐르고, 난 오던 길을 따라 다시 내려왔다. 계단 놓아 준 분들께 합장으로 인사하며 마애불에게도 잠시 인사를 고했다. 안녕, 다음에 또 봐요. 재미있었어요! 계단을 내려오며 아주 먼 여행길에서 돌아오는 기분이 들었다. 교사로 일할 때 런던에 있는 사립학교를 다녀왔을 때도, 출판사에서 볼로냐 북페어에 참가하고

110

왔을 때도, 친척이 머무는 뮌헨 부근 시골에서 한 달을 보내고 돌아왔을 때에도 이런 기분은 아니었다. 천오백 년 전에 지어졌단 절, 백 년 전에 새겨졌다는 바위의 석불, 시간의 여행지는 지리적 여행지가 주는 거리감과 도무지 비교가 되지 않았던 걸까…?

마음이 깃털이 되어

친구가 배를 올리고 있는 극락보전엔 전국에서 4대 관음도장에 속한다는 절답게 관음상과 아미타불이 위아래로 정좌해 있었다. 앞서 말했듯 절이란 내게 대체로 관광지였고 향과 연등과 단청의 원색은 세련미와는 거리가 있어 은근히 눈에 넣지 않은 대상물들이었다. 그렇다고 내가 그날 보문사에서 개종을 했다거나 단숨에 두 눈 부릅뜬 사천왕상에서 후광을 보았다거나 하는 시시한 고백기를 쓰려는 것은 아니다.

다만, 가만 앉아 오래 바라본 금제 아미타불의 용모가 유난히 단아하고 신비스럽게 보였다는 것, 절에서 만난 어떤 대상이 그렇게 아름답게 보이긴 생전 처음이라는 것, 그리고 일어나 친구를 따라하며 배운 절을 몇인지 세지 않고 여러 번, 수십 차례 마음에 떠오르는 형상을 따라 올려 봤다는 것, 그것이 사람이든 세상이든 우주든 마음에 연처럼 걸리면 그들을 위해 극진히 절을 올리고 다시 하늘로 날려 보내고, 또 걸리면 또 보내고 그러고 나니 나도 마음이 깃털이 되어 날더라는 것이다.

또, 그동안 앉아서 명상을 하다 절이란 동작을 해 보니 마치 그것은 아주 활동적이고 '액티브'한 기도를 행하는 기분이었다. 사람이 굉장히 힘겨운 어떤 것을 갈망하는 데 이 정도 공은 드려야 하지 않을까…; 하는 동의와 각성이 일어났다는 것, 내용과 형식이 딱 맞아 떨어지는 기도의 형식으로서 불교의 '절'이 내 안에서 발견되었다는 것, 다시 말해 깨달음을 구하거나 사랑하는 이들의 안위를 구하는 데 그래도 좀 일어나 온몸이 부서지도록 땀도 흘리고 관절도 쓰고 해야 한다는 심신일체의 형식미 같은 것을 절이라는 행위에서 처음으로 찾아냈단 것이다.

내 영성의 여정

'복을 부르고 액을 막고'의 수준과 차원이 너무도 싫어 내게 한동안 종교는 다시 가까이하지 않을 그 무엇이었다. 어려서 교회를 다니다 성당에서 세례를 받고 혼인 후 한동안까지도 천주교인의 형식을 지니다 성경 연구에 빠져 두어 군데 순례를 하고 마침내 혼자 집에서 기도를 하거나 명상을 하게 되었던, 지난 내 영성의 여정을 다시 떠올려 본다.

네 살 때 창문에 어린 그림자로 찾아온 큰아버지의 혼령과 처음 이야기 나눈 이후, 나는 '내가 누구고 어디에서 와서 어디로 가는가', 하는 문제를 한시도 내려놓은 적이 없는 것 같다. 또한 그 의문을 배경으로 수시로 떠오르는 생의 의미에 시원한 답을 순간순간 찾기를 갈망하였다. 그러니 세속에서 나는 무엇을 해도 늘 몸과 마음이 따로 놀기 일쑤였던 것 같다. "너 눈빛을 보아하니 몸은 책상 앞에 있지만 마음은 언제나 바람 부는 벌판을 헤매는 인간이로구나!" 하던 내 젊은 날의 스승, 윤구병 선생의 말이 자주 떠오르는 요즈음이다.

보문사에서 돌아와 사람들이 요즘 어떻게 지내냐 하면, 절에 다닌다, 혹은 처음으로 자랑스레 우리 이모가 스님이셔서 돌아가신 영이나마 자주 만나러 절에 간다, 하는 나를 보고 어이가 없어 스스로 웃는다. 게다가 그동안은 다른 데 많이 다녔으니 이제 절에 다닐까 해요, 하며 그들을 놀래키기도 한다.

사람이 굉장히 힘겨운 어떤 것을 갈망하는 데 이 정도 공은 드려야 하지 않을까? ⓒ 유이

아침엔 가까운 성당에 앉아 있기도 하고 일요일, 안식일이자 주일이라 불리는 그날엔 가까운 진관사나 승가사에 간다고도 한다.

내겐 시장이나 화랑이나 교회나 절이나다. 도시 기행이 취미인 나의 하루 여정 가운데 그것들은 그저 하나하나 가까운 시야 안에 자리 잡고 있는 지리적 공간일 뿐이니까. 인간이 만든 협소한 틀과 구조에 커다란 우주의 마음이 쉽게 걸려들어 모욕당하고 분쟁을 일으키고 하는 것은 이제 내가 별로 바라지 않는다. 권력과 야욕이 동기인 크고 작은 전쟁을 성전으로 이름 붙이는 것처럼, 어떤 종류의 횡포나 몰이해는 서로가 서로를 적대적 종교로 분류하면서 생겨나는 것이 대부분이니까.

나는 혼자이지만 혼자가 아니다

다시 배를 타고 보문사에 가고 싶다. 눈썹바위 아래 웃고 있는 마애불과 세상 돌아가는 것이며 재미난 화제로 담소를 즐기다 사백열아홉 개의 돌계단을 하나하나 천천히 밟고 음미하며 내려오고 싶다.

독일 레겐스부르크에 가면 세상에서 가장 작을 듯 초라한 지하 성당과 세상에서 가장 아름다운 십자가상이 있다. 세 차례의 유럽 여행 가운데 가장 마음에 남은 것은 바로 그 지하 성당에서 느낀 우물 같은 적막감과 예수를 매단 십자가상에서 뿜어져 나오는 거룩하고 슬프고 신비한 기운이었다. 지금 나는 그곳에 아주 가까이 머물고 있는 것만 같다.

요사이 나는 혼자이지만 실은 혼자가 아니다. 굉장히 많은 친구들이 내 주위에 있다는 걸 새삼 느낀다. 눈을 감고 그리면 보고 싶은 그 친구들은 바위에도 있고 지하에도 있고 석회 동굴 속에도 웃으며 날 기다리고 있을 것이다. 내 마음이 그들을 부를 때 오늘도 삶은 내게 끝없는 여정이 된다.

이숙인

오늘, 일곱 살부터 스무 살까지 죽 살았던 이태원의 어느 이름난 카페에 답사를 다녀왔다. 단단한 기둥이 있고 거기 탄력 있는 고무줄이 매여 있고, 또 그 고무줄에 동여매진 작은 돌이 나라고 생각한 적이 있다. 오늘 다시 내 흔적이 묻은 동네를 다시 보니 그리 멀리 떠나온 것이 아니란 생각이 든다. 그저 이젠 내가 기둥이고, 고무줄이고, 돌멩이라는 느낌이 들었을 뿐. 가을부터 신촌의 작은 카페 주방에서 일할 예정이다. 오전에서 오후까지 가능한 파트타임 일을 찾다 얻은 좋은 기회다. 새벽에 일어나고 오후 4시에 집에 돌아와 언제 끝날지 모르는 글쓰기를 매일 두 시간 정도 하는 게 목표다. 글 쓰는 주방 아줌마, 조금의 변신 같지만 사실 이제 와서 새롭거나 변할 것도 없는 것이 나머지 생이란 생각이 자주 드는 요즈음이다.

두려워 말고 떠나 보자

최아롱

요가 니케탄 아쉬람의 하루 일과표
© 김종현

다시 만난다. 7월에 인도로 출발해서 보름 동안 동고동락했던 그녀들을 3개월 만에 만나게 된다. 그동안 어찌 지냈을까? 그 만남이 가슴 설레며 기다려진다. 그만큼 그녀들은 멋있었다. 사진을 보노라면 인도의 후끈거리던 열기와 거리의 냄새도 찌릿하게 느껴진다. 인도인들의 땀내가 역해서 화장실로 달려가 토할 뻔했던 부적응 상태에서 조금씩 익숙해지던 그 모든 순간들이 하나씩 생생하게 살아서 다가온다.

두려워 말고 떠나 보자

그래, 서른여섯 명이었다. 인솔자로 함께 간 남자 교수 한 명, 스님 한 명, 남자 요가 지도자 한 명, 그 외엔 서른세 명 모두 여성이었다. 비행기로 열 시간, 다시 버스로 열 시간 이동하는 동안 통성명을 하다 보니 아이 한둘 딸린 주

오로지 자신에게 집중하고 수행에 전념할 수 있는 시간이 주어졌다. 여성이라서가 아니라 여성에게 수행할 수 있는 여건이 주어지지 않았기에 수행이 어려웠던 것이다. ⓒ 김종현

부들이 상당수여서 놀랐다. 15일의 긴 일정 동안 그렇게 떠날 수 있는 게 쉽지 않았을 텐데, 기혼이고 아이가 있음에도 불구하고 실행에 옮긴 그 결단력이 부러웠다. 열정이겠거니 싶었다. 무엇이 그녀들의 열정에 불을 지폈을까?

내 요가 스승은 늘 "여자들은 수행하기 어렵다"는 소리를 입버릇처럼 했다. 그 말을 극복하기 위해서 스스로 얼마나 노력했던가. 결혼한 남자들은 또 흔히 이렇게 말한다. "착실하게 돈벌어다 주고 바람피우지 않고 살아 주는데 뭘 더 바라냐?" 그게 아닐 수도 있는데… 여성도 자기만의 정신세계를 추구할 수 있는데… 여성에게도 근기가 있는데… 가족과 떨어져 있는 시간을 통해 관계를 바라보고 다져 갈 수 있고 연연해하지 않기에 도리어 자신의 삶

을 더욱 당당하게 만들어 갈 수도 있다.

출국 당일 새 근무지 발령이 났다는 이는 "인도 연수에서 돌아오면 직장에서 책상이 사라졌을지도 모른다"고 웃으며 비행기에 올랐다. 그러나 그녀는 지금도 직장에 잘 다니고 있다. 우리가 걱정하는 일은 실제로 우리 안에 있는 두려움이 만든 것이기도 하다. 두려워 말고 떠나 보자.

남성의 공간에서

인도에 도착하니 10억 인구라는 말이 실감날 만큼 사람들은 곳곳에 넘쳐 났다. 이동하는 버스, 트럭 위는 물론이고, 거리도 남성들로 넘쳐 났다. 가게에서도 남자들이 물건을 팔았고, 아쉬람 안에서도 남자와만 얘기했다. 사무직원도 강사도 남자뿐이었다. 도대체 여성들은 어디에 있을까?

인도를 여행하면서 음식이나 잠자리, 고난이도의 요가 연수가 어려웠던 게 아니라 길거리에서 눈을 어디에 두어야 할지 모르는 난처함 때문에 힘들었다. 남성들은 아무렇지도 않게 자신의 성기를 수시로 긁적이고, 행인들이 모두 볼 수 있는 가트에서 자유롭게 물로 몸을 씻었다. 길에 여성들이 없으니 남성들은 그 누구의 시선도 개의치 않고 행동했다. 그만큼 거리는 남성에게는 자유로운 공간이었다. 한 성(性)에게 무한히 주어진 자유가 나머지 절반의 성이며 이방에서 온 여성인 내겐 때론 야릇한 공포감을 안겨 주었다는 걸 알까?

거리엔 여성을 위한 배려가 없었다. 남성들이야 전 국토가 그들의 화장실일 수 있지만, 어디 여성들에게도 그러하랴. 고속도로에서 휴게소를 쉬이 찾을 수 없고, 이동 중에 대소변이 급해도 화장실이 없으니 버스를 도중에 세워 두고, 길가에서 볼일을 봐야 했다. 대낮에 궁둥이를 허옇게 내놓고 볼일을 봐야 하니 여간 곤혹스러운 일이 아닐 수 없었다. 양산, 우산을 동원해서 바리케이트를 두르고 볼일을 봤다. 그만큼 여성들의 이동이 없기 때문에 생겨난 현상이다.

그런 인도에서 국경을 넘어 이동하다 보니 여행하는 여성들은 자유분방하고 개방적일 것이라는 상상, 제대로 존중받지 못하고 자라난 동양 여성들에 대한 경시가 중첩되어 인도 남성들은 대낮에도 우리의 가슴, 엉덩이를 만지며 지나가는 추태를 보이기 일쑤였다. 거리를 거닐면서도 온몸이 긴장되었다. 몸을 만지는 느낌이 들면, 길거리 한복판에서 고함을 질렀다. 욕도 해본 사람이 하는 것인가? 온힘을 다해 내지른 소리가 고작 "야!"였다. 그래도 그 소리에 남자들이 주춤 물러섰다. 이국땅에서 나를 보호할 수 있는 게 나뿐이니 제법 용감해지기도 하나 보다.

여성들의 아름다운 유체 이탈

버스 창문 너머로 우리는 남성들뿐인 이국의 거리를, 인도인들은 버스 안의 우리를 서로 신기하게 바라보았다. 우리의 전용 버스인 볼보의 웅장함도, 피부색이 다른 이방인인 우리도 구경거리였지만, 서른세 명의 여성들이 여행한다는 사실이 그들에겐 더 큰 놀라움의 대상이었다. 함께 간 나조차도 일행에 대해 궁금증이 일었을 정도이니 말해 무엇하겠는가. 우리 일행은 특별히 쇼핑을 하지도 않고, 뜨거운 열대에서 양산을 쓴 귀부인 흉내를 내지도 않고, 화장기 없는 얼굴로 수련복을 입고 새벽부터 시작되는 요가 명상과 아사나 수업에 전념했다. 그 진지한 모습들이 아름다웠다.

우리가 수련했던 요가 니케탄 아쉬람에서는 작은 종으로 잠을 깨운다. 5시~6시 새벽 명상, 6시 30분~7시 30분 요가 아사나, 8시 식사, 12시 점심 식

각자 사용한 식판과 컵을 씻으면 설거지는
끝났고 자기 옷만 빨면 되었다. 오로지 자신에게
집중하고 전념할 시간이 주어졌다. ⓒ 김종현

사, 3시 15분~4시 명상 강의, 4시부터 20분간 인도 전통차인 짜이를 마시며
담소를 나누는 차 시간, 5시 30분~6시 30분 요가 아사나, 7시~8시 명상, 8시
15분 저녁 식사 그리고 취침 시간으로 하루 일과가 정해져 있다. 수업이 없
는 자유 시간은 산보, 쇼핑, 개인 명상, 독서 등으로 시간을 보낸다.

아쉬람의 프로그램은 등급을 나누지 않고, 누구나 자리에 앉아 명상하고 자
신에게 맞추어 요가 아사나를 하는 식으로 진행되었다. 초보자부터 오래 수련
을 한 사람에 이르기까지 우리의 수련은 진지했다. 밥하는 일은 우리의 몫이
아니었다. 각자 사용한 식판과 컵을 씻으면 설거지는 끝났고 자기 옷만 빨면
되었다. 손끝에서 반찬 냄새가 사라지고, 옷자락 끝에 대롱대롱 매달려 있던
집안 먼지도 사라졌다. 오로지 자신에게 집중하고 수행에 전념할 수 있는 시
간이 주어졌다. 그동안 여성이라서가 아니라 여성에게 수행할 수 있는 여건이
주어지지 않았기에 수행이 어려웠던 것이다. 차이는 타고나는 것이 아니라 만
들어진 것이라지? 맞아, 맞아. 주부에게만 집중되던 가사와 육아의 비중이 줄

요가 니케탄 아쉬람의 정원 ⓒ 김종현

어든다면 여성 안에 있는 많은 능력들이 꿈틀대며 활개 칠 수 있으리라.

각자의 삶에서 벗어나 있는 그대로의 본질을 관(觀)해야 할 시간이 필요했기에 인도 요가 연수팀에 합류한 분들도 있었다. 나도 그 가운데 하나였다. 유체이탈이 따로 있을까? 잠시 떠나서, 그러나 '완전히' 떨어져서 바라보고 비우는 시간을 가져 볼 수 있다면 그것이 유체이탈의 경험일 수도 있겠지… 한번쯤은 내가 몸담고 있는 공간을 벗어나 부유해 볼 필요도 있다. 그곳에서는 무슨 화두를 가지고 있는지 묻지 않아서 편했고, 일괄적으로 화두를 던져 주지도 않아서 좋았다. 얼마나 갈망했는지 모른다. 아무에게도 방해받지 않고 자신을 돌아볼 시간을. 그 소중한 시간에 생각할 화두가 어디 하나뿐이랴.

아쉬람에는 세계에서 모여든 다양한 사람들이 체류하고 있었다. 아이와 함께 온 독일 여성이 특히 우리 일행의 부러움을 샀다. 그녀가 하도 젊고 건강해 보여서 아들인가 했더니 손자라고 했다. 그녀는 6개월을 체류하고 손자는 한 달 뒤 개학을 맞아 독일로 돌아간단다. 그녀는 화장기 없는 얼굴에 두 벌 정도의 옷을 번갈아 입는데, 오늘 입고 내일은 빨아서 말리고, 그 다음 날 다시 입는 식이다. 인도는 더운 나라여서 특별히 많은 옷이 필요 없는데도 배낭 한가득 옷을 담아 온 우리는 그녀를 보고 계면쩍어했다. 많은 옷을 가지고 온다는 것부터가 집착을 끊지 못한 것 아닐까?

자유 시간이 되면 그녀는 발코니에 앉아 책을 읽고, 손자는 뭔가 열심히 쓰고 있었다. 아마 숙제를 하고 있겠지? 방학이 끝나면 학교에 제출할 밀린 일기를 쓰는 건 아닐까? 이렇게 내 사고 체계는 한국의 교육 체계 내에 머물러 있음을 문득 깨닫고는 혼자 쓴웃음을 짓기도 했다. 경험 공간을 벗어나기란 쉬운 일이 아닌가 보다. 그녀는 독서 시간 외에는 손자와 이야기를 나누었다. 때론 진지한 표정으로, 때론 따사로운 미소를 머금으며 대화를 하고 있었다. 부러웠다. 6개월이란 시간을 자신을 위해 마련할 수 있는 여건이 부러웠고, 어린 손자와 '대화할 수' 있는 열린 마음이 부러웠다. 우리는 먼발치에서 선망의 눈으로 그들을 바라보며 "우리도 나이 들어 손자 손녀와 저렇게 얘기할 수 있을까?" 묻곤 했다.

일행 가운데 한 분이 식사 시간에 이 독일 여성에게 전하고 싶은 말이 있다며 통역을 부탁했다. "당신의 얼굴에 내면의 아름다움이 그대로 드러나 있습니다." 그 말에 감사를 표시하는 여성의 평온한 미소가 지금도 눈앞에 선연하다. 뭐라 표현할 수 있을까? 많은 것을 포용할 것 같은 넓고 따뜻한 미소였다. 그런 미소가 내 얼굴에도 나타날 때까지 그 미소를 그리워하며 수행하고 있겠지.

여행의 선물

인도의 요가 연수는 그곳에서 함께한 멋진 여성들이 있어 더욱 사무치게 그리운 시간이 되었다. 처음 알게 된 여자들과 나눈 대화도 뜻 깊었다.

하지만 늘 좋은 시간만 계속된 것은 아니었다. 사람이 모이면 으레 문제는 생기기 마련이다. 꼬박 보름 동안 함께 아쉬람이나 호텔에서 묵고, 다같이 전용 버스로 이동하다 보니 갖가지 일들이 일어났다. 사소한 다툼도 있었고, 숙소 배정 때문에 말썽이 일기도 했고, 같이 기뻐하기도, 울기도 했다.

그 모든 과정에서 서로의 문제를 해결해 가면서 지혜와 아량을 발휘하는 모습은 이번 여행이 남겨준 보석 같은 선물이었다. 지금도 그 만남이 이어져 그네들의 딸들과도 인연이 지속되고 있다.

최아롱

'세상 속으로 가는 요가원'에서 더 넓은 세상을 향해 나아갈 수 있도록 여성들을 위한 요가, 어린이 요가를 연구하며 '몸과 마음 연구소'를 운영한다. (사)한국요가연합회 기획실장과 해외국 업무를 맡아 2005년 서른세 명의 여성들과 함께 인도 요가 연수를 다녀왔다. 길 위에서 조우하게 되는 여성들을 통해 삶이 변화되고 더욱 확장되며 새로운 '되기'를 추구한다.

길에서 만난 사람들

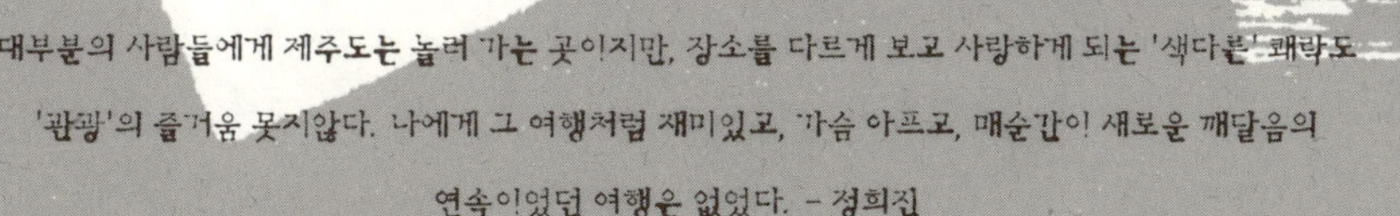

대부분의 사람들에게 제주도는 놀러 가는 곳이지만, 장소를 다르게 보고 사랑하게 되는 '색다른' 쾌락도 '관광'의 즐거움 못지않다. 나에게 그 여행처럼 재미있고, 마음 아프고, 매순간이 새로운 깨달음의 연속이었던 여행은 없었다. – 정희진

제주 여행

정희진

부끄럽고 불행한 이야기지만, 스무 살 때부터 지난 20여 년 동안 나를 지배해 온 삶의 패러다임은 '생산적' 인간이었다. 제도 교육의 세례를 충실히 받은 새마을운동 세대답게 언제나 근면해야 한다고 생각했다. 이른 나이에 결혼한 이후로는 젠더 문제가 나를 '무의미한 시간이 있어서는 안 된다'는 강박으로 내몰았다. 기혼 여성은 공사 영역에 걸쳐 이중 노동을 하면서도(아니, 이중 노동을 하기 때문에) 시민권이 없다는 사실을, 결혼한 후에야 알았다. 대부분의 여성들이 그렇듯, 나 역시 그러한 구조를 개인의 '성실성'으로 극복하려 했던 것 같다. 의미 없는 관계가 없듯, 의미 없는 여행도 없는데… 나는 여행이 시간 낭비라고 생각했다. 나는 여행 경험이 거의 없다. 여행 자체를 목적으로 집을 떠난 적이 없다. 인간은 자기가 생활하는 구체적이고 사회적인 공간과의 관계 속에서 형성되는 공간적 주체다. 이렇게 살다보니, 어딘가 다녀오면 작은 이동이라도 충격이 크고 여운이 길게 가기 때문에 일상 복귀에 시간이 걸릴까 봐 걱정되었다. 나중에는 집과 도서관 외의 장소에서는 불안감마저 느끼는 매우 한심한 인간이 되었다. 교외, 야외 혹은 해외는 내게 좌절을 주는 공간이다.

그런 내가 일 년에 서너 번은 제주에 간다. 그리고 누군가와 이야기하고 싶을 때, 그렇지만 대개 그 누군가가 없을 때, 나는 「깃」, 「연풍연가」, 「이재수의 난」, 「인어공주」처럼 주제와 이야기는 서로 전혀 관련이 없지만, 오로지 제주를 온전히 볼 수 있다는 이유만으로 이 영화들을 보고 또 본다. 김영갑의 사진과 강요배의 그림은 더 애달프다.

최근 김영갑 선생이 돌아가셨을 때는, 그가 찍은 늦가을 해질녘의 스산하고 정말 외로운 11월 제주 사진이 생각나서 나 혼자 책상 앞에서 울었다. 서울을 떠나 그가 선택했던 제주에서의 완벽한 고독과 배고픔이, 일종의 남성 젠더적 작가의 삶이었다는 것을 알지만, 나는 그를 좋아하고 부러워한다.

여행 뒤 받은 편지 한 통

1998년, 서른한 살에 제주도에 처음 가 봤다. 당시 대학원 석사 과정 학생이던 나는 지도교수인 김은실 선생님의 권유로 1월 16일~19일까지 3박 4일 동안 진행된 '제주 4·3 50주년 기념사업추진 범국민위원회'가 주최한 '50돌맞이 제주 4·3 역사 순례'에 참가했다. 일본의 평화학자 도미야마 이치로는 국가(정확히 말하면, '민주화' 세력이 집권한 정부)에 의해 주도된 한국의 과거사 기억 방식을 매섭게 비판했지만, 당시 김대중 정부의 출범은 4·3과 5·18 같은 한국 현대사의 판도라 상자를 여는 계기가 되었다. '범국민'은 아니었지만, 어쨌든 정부의 허용 아래 최초로 4·3을 공론화한 행사였다.

제주 여행 후, '자유수호협의회'라는 무서운 곳으로부터 협박 편지를 받았다. 나는 약간의 망상, 즉, 내가 '반체제 인사로 찍혀' 무슨 리스트에 올라 사찰 대상이라도 된 줄 알았다. 평소에 워낙 불법 행동을 일삼은 데다, 특히 97년 12월 대통령 선거 때 양심수 석방을 주장한 후보를 '빨갱이' 운운한 C일보

제주 오름 ⓒ 김영갑갤러리 두모악

에 매일 행패를 부리다시피 전화를 해 댔기 때문이라고 생각했다. 다행히⑦ 그 여행에 참가한 사람들은 모두 같은 편지를 받았다. 자유수호협의회는 '지령', '오르그', '남로당' 같은 단어를 써 가면서, "4·3은 빨갱이들의 폭동이었고 당시 이승만 정부는 제주도민을 불안과 공포에서 구출했으니, 일부 몰지각한 사람들의 말에 현혹되지 말라"고 주장했다. 그들이 말하는 '일부 몰지각한 사람들'이란, 그간 4·3 진상 규명을 위해 애써 왔던 사람들이다. 참가자들의 주소를 어떻게 확보했는지 모르겠지만, 답사 여행 한번 다녀왔다고 그런 편지를 받다니. 솔직히 겁이 났다. 편지 한 통에 내가 이렇게 겁먹었는데, 그간 제주 사람들의 시간은 어땠을까? 자유를 수호한다는 사람들 덕분에, 나는 잠시 '핍박받는' 사람이 되어 '피해자 제주'와 동일시하게 되었다.

제주, 4·3 그리고 나

대부분의 사람들에게 4·3은 낯설다. 한마디로 정의하기도 어렵고, 워낙 복잡한 요소가 많기 때문에 한 가지 시각으로 파악하는 것도 불가능하다. 그래서 '민주화 항쟁'이나 '사태'와 같은 정치적 함의가 있는 용어를 붙이지 않고, 그

제주4·3 50주년 역사 순례 기념품, 강요배 화백의 판화.

냥 '4·3'이라고 말한다. 제주도민들이 남한만의 단독 선거를 반대하기 위해 '무장 봉기'한 1948년 4월 3일부터 1954년까지 무려 6년이 넘는 기간 동안 제주에서는 미군정의 지시 아래 '좌익 소탕'(레드 헌트) 작전이 있었다. 물론, '빨갱이'는 임의적인 범주다. 당시 제주 사람들은(그리고 지금 일상을 사는 우리도) 자신이 어떤 특정한 대상으로 지칭되는 것을 피하기 위해 타인을 대상으로 만들었다. 내가 '빨갱이'가 아니라는 것을 증명하기 위해, "저 사람이 빨갱이"라고 말해야 하는 것이다. 한국 현대사의 수많은 양민 학살에서 이런 장면은 흔했다. 6년 6개월 동안 제주도민의 3분의 1에서 5분의 1이 죽었다. 1948년 1년 동안에만 도내 169개 마을 중 130개 마을이 불타 없어졌다. 보통 약 3만 명이 희생되었다고 보며, 5만~8만 명이라고 주장하는 의견도 있다.

나는 20대에 현기영의 『순이 삼촌』을 읽었다. 그 소설이 처음으로 4·3을 다룬 작품이었고, 작가가 그로 인해 유명한 필화 사건(고문)을 겪었다는 사실을 알았지만, 책을 읽을 때는 '제주가 우리나라'라는 어떤 현실감이 없었다. 나는 제주에 가서 4·3을 알았다. 『순이 삼촌』에 이런 이야기가 나온다. 4·3

사건 후 피해 지역에서는 고구마 농사가 잘되었다. 고구마가 사람 머리만큼 이나 컸다. 하지만 사람들은 알고 있었다. 인골이 비료가 되었기 때문이라는 것을. 살아남은 사람들은 고구마를 먹지 못했다.

 "신혼여행 코스로 유명한 정방폭포 아래에 수많은 시체들이…" 계속 이런 식의 설명을 들어가며, 전국 각지에서 모인 200여 명의 순례자들은 당시 학살지와 동굴, 공동묘지 등 4·3 유적지를 답사했다. 여행 후 나는 주최 측에서 참가자들에게 기념품으로 나누어 준 강요배 화백의 모녀 동굴 판화를 무서워서 펴 보지 못했다.

 다섯 살 정도 되는 소녀가 엄마 품에 안겨 있는 그림으로, 의미를 몰랐던 여행 첫날에는 제주 '관광' 기념으로 표구해서 걸어 놓으려고 했다. 제주에는 도처에 자연 동굴이 많은데, 동굴은 당시 제주 사람들이 무차별 학살을 피할 수 있는 좋은 은신처가 되었다. 약 50년 후, 오랫동안 제주에 살아왔던 발굴자들의 발길조차 닿지 않았던 깊고 깊은 어느 동굴에서 두 구의 해골이 발견되었는데, 해골의 주인인 소녀와 엄마는 꼭 껴안은 채였다. 모녀는 공포와 추위 속에서 굶어죽은 것이다.

 당시 제주에서 일어난 사건은 우리에게 질문하게 한다. 무소불위의 권력을 가진 인간이 고립무원의 인간에게 어느 정도까지 잔인할 수 있을까? 어떻게 '인간'이 아버지를 죽이면서 아들더러 박수를 치라 하고, 사람의 머리를 대창으로 쪼고, 마을 사람들 보는 앞에서 시아버지와 며느리에게 성행위를 시키고, 어린아이를 불태워 죽일 수 있단 말인가? 총으로 죽인 것은 '가장 인도적인' 방법이었고, 여성에 대한 폭력은 차마 여기 쓸 수 없다.

제주도는 영주, 탐라, 제주 등 다양한 이름이 있는데, 현재 쓰이는 제주의 '제' 자는 '물 건널 제(濟)'로 육지인의 입장에서 붙여진 명칭이다. 탐라가 신라에 복속되어 자주권을 상실한 서기 662년(백제가 멸망한 해)부터 지금까지 제주는 중앙 정부의 수탈 대상이었고 변방과 유배, 항쟁과 반골의 상징이 되었다. '전라도 사람'에게도 제주는 타자다. 제주는 전라남도에 포함되었다가 해방 후인 1946년에야 제주도(濟州島)가 아니라 제주도(濟州道)가 되었다. '남해'(제주 사람에게는 북해다)처럼, 제주와 관련한 언어는 거의 육지의 시각에서 붙여진 것이다. 4·3 당시 만행도 주로 서북청년단을 중심으로 한 육지인에 의해 이루어졌다. 그것도 "현지에서 보급품을 해결하라"는 방침 아래 이승만 정부가 급여를 지불하지 않았기 때문에 수탈은 이루 말할 수 없었다.

여행 중에 "어찌 같은 동포끼리 그럴 수가"라며, 망연자실한 참가자들이 많았다. 그러나 국민은 태어나는 것이 아니라 선택과 배제, 추방과 포섭의 정치적 과정을 통해 만들어진다. '우리'와 '같음'에 기반 한 국가는 내외부의 다름에 대한 차별과 폭력을 통해서만 실현 가능하기 때문이다. 예전 인기 드라마 「다모」에 이런 대사가 나온다. "혁명의 성공을 위해서라면 제주도쯤은 기꺼이 왜구에게 넘겨 버리겠다." 이 드라마의 발상은 친미 반공 정권 수립을 위해 희생양이 필요했던 반세기 전, 현실의 역사가 되었다.

대한민국 헌법 전문(前文)은 이렇게 시작한다. "유구한 역사와 전통에 빛나는 우리 대한국민은 3·1운동으로 건립된 대한민국 임시정부의 법통과 불의에 항거한 4·19 민주 이념을 계승하고, 조국의 민주개혁과 평화적 통일의 사명에 입각하여 정의·인도와 동포애로써 민족의 단결을 공고히 하고…" 나는 어느 저널에 쓴 글에서 헌법 전문을 이렇게 고쳐 쓴 적이 있다. "여성, 장애

제주 사람들은 기운이
허한 곳에 기원을 담은
방사탑을 세운다.
ⓒ 제주4·3연구소

인, 동성애자, 특정 지역민 배제의 역사와 일부 남성의 시각에서 발명된 전통을 극복하고자 하는 남한 사회의 '우리' 시민들은, 제주 4·3과 광주 5·18 등 양민 학살로 건설된 대한민국의 국가 정체성을 비판, 성찰하고…"

여행 중에 제주 사람들로부터 "육지로부터 독립했으면 좋겠다. 육지 것들…"이라는 말을 들었을 때 충격을 받았다. 제주의 여성 운동가 김효선은, 서울 중심주의에 대해 내게 이렇게 말한 적이 있다. 간혹 서울 사람 중에 제주에서 왔다고 하면, "사투리 좀 말해 보세요"라며 '원숭이'처럼 대하는 경우나 "비행기 타고 오셨어요?"(서울에서 제주로 '내려간' 사람에게는 이런 질문을 하지 않는다) 하고 묻는 사람들이 있다는 것이다. 혹은 "제주에는 말(馬)이 참 많다면서요?" 같은 질문도 마찬가지 경우다. 제주는 서울과의 관계로부터 재현되고, 설명된다. 그녀는, "제주같이 공기 좋은 곳에 살아서 참 좋겠어요"라고 말하는 경우도 일종의 타자화라고 지적한다. 제주에 대한 비하든 찬양이든, 모두 서울의 관점에서 구성된 차이이기 때문이다.

　　나는 제주 여행 전까지는 호남 차별에 대해서는 관심이 있었지만, 서울(서울도 하나의 지방인데)과 지방 간의 격차가 구조적 모순이라든가 사회적 분석 범주라는 사실에 대해서는 거의 알지 못했다. 뿐만 아니라 젠더를 굉장히 투명한 경계로 생각하고 있었다. 제주 4·3을 통해 지역 모순을 알기 전까지는, 섹슈얼리티든 젠더든 모두 인종, 계급, 나이, 성적 정체성 등 다른 정치적 구조들과 교차하는 사회적 관계망 속에서 작동한다는 생각을 하지 못했다. (나의) 젠더 피해는 맥락적인 것이었다.

의미 있고 고뇌에 찬 여행도 상품이 될 수 있을까?

대부분의 사람들에게 제주도는 놀러 가는 곳이지만, 장소를 다르게 보고 사랑하게 되는 '색다른 쾌락'도 '관광'의 즐거움 못지않다. 나에게 그 여행처럼 재미있고, 가슴 아프고, 매순간이 새로운 깨달음의 연속이었던 여행은 없었다. 서울에 오니, 3박 4일 아니라 몇 년이 지난 것 같았다. 다랑쉬오름의 분화구, 동광 큰넓궤(동굴)의 칠흑 같은 어둠, 성산의 세찬 바닷바람, 다양한 처지에서 생업과 동시에 4·3 운동을 해 온 제주 운동가들의 열정을 잊을 수 없다.

　　현실을 새롭게 읽게 되면, 그것을 먼저 겪었거나 알았던 사람들에 대해 미안하거나 존경심을 갖게 된다. 그래서, 억압받았던 타자들은 "그걸 인제서야 알았냐"며 잠시 큰소리를 치는 경향이 있다. 그런데, 내가 만난 제주 사람들은 그렇지 않았다. 현기영 선생님은, 충격에 넋 나간 참가자들에게 "당신들은 순례자일 뿐, 마음의 부담을 갖지 말라"고 도리어 위로해 주셨다. 사실, (나도 자주 그러지만) "우리들은 그동안 당신들 때문에 이렇게 당했고 고통 받았다"는 식의 언설은, 가해자의 나르시시즘만 부추길 뿐이다. 내 상처가 상대방에게 권력을 부여하는 것이다.

어떻게 고백해야 할지 모르겠다. 비행기가 제주에 닿을 때, 하늘 위에서 이런 생각이 떠오른 적이 있어서 나 자신에게 소스라치게 놀란 적이 있다. "마치 남자가 여자에게 다가가는 것 같구나"(이 뼛속까지 깊은, 끔찍한 가부장제 이성애주의!). 가부장제 사회에서 여성은 상실의 대상, 결핍의 기표가 되었을 때 사랑의 대상이 된다. 수난 받은 제주. 제주의 여성화. 제주에 대한 나의 사랑이, 타자와의 연대가 아니라 젠더화된 낭만일지 모른다. 구조가 주는 기득권을 조금도 포기하지 않으면서 여성주의자라고 자처하는 남성들을 여성들이 싫어하듯, 나 역시 제주 사람에게는 그런 '재수 없는' 사람일지 모른다. 그러나 연대와 사랑은 같음이 아니라고 생각한다. 나는 서울 토박이지만, 정치적으로는 제주 사람이라는 의식을 가지고 있다. 제주가 나의 인식 범주에 들어온 후에는 사물이 달리 보인다. 제주는 따뜻해서 동백이 많은데, 여행 후로는 붉고 화려한 동백꽃 그림을 봐도 마음이 아팠다. 동백은 꽃이 질 때, 꽃잎이 아니라 꽃봉오리째 댕강 떨어진다. 나는 동백꽃을 보면 1901년 제주 민란 때 효수 당한 사람들이 생각난다.

정희진

여행이 주는 성장이 두려워서, 일상의 무게를 상대화하지 못해 그간 여행 경험이 거의 없다. 하지만, 변화를 시도하고 있다. 여성학을 공부하고 있으며, 쓴 책에 『저는 오늘 꽃을 받았어요 – 가정폭력과 여성인권』, 『페미니즘의 도전』, 『한국여성인권운동사』, 『성폭력을 다시 쓴다』 등이 있다. 제주 4·3 역사기행에 관한 더 상세한 정보는 제주4·3연구소(http://www.jeju43.org 전화 064-756-4325)에 문의하면 된다. 김영갑갤러리 두모악을 방문하고 싶으면 홈페이지(http://dumoak.co.kr)에 들어가 보라.

피플 폰 베이 채우기

조한혜정

거리에서 자주 볼 수 있는 반전 팻말
ⓒ조한혜정

이 마을은 미국의 보통 마을과는 좀 다른 곳이다. 내가 이 마을에 간다니까 보통 마을에 사는 한 사람이 말했다.

"아 그 동네? 그 동네는 애완동물에게도 주민 자격을 주자는 안건을 주민 회의에서 토론하는 동네라던데? 애완동물의 의견을 어떻게 알 수 있는가 물으니까 의견을 개진한 편에서는 심령술사를 참여시키면 된다고 했다지 하하."

이 동네에 들어서면 벌써 분위기부터 확실히 미국의 일반적 동네와는 다르다. 학교 책방에 들어갈 때 가방을 맡기라고 하지도 않고, 늦은 밤에도 다운타운에 많은 사람들이 오가고 즐겁게 노는 분위기가 느껴진다. 여러 세대에 걸친 방랑자들이 여기저기서 노래도 부르고 구걸을 하기도 한다.

이 동네는 작은 대학이 중심을 이루는데 1970년대 미국에서 가장 새로운 실험 정신을 바탕이 되어 이 대학이 만들어졌다. 비판적 정신과 자기 주도적 학습을 강조하면서, 칼리지 중심으로 교수들과 함께 숙식을 함께하는 학습

문화연구소에서 '전쟁'을 주제로 한 세미나가 열렸다. ⓒ 조한혜정

공동체 방식을 실험한 곳이다. 또한 학점제도 등급을 매기지 않고 합격/불합격만 밝히는 것으로 유명했다.

교수들 다수가 1970년대 반문화 운동과 반전 운동에 참여했던 사람들이고, 많은 이들은 죽거나 떠나기도 했지만 여전히 상당수가 이 캠퍼스를 지키고 있다고 한다. 1980년대부터 드라마틱한 페미니즘 강의로 유명했던 Q교수는 여전히 1,500명 학생을 놓고 대형 강의를 한다고 한다. 사회주의 성향이 있는 교수들의 영향으로 아직 이 대학 학생들은 다른 대부분의 미국 일류대 학생들처럼 '연봉' 이야기만 하지는 않는다고 한 대학원생이 말해 주었다.

방어의 병에 걸린 미국 주류 사회

최근에 방문한 미국은 내 느낌에 M. 나이트 샤말란 감독이 만들었고, 브라이

농과대학에서 운영하는 유기 농산물 장터　ⓒ 조한혜정

스 달라스 하워드가 주연한 영화 「빌리지」와 흡사한 분위기를 자아내고 있다. 미국 동부의 한 명문대 캠퍼스에서 만난 한 페미니스트가 표현한 것처럼, '방어의 병'으로 시들어 가고 있는 것이다. '안전'에 대한 집착과 공포가 만연한, 수위들이 출입을 검문하는 담으로 둘러싸인 '게이티드 커뮤니티'가 줄줄이 들어서고 있고, 그런 변화로 인해 기존 동네 주민들은 갑자기 초라해지고, 부동산 개발업자들만 신이 난 세태가 벌어지고 있다. 어쩌면 부동산업자를 위시한 건설업자와, 관련 정치, 금융계 사람들이 상황의 불안정함을 실제 이상 강조하면서 그런 안전한 동네 건설을 부추긴 것은 아닌가 싶다. 나는 이것이 딱히 9·11 사태로 인해 생겨났다고는 생각하지 않는다. 주목해야 할 점은 그런 재앙의 사태를 빌미로 미국 사회의 정치계나 매체 등 지배층이 극단적인 방향으

로 사회를 몰아가고 있다는 점이다. 시장(돈)이 지배하는 자본주의 사회, 재산
을 보호하려는 욕망과 적나라한 경쟁과 적자생존 원리가 개인과 사회 차원 모
두에 가차 없이 적용되는 미국의 세태는 이제 탈근대, 탈식민, 그리고 신자유
주의에 대한 비판 담론을 포함한 모든 언어들을 무색하게 만들고 있다.

　이 동네는 이런 미국의 주류 사회와 일정한 거리를 유지하고 있는 느낌을
준다. 표면적 관찰일 뿐일까? 우선 그렇다는 전제를 하고 가 보자. 그렇다면
그 힘은 어디서 나오는 것일까? 일단 이곳에 아나키스트 성향을 가진 주민들
이 많고 그들이 여론을 형성하면서 여전히 동네 만들기에 열성이기 때문일
거라는 것이 내 가설이다. 그간 정치 사회 경제적 비판을 강도 높게 해 온 동
네들, 그리고 이데올로그들이 적지 않았으나 그 목소리들은 급격히 힘을 잃
고 있다. 그나마 이 동네에 그런 분위기가 살아 있는 것은 여기 사람들이 '중
앙 집권적 조직의 힘'보다는 개체의 자율성과 자치를 강조해 왔기 때문이리
라는 것이다. 이 마을은 과연 미국 전역을 강타하고 있는 신보수주의, 신자유
주의 태풍을 어떤 식으로 비켜 가고 있는가? 이들이 나름대로 여전히 새로운
모색을 하고 있는 모습이 바로 내가 이 마을에 잠시 체류하면서 보고 싶은
현상이다. 과연 볼 수 있을까?

게스트하우스에서 만난 여자들

'녹색 거리의 벽돌집'이라는 이름을 가진 게스트하우스(B&B)로 돌아와 저녁
식사를 간단히 만들어 보려 부엌엘 가니까 내 나이 또래 여자 둘이 나와서
브로콜리를 삶아 요기를 하고 있었다. "뭘 하러 여기 왔냐?"고 궁금해 해서
"숨어 있으려고 왔다"니까 깔깔댄다. 인류학을 한다는 말에 한 여성이 펄쩍
뛰어오르듯 기뻐하면서 자신도 인류학을 했는데 지금은 작가라고 한다. 미

할로윈데이에
거리에서 만난
여성들
ⓒ 조한혜정

국 플로리다에서 자랐지만 지금은 뉴질랜드에 산다는 주디스는 지금 친구와 요가를 하러 가는데 함께 가겠냐고 묻는다. 요즘도 이렇게 쉽게 초대하는 사람이 있다니! 신통한 일이라며 함께 갔다. 링컨과 워싱톤 가가 만나는, 집에서 10분 거리에 '트리 요가'라는 스튜디오인데 정원이 동양적인 풍경이다. 한 달 내내 어떤 수업을 들어도 되는 카드가 60달러밖에 안 한다고 해서 덜컥 가입했다. 이렇게 싸다니!

저녁 7시 30분 수업은 중간급 사람들을 위한 수업이라고 했다. 자동차 바퀴 얼라이먼트 이야기는 들었지만 사람 몸 얼라인먼트라니… 허리 나쁜 사람들이 많아서 척추 교정을 하는 운동을 위주로 한다고 한다. 원래 카이로프랙틱(신체 교정) 전문가였던 사람이 요가를 하면서 개발한 수업이라고 한다. 중년 여자 열한 명 — 거의가 독신 전문직 종사자처럼 보이지만 그것은 내

138

선입견일 수 있다 — 과 30대 남자가 한 명이 1시간 40분 동안 진지하고 열성
적으로 자신의 몸 교정을 하면서 호흡 훈련을 했다.

안전하고 생기있는 밤

요가를 끝내고 나오자마자 주디스가 '멋진 걸'들이 모처럼 이렇게 만났으니
시내로 가서 한잔해야 하지 않겠냐고 했다. 호기심과 에너지가 이렇게 충만
한 사람이 아직도 있다니! 나는 연신 주디스의 발랄함에 놀라고 있었다.

이곳에서 대학을 졸업한 후 1960년대부터 살았다는 패트리샤는 조금 당황
해하는 눈치더니 "남편도 없는데, 좋아" 하면서 앞장을 선다. 번화가라고 해
야 신촌 거리 정도인 듯한데, 주디스는 밤에 여자들끼리 마음대로 거닐 수 있
고 온갖 가게가 열려 있는 퍼플 문 베이가 너무 좋다면서 연신 벙글거린다. 그
러나 패트리샤는 바닷가나 변두리는 위험할 수 있다며 너무 좋게만 생각하는
주디스에게 경고를 주었다.

나는 밤새 가게가 열려 있는 서울 이야기를 해 주었다. 밤에 사람들이 내
뿜는 그 에너지 자체로 서울은 늘 내 서양 친구들을 흥분시켰다. 사람들을 흥
분시키는 서울의 밤. 아마도 이런 카피로 서울의 관광객을 끌 수 있을 것이
다. "안전하고 생기 있는 밤을 팝니다!" 그러나 실은 요즘 서울의 밤도 시들
해지고 있지 않은가?

주디스가 들뜬 목소리로 거리 한가운데서 "우리 신나게 한번 놀아 보자"
하니까 지나가던 남자가 "내 여잔 안돼 !" 하며 자기 여자 친구를 장난스럽게
감싼다. 주디스는 "우린 네 명의 여자가 필요해" 하면서 수작을 건다. 참으로
오랜만에 패거리가 되어 거리를 거닐고 있군. 1970년대 명동을 쏘다닐 그때
그 사람들이 그립기도 하다. 우린 널찍한, 그러나 한적한 팝에 가서 메뉴를

열심히 공부했다. 나는 게살 샌드위치, 패트리샤는 감자 요리와 새끼 오징어 튀김, 그리고 주디스는 뭘 했더라… 각 요리에 적합한 포도주가 추천이 되어 있어서 좋았다. 그 많은 포도주 리스트를 보는 것은 얼마나 스트레스인가?

40년대생 여자 셋

미술가 패트리샤는 48년생, 나와 동갑이다. 얼마 전에 전시회를 했고, 남편은 사업을 하는데 시카고에 지금 출장 중이라고 한다. 멀리 인도에 가서 자기 집 부엌 장식 돌을 사 왔다는 것을 보면 인테리어에도 무척 관심이 많은 듯하다. 아기를 낳지 않았는데 초기에는 낳을 생각이 없었고 조금 생각이 있을 즈음 에는 '타이밍'이 지나 버렸더라고 했다. 남편은 애초부터 아이를 낳을 생각이 없어서 20대 후반에 정관 수술을 하였다고 했다. 남편은 형제자매가 많은 집 안에서 크면서 행복한 어린 시절을 보내지 않았고, 아버지가 고생하는 것을 보면서 그렇게 살고 싶지 않았고, 또한 한두 번 여자 친구를 임신시켜서 낙태 하는 과정을 거치면서 고통스러워서 그렇게 결심한 모양이라고 덤덤하게 말 한다.

주디스는 46년 생. 자기가 제일 맏이라고 뻐긴다. 모두가 1970년대 페미니 스트 운동이 치열한 시점에 대학을 다닌 사람들이라 만나자마자 이렇게 나이 를 확인하고 즐거워하고, 아직까지 남녀평등적 이상향을 고수하고 있는 것에 안도하며, 이렇게 쉽게 공감대를 만들어 내게 된 모양이다. 한국의 386세대처 럼, 특정 시대에 공유한 경험과 꿈의 힘은 정말 오래가고, 또한 강력하다!

앉자마자 주디스는 "이제 많은 이야기를 하자. 혜정, 너를 여기로 오게 한 것은 무엇인지, 무엇이 너로 하여금 페미니스트가 되게 했는지 알고 싶다"고 말한다. 나는 계속 놀란다. 이렇게 남에게 호기심이 많은 서양 중상층 지식인 백인이 아직도 남아 있다니… 뉴질랜드 섬에서 살아서 그런 것이 분명하다! 주디스는 자신이 대학 다닐 때의 플로리다는 전혀 진보적이지 않았다고 하면서 그런 것이 아쉬워서인지 아직도 그때의 페미니스트처럼 이야기한다. 지금 젊은 여성들이 페미니즘에 관심이 없는 것에 통탄하면서 그는 이 모두가 남성 중심적 미디어의 농간과 어이없는 반격 때문이라고 했다. 패트리샤는 조금 차분한 목소리로 "다 사이클이 있는 것이지. 강하게 나가다 보면 좀 지나치게 나가게 되고 그러면 또 좀 뒤로 물러서야 하고… 나는 우리가 좀 너무 나간 점이 있었다고 생각해…" 하고 말했다. 주디스는 아니라고 고집하면서 자기 엄마를 포함한 '남성 중심주의자들'의 압제를 성토했다.

주디스의 어머니는 간호사였고 하루 열두 시간씩 일했다고 했다. 그러나 그녀는 끝까지 딸의 말을 듣지 않고 가부장제를 고수하는 '가부장제의 수호자'로 남았다고 한다. 주디스는 마치 어머니가 여기에 앉아 있기나 하듯이, 어머니를 설득하기 위해 했던 말을 우리에게 들려주었다. "엄마의 노동이 의사의 것과 그렇게 다른지요? 환자를 위해 다 같이 필요하고 중요한 일이지 않나요? 그렇게 월급 차이가 날 정도로 간호사의 일이 보잘것없는 것이라고 생각하나요? 엄마는 같은 노동에 대해 같은 월급을 받을 권리가 있어요. 그렇게 숨죽이고 기존 시스템에 순종하면서 살아서는 안 돼요. 부당한 것은 고쳐야지요." ERA(Equal Right Amendment 남녀평등헌법 수정안) 세대답게 주디스는 혈기 있게 말했다. 아직도 그때의 분노가 남아 있듯이…

패트리샤의 어머니 역시 내내 일하셨다고 했다. 법정의 속기사로 일했고 아버지는 건축 관련 일을 하고 싶어 했던 배관공이었다고 했다. 그는 이곳 대학이 가장 래디컬한 분위기일 때 대학을 다녔고 그 이후 여기서 계속 그림을 그리고 미술 작업을 해 왔다고 한다. 아직도 자기가 들었던 강의를 하는 교수가 있는데 그 교수의 이름을 일러 주면서 가기 전에 꼭 한번 그분의 강의를 들으라고 한다.

바깥세상에 대한 공포를 가진 딸들의 '영리한' 선택

두어 주 전 9월 21일인가 『뉴욕타임스』에 난 기사가 화제가 되었다. "엘리트 대학 여대생들이 진로로 모성을 선택한다"는 제목의 기사였는데, 그 기사로 인해 논란이 많았다. 주디스는 그런 기사가 바로 미디어의 반격이며, 그 기사는 남성 중심주의적인 '돼지'가 쓴 것이 분명하다고 흥분했다. 근거 있는 자료도 없는 말을 퍼트리고 있다고…

나는 급격하게 신보수화하는 현 대학 분위기에서 그런 경향이 나타나고 있는 것은 사실일 수 있다고 했다. 숫자로는 많지 않지만 예전 같으면 결사적으로 직장을 선택했을 엘리트 여성들이 아이 셋을 낳고 돈 많이 버는 남편 만나서 살려는 경향이 미국서나 한국서도 생기고 있는 것이다.

물론 그것은 물려줄 재산이 있는 가정 형편과 관련이 된다. 많은 재산을 갖고 있거나 아주 많은 연봉을 받는 집안에서 최고로 비싼 사립학교를 거쳐 일류 엘리트 대학에 온 여학생들은 돈의 힘을 누구보다 잘 알고 있다. 그리고 그들 나름의 영리한 계산을 하고 있다. 구태여 직장을 얻으려 난리를 피울 필요가 있을까? 돈 잘 버는 남편감 — 실은 자신이 낳을 자녀들의 아버지감 — 을 만나 아이 낳고 안정되게 사는 것이 더 나은 직장이 아닐까? 똑똑한 아이들을 낳고 그가 벌어온 돈으로 안전한 '게이티드 커뮤니티'에서 아이들을 훌륭하게 기르는 것이 한결 행복한 삶이 아닐까?

바깥세상에 대한 공포를 가지게 된 자녀들에게 가장 믿을 수 있는 존재는 부모고 그래서 그들은 엄마를 가장 존경한다고 말하기도 한다. 어떤 면에서 그들의 목적은 부모가 가진 수준의 삶을 유지하는 것이다. 그러려면 그 계급에 속해 있어야 하고 후견인인 엄마가 필요하다. 그 품을 떠나서는 살기 어렵다. 월급을 모아 집을 산다는 것은 점점 불가능한 일이 되고 있고, 자신의 월급으로 부모가 제공했던 생활수준을 유지하기는 쉽지 않다. 안정성과 생활수준 유지가 목적이라면 그들은 탁월한 선택을 한 것이다. 그들이 열심히 공부해서 일류대 법대에 가고 비즈니스 스쿨에 가는 것은 그런 남편감을 물색하기 위해서다. 아이를 잘 키운다는 것이 거의 불가능해진 사회 체제 속에서, 믿을 건 자신과 자신들이 가진 돈밖에 없는 체제에서, 세상 돌아가는 꼴을 제법 볼 수 있는 자리에서 자란 중상류층 딸들 중 상당수가 일찍부터 꽤 영리한 결정을 하고 있는 것이다.

한번 다시 생각해 보라. 살인적인 속도 속에서 스트레스를 받으면서 일하기보다는 두세 명의 예쁜 아이들의 어머니이자 매니저가 되는 것이 한결 보람 있고 즐거운 일 아닌가? 밖에서 일하는 것 자체가 가치 있다고 생각한 우리 세대와 달리, 이른바 '바깥일'이라는 것 자체가 의미 없는 노동이며, 그것도 무지 '빡센' 노동을 해야 하는 것이라면, 이 여대생들의 선택은 나름대로 합리적인 것이다. 물론 그런 커리어를 가지려면 외모도 받쳐 주어야 하고 경쟁적이어야 하고 관계의 기술도 뛰어나야 한다. 어쩌면 지참금도 준비해 두어야 할 것이다.

그런 면에서 이 분야에서는 한국의 어머니들이 첨단을 간다. 대학 가기 전에 딸에게 성형 수술을 하게 하고 딸을 훈련하는 매니저들의 역사가 꽤 깊지 않은가? 나는 서양에서 공부를 한 한국계 부부로 그 대열의 첨단 가는 이들을 알고 있다. 영화 「가타카」 시대가 오는 것을 예상하고 있는 그들은 키가 작은 자신의 아이들의 유전자를 알고 있기에 아이가 열 살 되기 전에 키 키우는 수술을 했다는 말도 들은 적이 있다. 그러나 이런 추세를 두고 개인 탓을 하기보다는 징후의 하나로 읽어 낼 수 있어야 할 것이다…

이런 긴 이야기로 나는 주디스를 설득해 보려 했다. 패트리샤는 수긍을 하는 듯했으나 주디스는 별로 설득당하는 것 같지 않았다. 그런 논쟁이 물론 분위기를 망치지는 않았다.

아주 다른 그러나 비슷한 이상을 품고 있는

우리는 논쟁을 하면서도 꽤나 즐거웠는데, 그 존재감과 에너지가 대단했던 것이며, 포도주와 초콜릿 케이크의 맛이 황홀했던 것이다. 들뜬 50대 여자들의 분위기를 깨지 않으려 내내 즐겁게 시중을 들어준 웨이트리스에게 감사하며 자리에서 일어났다. 각자가 낸 술값은 20달러.

밤거리를 걸으며 또 한번 퍼플 문 베이를 찬양하는 주디스의 말을 듣는다. 여긴 "아트 씨어터, 예술 걸작 영화들만 상영하지. 여기는 점심을 먹기에 좋은 곳, 여긴 환경 친화적인 옷을 파는 곳… 몇 달을 있어도 지루하지 않아. 난 내년에도 와서 석 달 정도 머물 거야…"

조한혜정

나이 오십을 바라보면서 문득 못 가 본 대륙이 아프리카니까 가 봐야지 생각했는데, 그 얼마나 어리고 단순한 생각이었던가 싶다. 다 가 봐서 어쩌겠다는 것인가? 그리고 대륙의 한 지방을 가 본 것이 무슨 의미란 말인가? 서울과 부산이 그렇게 다르고 신촌과 압구정동이 그렇게 다른 것을… 1997년 프놈팬과 1960년대 부산이 그렇게 비슷하고 아스펜과 자마트가 그렇게 비슷한 것을… 못 가 본 곳이 태반이지만 이제 그리 가 보고 싶은 곳은 없다. 그냥 하루 종일 걸어 다니면서 사람들의 정이 느껴지는, 발랄함과 창의력이 느껴지는 곳이 좋다. 그래서 산타크루즈가 좋고, 홍고 산초메가 좋다. 그런 곳이 점점 없어지고 있어서 그런 곳을 만들어 보려 한다. 걸어서 25분이면 일상생활이 다 되는, 여행자가 와서도 즐겁게 삶을 느끼고 생각하다 갈 수 있는 그런 작은 동네 말이다. 이 글에 나오는 '퍼플 문 베이'의 본명은 캘리포니아의 산타크루즈다.

베트남에서 한국의 과거를 여행하다

조은

베트남 여행은 생각보다 훨씬 편안했다. 덜거덕거리는 엘리베이터에도 곧 익숙해졌고 질이 떨어지는 비누나 스프링이 안 좋은 침대가 주는 불편함이란 것이 맑은 공기와 훼손되지 않은 자연, 순박한 인심 등이 주는 편안함에 비하면 크게 탓할 바가 아니었다.

1960년대 이전의 우리 사회가 가졌던 불편함과 편안함이 현재의 베트남에 그대로 있었다. 사실 현재의 베트남은 한때의 한국의 모습을 연상시키는 측면들이 너무나 많아 어떤 때는 한국의 과거를 여행하는 듯한 착각이 들 때가 있을 정도였다.

한자 문화의 흔적과 유교의 전통이 곳곳에서 보이는 등 같은 아시아 문화권이라는 사실을 접어 두더라도 수동식 탈곡기를 맨발로 밟으면서 열심히 벼 타작을 하는 농촌 여성의 깡마르고 화장기 없고 강인하고 순박한 얼굴에서 과거의 한국 농촌 여성들의 얼굴을 연상했고, 그들이 내놓은 찐 쌀은 과자가 없던 시절에 먹던 올벼 쌀 맛과 똑같았다. 어떤 모임에 가도 먹을 것을 꼭 대접하며 거기 나온 어떤 과일이나 음식물이 맛있다고 이야기만 하면 가지고 가라고 따로 싸 주기까지 하여 맛있다는 이야기를 함부로 할 수 없을 정

베트남 농촌은 거의 여성들이 이끈다. 강인하고 순박한 얼굴은 과거 한국 농촌 여성을 연상시켰다. ⓒ 조은

도로 인심이 후했다.

유난히 눈만 초롱초롱하면서 마르고 작아서 더 안쓰럽고 귀여운 등하굣길의 초등학교 아이들의 맨발 벗은 모습이나, 외국인만 보면 "헬로" 하고 따라오는 아이들, 비 오는 날이면 하굣길의 자녀를 데리러 우산을 들고 달려와 큰길을 메우고 서 있는 부모들의 장사진, 이제 막 문을 연 수출 공단의 대규모 의류 공장 안을 빽빽하게 채운 17~18세 여공들의 앳된 모습, 시범직업훈련소의 달그락거리는 계단이나 거기 놓인 중고 '싱거미싱'이나 일제 '요꼬' 기계들, 호주와 인도에서 젖소를 들여다가 낙농을 시작한 시범 마을의 성공 사례를 발표하는 시골 아낙네 등등 한때의 한국에서 본 듯한 장면들이 헤아릴 수 없이 많았다. 이러한 유사성은 두 나라가 정반대의 역사의 흐름을 탔으며 한때 베트남전에서 서로 총부리를 겨눴던 사실을 잊어버리게 할 정도였다.

일반 베트남 사람들이라고 이야기하기는 힘들지 모르지만 적어도 내가 만난 베트남 지식인들은 한국인에 대해 특별한 적의를 보이지 않았으며 그들이 한국에서 온 내게 보여 준 호의는 예상 밖이었다. 그들이 한국의 베트남 참전을 잊어버린 것이 아닐까 하는 생각마저 들었고 아니면 기억하지 않기로 결심이라도 한 것처럼 보이기도 했다. 그들은 한국의 베트남 참전을 언급하는 대신 오히려 한국의 경제 성장을 부러워하거나 얼마 전 호치민 시내에서 열린 한국상품전시회가 성황을 이루었다고 이야기했고, 『통일 베트남 15년』이라는 정부 간행 영문 책자에도 한국을 경제 발전에 성공한 나라로 소개하고 있기까지 했다. 이념의 대립이란 것이 일반 민중 생활에 갖는 의미를 새삼 자문해 보게 했다.

가난하고 물자가 부족한 나라를 여행한다고 해서 혹 굶게 되지 않나 하고 가방에 쑤셔 넣었던 즉석라면 세 통은 현지의 맛있고 싼 음식 때문에 무용지물이었는데 마침 평양에서 7년, 일본에서 3년을 살았다는 한 여성 사회학자가 오랜만에 한글을 보며 '향수'에 젖은 덕분에 뜻밖의 선물로 변신했다. 그녀에게 서울과 평양의 의미는 아무런 차이도 없는 듯했다.

호치민의 가장 큰 국영 백화점 옥상에는 삼성의 대형 광고판이 걸려 있었고 새로 지은 건물의 낯익은 엘리베이터에는 금성(현 LG) 상표가, 호치민 공항 입구에는 선경(현 SK)의 대형 광고판이 걸려 있어 한국과 베트남이 미수교국이라는 사실보다는 '달러가 있는 곳이면 어디든 간다'는 기업의 생리와 현실을 실감나게 했으며 앞으로 베트남 사회의 향방에 대해 생각해 보게 했다. 한편으로는 국가 사회주의 경제의 한계를 인정한 움직임으로 보였고 다른 한편으로는 '민족 해방 전쟁'에 이겼기 때문에 오히려 홀가분하게 이념의 독선에서 좀 더 자유롭게 그들의 미래를 설계하고 있는 것으로 보이기도 했다.

긴장과 콤플렉스에 찬 여행

이런 변화와 친근감에도 불구하고 한국군이 월남전에 참전했고 패전의 용병이 되어 버린 과거는 지워질 수 없는 엄정한 사실이다. 내게 베트남 여행은 시작부터 끝까지 약간의 긴장과 명확하게 표현할 수 없는 콤플렉스에 차 있었다.

그것은 단순히 정식으로 국교가 맺어지지 않은 국가를 방문하는 데서 오는 것만은 아니었다. 회의 중에 그리고 방문지 어디서나 베트남 사람들을 상대로 출신국을 소개할 때면 약간의 곤혹감에 빠져야만 했는데 이러한 자괴감과 곤혹감은 베트남 여행 중 필자를 늘 따라다녔지만 특히 베트남 현대사가 집약되어 있는 하노이와 호치민의 호치민기념박물관을 관람하고 나올 때 유난했다. 또한 월남전쟁에서 하노이 측 남부군 부사령관을 맡았고 베트남 통일을 위한 전쟁에 일생을 맡겼으며 그 자신이 전쟁으로 남편과 사별을 한 베트남여성연합 총재 딩 여사를 만났을 때, 그리고 그 딩 여사에게 한국에서 왔다는 자기소개를 해야 했을 때 더욱 유난했다.

내가 느끼는 긴장감은 미수교국을 방문하고 있다는 데서 온 것이 아니더라도 월남전에 참전했던 우리의 과거를 어떻게 소화해야 할지 모르는 데서 온 곤혹감이 더 컸던 것이다. 일흔이라는 나이를 믿을 수 없을 만큼 정정한, 그리고 더욱이 젊은 시절 정글을 누비며 게릴라 부대를 지휘했다고는 상상하기 힘든, 곱게 늙은 월남전의 전설적 인물인 딩 여사와의 대면은 월남전에 대한 우리의 부채를 구체적으로 다시 생각해 보게 했다.

젊은 시절 정글을 누비며 게릴라를 지휘했다고 상상하기 힘든 전설적인 인물 딩 여사(오른쪽에서 두 번째).ⓒ 조은

"나 김이에요." "나 박이에요."

사실 하노이 회의 참석이 결정되면서 내게 무거운 짐으로 다가온 문제의 하나가 월남전에 참전해서 뿌린 한국계 전쟁고아의 문제였다. 그리고 호치민에서 귀국길에 올랐을 때 여전히 짐으로 남은 문제의 하나가 이른바 한국계 전쟁고아들이 모여 산다는 지역을 방문하지 못한 점이다.

하노이에서는 한국계 전쟁고아를 만날 일이 거의 없지만 호치민에서는 한국말을 하면서 지나가다 보면 "나 김이에요", "나 박이에요" 하고 달려오는 소리를 들었다. 또 호치민에 도착한 첫날 그곳에 진출한 한국 기업 주재원한테서 이런 이야기도 들었다. 한국계 전쟁고아나 사별 여성들이 모여 사는 곳이 있다는 이야기를 들었지만 자기는 차마 맞부닥뜨릴 용기가 나지 않아 일부러 모른 척하고 있다는 것이다. 그래서 하루쯤은 꼭 시간을 내어 그곳을 찾아봐야겠다고 생각하고 있었다.

월남전에 미국 병사들이 베트남 여성과 낳아, 버리고 간 아이는 약 60만으로 추계되고 있고 이들은 국제적십자사연맹을 통해 거의 모두 미국으로 불려 들어갔다. 그러나 주월 한국군과 베트남 여성 사이에 태어난 아이들에 대한 추계는 공식적으로 발표된 바도 없고 그들은 어느 곳에서도 받아들여지지 않아 보트피플로 떠돌거나 베트남 내의 국제 고아 같은 딱한 처지라는 사실은 널리 알려져 있다. 현재 베트남 정부는 기술교육훈련소 설립 지원 명목으로 상당 금액의 무상 원조를 한국 정부에 요청하고 있는데, 이는 사실상 한국계 월남전 전쟁고아에 대한 일종의 보상을 요구하는 것에 다름없는 것이라는 이야기도 들렸다.

이에 대한 진상을 확인할 길이 없었고 주월 한국군과 베트남 여성 사이에 출생해 버려진 아이들에 대한 추계도, 전쟁으로 남편을 잃은 여성에 대한 확실한 통계도 갖고 있지 않은 상태이기는 하지만 일단 이곳을 방문한 여성 사회학자로서 이 문제를 못 본 척할 수는 없으며 최소한 그들을 방문하고 그들의 생활 실태를 보고해야 할 책임은 있다고 생각했다. 그곳에서 씨클로를 모는 사람들에게 통역을 넣어 수소문했지만 호치민에는 한국계의 집단 거주 지역은 없고 다낭이나 퀴논 등 주월 부대가 주둔한 지역에는 많이 있다고 했다. 짧은 여행 기간이었고 통역이 없이는 한 발짝도 움직일 수 없었기 때문에 다낭이나 퀴논까지 가서 그들의 실태를 파악하지 못한 게 끝내 아쉬웠지만 이번 여행에서는 포기할 수밖에 없었다. 그러나 이 문제는 단지 얼마의 달러로 보상될 간단한 문제가 아니며 언젠가는 정리되어야 할 부채임이 확실하다.

호치민을 떠나 방콕에서 서울 행으로 갈아탄 비행기에서 우연찮게도 월남전에 참전했던 40대 후반의 한국 기업가와 자리를 나란히 하게 되었다. 그는 내가 호치민에서 기념품으로 산 베트남 여자들이 일할 때 쓰는 종려 잎으로 만든 삿갓 '농라'를 보자마자 베트남을 여행하고 오는 길이냐는 물음으로 호기심을 표했고 그 모자는 기업가로 변신한 이 월남전 노병으로 하여금 약 40년 전의 월남과 월남 사람들, 그리고 월남전에 참전했던 한국인의 생활상 등을 털어놓게 했다. 월남전에 참전한 3년여 동안 주로 전투 과정에서 사살된 한국군에 대한 자료를 정리하는 일을 했다는 그가 추계한 월남전의 한국군 사망자의 숫자, 한국 기업들이 미군의 하청 용역으로 치부한 비화, 선풍기조차 국산은 형편없던 때여서 귀국 한국인들이 벌인 보따리 장사 이야기, 주월 한국군과 베트남 여자들의 관계 등등 가끔씩 흘려들은 과거의 아픈 이야기들을 직접 체험자한테 다시 생생하게 들어야 한다는 사실이 베트남 방문의 피날레를 착잡하게 했다. 그러나 그보다는 그의 월남전 참전에 대한 번듯한 평가, 즉 월남전에서 한국 젊은이들이 피를 많이 흘린 것은 사실이지만 그래서 기업도 커지고 경제 발전을 한 것도 사실이라는 점에서 월남전 참전을 부정적으로만 볼 게 아니라는 그의 결론과 베트남 사람들이 내게 집요하게 물었던 한국의 빠른 경제 성장의 비결이 무엇이었느냐는 물음이 중첩되어 베트남 여행에서 돌아오는 길이 매우 착잡했다.

조은

생각해 보니 나는 순수하게 해외 관광을 해 본 일은 한 번밖에 없었고 대체로 회의나 업무 때문에 여행을 했다. 이제는 여행 스타일을 바꿀 때가 된 것 같다. 할 일 없이 여행을 하고 싶다. 얼마 전 그냥 기차 타고 무안의 꿈여울(몽강)이라는 곳에 다녀왔다. 우연히 인사동에서 47년 만에 만난 초등학교 친구가 건네 준 핸드폰 전화번호 하나 들고. 초등학교 졸업 후 한 번도 못 본 그 친구는 영산강 하류를 바라보는 곳에 집 한 채 짓고 동네 사람들과 어울려 도자기 굽고 천연염색 물들이면서 살고 있었다. 요의 이름은 '냅둬요'. 물론 그런 간판을 단 것은 아니다. '냅둬요'라고 말하며 살고 있는 사람들을 찾아 여행해 보면 어떨까 하는 생각을 요즘 하고 있다. 이 글은 1990년 한국과 베트남이 공식 수교하기 전 하노이에서 열린 국제회의 참석차 베트남을 여행하며 쓴 글로, 『여성신문』에 실리기도 했다.

북조선을 방문하다

조 형

평양수지연필공장 제품
ⓒ 남북어린이어깨동무

‘걸상띠를 매시오’, ‘화장실에 사람이 있습니다.’ 고려항공 JS000편 기내 표지판. 몇 차례 보아 온 것이건만 아직도 처음 본 것처럼 낯이 설다. 하지만, ‘안전벨트 착용’, ‘…사용중’보다는 얼마나 쉽고 친절한 안내문인가.

인천에서 심양을 거쳐 평양 도착까지는 서울 집을 나선 때부터 꼭 12시간이 걸렸다. 심양에서 갈아탄 고려항공기는 빈자리 하나 없이 가득 찼다. 북조선과 중국 사이에 왕래가 그만큼 많아졌다는 뜻이고 경제 상황도 좀 나아졌다는 ‘의미’일 것이다. 중국인 단체 관광객도 있고, 낯익어 보이는 북쪽 안내원들도 있다.

평양 순안공항은 전에 본 그대로의 모습이다. 안내원 두 사람의 도움을 받아 수속을 마치고 우리가 머물 동안 사용할 대절 버스로 평양 시내를 향해 떠난다. 시내로 들어가는 길 양쪽에 펼쳐진 들에 모내기 마무리를 하는 모습들이 눈에 띈다. 모내기를 끝내고 돌아가는 사람들의 행렬에 뭔가 새로운 게

평양 시내 대동강 너머로 '아리랑 축전'이 열리는 능라도 5·1 경기장이 보인다. ⓒ 조형

있다. 여성들의 장화다. 비가 오락가락하던 날에 모내기를 하는 데 적합한 장화를 신은 것이 이상할 건 없다. 그런데 그 색깔이다. 검정 장화는 물론이고, 빨강, 파랑, 노랑, 초록… 갖가지 색깔의 장화를 신은 20대~50대 여성들이 초등학교 앞길의 아이들을 연상시킨다. 분명 금년의 새로운 패션이다.

2006년 6월 중순, 평양의학대학 소아병동 착공식에 참석하기 위해 3박4일 일정으로 남북어린이어깨동무 방북대표단 일행 8명과 같이 평양에 가는 길이었다. 이번 방문단은 규모는 작지만 소아병동 건립위원회의 주요 멤버인 서울대학교 어린이병원 의사 세 명과 건축설계사 두 명을 포함해 전문가 위주로 구성되었다. 이중 2명은 이번이 첫 방북이었다.

평양어깨동무어린이병원
준공을 기념해 평양을
방문한 남쪽 어린이들이
지하철역에서 북쪽의
어린이들을 만났다.
ⓒ남북어린이어깨동무

특별한 설렘

내게는 1992년 첫 방문 이래 여섯 번째. 처음만큼은 아니지만 '은둔의 고장'
을 찾는 특별한 설렘이 있다. 그 설렘의 한구석에는 "지난번과는 뭐가 달라
졌을까?" "사람들의 살림 형편은?" "아이들은?"… 꼬리를 무는 의문들이 있
다. 충격의 1998년 11월 초 방북 이후에 생긴 질문이다. 그곳에 머무는 동안
나는 언제나 어디서나 그 답이 될 만한 단서를 열심히 찾는 학생이 된다.

방북 중에는 길거리 인터뷰가 원천 봉쇄되어 있고 주변에서 집중 인터뷰
할 만한 사람을 찾기도 어렵다. 북쪽에서 우리의 사업을 주선해 주고 방북하
는 일행을 안내하고 항상 함께 행동하는 협력 사업 종사 안내원들에게도 궁
금한 것들을 쉽게 질문하지 않는다. 자칫 오해를 불러일으켜 지금까지 쌓아
온, 살얼음판 같은 신뢰 관계에 금이 갈 수도 있기 때이다. 그래서 그들과 나
누는 대화는 협력 사업에 직접 관계되는 사무적인 내용 외에는 가족 이야기,

실없는 농담 정도가 전부다. 그래서 만족스럽진 못하지만 주로 눈으로 직접 본 것에서 느끼고 추론하고 상상하며 몇 사람과 나눈 일상적 대화에 의존해 해답을 얻곤 한다.

혼돈과 충격으로 다가온 1998년 방북

1998년 겨울 평양은 몹시 추웠다. 북조선 사람들은 1995년과 1996년 두 해에 걸친 대홍수로 극심한 피해를 입었고, 그 후로도 지속되는 기근으로 끔찍한 식량난을 겪고 있었다. 배급이 아예 중단되거나 턱에 차지 않았으므로 온 가족이 식량을 구하러 먼 길을 떠나야 했다. 평양 거리에는 어쩌다 한 대씩 지나가는 김장거리 배추 트럭을 빼고는 사람과 자동차 왕래도 드물고 온 도시가 텅 빈 듯했다. 발전이 중지되어 집에 전기도 들어오지 않았고 공장들은 문을 닫아야 했다. 그 6년 전만 해도 후덕하게 생긴 원장이 '축복'의 세쌍둥이를 인큐베이터에 소중하게 '모셔 놓은' 미숙아실을 자랑하며 안내해 주던 평양 산원에서는 소독약 냄새 대신 약초 다리는 냄새만 풍겼다. 가정도, 직장도, 병원도, 공장도 모두 '고난의 행군' 중이었다. 꽁꽁 얼어붙은 평양 거리를 대하며 뼛속까지 시려 오는 느낌이 들었다.

남, 북, 일본 여성들이 공동 주관한 「아시아의 평화와 여성의 역할」 제3차 대회가 진행되던 1992년 9월 평양은 전혀 다른 그림이었다. 길거리에서 볼 수 있는 보통 남녀들, 부지런히 일터나 집으로 향하는 그들도 지금에 비하면 훨씬 활기에 찼다. 공원에 기념 촬영 나온 신혼부부도 심심찮게 눈에 띄었고 거리나 공원에서 뛰어노는 해맑은 아이들의 웃음소리 하며, 아주 풍요롭진 않지만 그저 사람 사는 동네였다. 그런데 그 평양이 통째로 온 데 간 데 없어졌다. 1998년 평양은 내게는 온통 혼돈과 충격뿐이었다.

1998년 방북은 남북어린이어깨동무(이하 '어깨동무' 로 줄임)로서는 첫 방문이었다. 통일을 향해 북쪽 어린이들을 위해 우리가 할 수 있는 협력 사업은 무엇이고, 어떻게 하는 것이 좋을지를 탐색하러 간 방북단은 서로 말을 아끼면서 각자 충격을 새기려고 애썼다. 그때 같이 일할 북쪽의 파트너를 만난 것은 큰 행운이었다. 어린이영양관리연구소. 이 연구소는 북조선의 다른 기관과 마찬가지로 국가 기관으로 당 관리 하에 있다. 그런데 당이 자원을 제공하기 어려운 상태에서 자력갱생의 독자적인 운영 책임이 주어졌다. 결과적으로는 약간의 자율적 공간이 생긴 셈이고, 외부와 협력 사업을 독자적으로 할 수 있는 틈새가 생긴 것이다.

연구소도 다른 기관처럼 고난의 행군 중이었다. 텅 비다시피 한 빌딩에서 우리는 모유가 모자라는 갓난아기들에게 젖을 만들어 보내 줘야 한다는 뜨거운 일념을 우리 가슴에 전해 준 박사님과 연구자들 몇 명을 만날 수 있었다. 남한에서 보내는 분유에 북쪽 어린이들이 부작용을 일으키는 사례가 많으니 대신 콩우유(두유), 특히 신생아용 젖이 필요하다는 것이다. 그 후에 시간은 좀 걸렸지만, 연구소 한쪽에 콩우유 생산 설비를 지원했고 지금까지 매일 평양 일대 어린이들에게 25톤을 공급하고 있다. 다음으로는, 북쪽 어린이 사망 원인 2,3위를 차지하는 설사병 치료를 위해 30병상의 3층짜리 건물을 새로 건축하여 2004년에 '평양어깨동무어린이병원'을 개관하는 데까지 어린이영양관리연구소와 협력이 꾸준히 이어졌다.

어깨동무는 물자를 후원하더라도 한번에 대량으로 공급하지 않고 또박또박 묻고 따지며, 되도록이면 최종 생산품보다는 생산 설비를 지원하고 그에 따르는 기술을 이전하는 것에 의미를 두고 있다. 이런 작은 성과에 만족하는 사업 방식을 북조선 당국 사람들은 "씨원씨원치 못하고 쬐쬐하다"고 한다.

남북어린이어깨동무는 북쪽의 어린이영양건강관리소와
함께 북쪽 어린이의 건강을 위한 활동을 해 왔다.
왼쪽 위부터 평양어깨동무어린이병원,
콩우유 생산 설비를 지원해 매일 콩우유 25톤을 평양
일대 어린이에게 공급하는 콩유유 공장. 오른쪽은
평양어깨동무어린이병원 준공을 기념해 북쪽을 방문한
남쪽 어린이들이 백두산에서 연을 날리는 모습.
© 남북어린이어깨동무

그래도 어린이 건강과 교육에 필요한 것을 스스로 찾아나서 돕겠다고 하고, 약속한 건 꼭 지키며, 남한 언론에 대서특필하지 않는 어깨동무를 남한의 대북 협력 NGO 중에서 몇 안 되는 신뢰할 만한 파트너로 꼽는 것도 그들이다.

평양의학대학에 소아병동을 짓다

평양의학대학 부속병원 소아병동 건축도 저간의 실적과 신뢰를 바탕으로 하여 가능했다. 이 대학은 일제 식민지 시기부터 이름난 최고의 의사 양성 기관이자 의료 기관이다. 시내 한가운데에 자리한 대학과 부속병원은 꽤 큰 규모이고, 그동안 서울대학교 의과대학과 협력 약속도 있었다. 소아병동은 전쟁 후 청년 남녀들의 기숙소로 쓰던 낡은 건물을 개조해 병실로 사용하고 있다. 좁은 복도를 사이에 두고 양쪽에 들어선 병실마다 환아와 보호자들로 가득 찬 소아병동은 냉방 장치도 없어 6월 중순에 이미 여름이다. 표지판에 쓰인 '소아의학 전투장'이 실감난다.

소아병동 착공식 행사는 격식을 갖춰 진행되었다. 서울에서 준비해 간 '평양의학대학 소아병동 착공식'이라고 적힌 대형 현수막을 걸고 축사에 이어 어깨동무 일행과 평의대 병원 측 인사들이 삽질을 하는 것으로 공식 행사는 끝났다. 그 자리에는 병원 측에서 동원한 6,70명의 남녀 참관자들도 있었는데, 식이 끝난 후에 건물 투시도를 보며 시설에 대해 설명하는 설계자 선생님의 이야기에 열심히 귀를 기울이는 모습에서 그들의 호기심과 관심이 보였다.

이번에 새로 지을 소아병동은 대학병원 정문 안으로 들어서서 오른편 빈 땅에 7층 최첨단 건물로 올릴 예정이다. "서울 명동의 평당 1억짜리 땅에 버금가는 노른자위 땅"이라는 병원장의 공치사를 그냥 귀 뒤로 흘리며, 앞으로 이 건물 공사가 순조롭게 진행될 수 있기를, 어서 완공이 되어 아픈 아이들이

평양의학대학 소아병동 착공식 참관자들이 설계자 선생님의 이야기에 귀를 기울이고 있다. ⓒ 조형

현대적 치료의 혜택을 받고 건강하게 자라게 되기를, 그렇게 자라서 남과 북의 어린이들이 나란히 어깨동무하는 날이 올 수 있기를 기원했다.

투명인간

평양 시내에서 보이는 사람의 수와 표정은 그 시기의 경제와 생활수준을 말해 준다는 것이 그간의 방북 경험에서 학습한 것 중 하나다. 반갑게도 이번에는 평양 거리에 사람들이 많다. 다음 날 아침 보통강가 산책에서는 좀 더 가까이에서 평양 사람들을 볼 수가 있었다. 강 저편에서 다리를 건너 호텔 옆길을 지나 큰길로 향하는 모습을 6층 베란다에서 내려다보다가 좀 더 가까이가 보기로 했다. 15분이면 한 바퀴 돌아올 만한 길을 익혀 두고 호텔 현관을 나서는데 지키는 사람이 없다. 1998년 어느 날 아침 고려호텔에서 빠져나와 평양역을 향해 한 200미터쯤 나갔다가 "선생님, 혼자 행동하시면 안 됩니다"
하며 헐레벌떡 뒤따라와서 날 다시 데려가던 안내원이 떠오른다. 그런데 이
번에는 아무도 막는 사람 없이 산책을 할 수가 있었다.

새벽 운동을 하는 체육복 차림의 남녀 중학생들, 검정 치마에 흰 저고리를
얌전히 차려입은 여대생들, 삼삼오오 재깔거리며 걸어가는 소학교 학생들,
직장으로 가는 성인 남녀들, 이 호텔 종업원인 듯 보이는 30대 여성들이 모두
제 갈 길을 부지런히 가고 있었다. 소학생들을 제외하면 하나같이 무표정한
얼굴로 모두들 나와는 반대 방향으로 오고 있었는데, 아무도 내게 특별히 시
선을 보내지 않는다. 내가 마치 투명인간이라도 된 양 그냥 나를 스쳐 지나갔
다. 내가 성공적으로⑦ 튀지 않는 복장을 한 탓일까, 아니면 호텔 근처 길에 나
타나는 외부인들에 익숙해져서일까, 그도 아니면, 상부의 지시(예컨대 '외지인들
에게 관심을 보이지 말 것')를 받아 훈련된 무관심일까? 답은 얻지 못했다.

오후에 찾은 모란봉공원에는 6,70대 할아버지들이 너덧 명씩 둘러 앉아 카
드놀이를 하고 있다. 일본 놀이인 화투는 금지되지만 주패놀이는 괜찮다는 안
내원의 설명이다. 할아버지들은 카드 잡은 손을 연상 하늘 높이 올려서 내려 때
리곤 해서 멀리서 보기에는 꼭 화투놀이 자세다. 1998년에는 날씨도 추웠지만
모란봉공원에서 사람을 볼 수가 없었는데, 이번엔 아기들 데리고 나온 할머니
들도 있다. 할아버지들이 주패놀이를 하는 동안 할머니들은 손자녀를 돌보거
나 나물을 캐거나 또래 할머니들과 이야기를 한다. 내려오는 길에 맞은편에서
걸어오던 한 쌍의 젊은 남녀는 우리 일행을 보자 얼른 옆길로 돌아선다.

밝아진 도시

시내는 1998년에 비하면 훨씬 밝아지고 활력을 되찾은 모습이다. 자동차도

160

전보다 많아져서 궤도 전차, 무궤도 전차, 버스(2층 버스 포함), 자전거, 지하철 등 평양 시민의 교통수단이 다 등장한다. 주요 교차로에 서있는 제복 차림의 여성 교통안전관리원이 제법 할 일이 많을 정도다

　도시 전체가 전보다 푸르러진 느낌이다. 길가의 아파트 단지에는 꽃밭도 들어섰다. '행군' 수준의 집 주변 가꾸기가 진행되는 모양이다. 그러고 보니 공중에서 내려다본 북녘의 산들이 벌거벗은 민둥산이 아니었다는 생각이 난다. 묘향산 가는 도중에 빨갛던 산등성이까지 어린 나무들이 꽤 많이 들어섰다. 나중에 안 일이지만, 지난 몇 해 동안 북쪽에서는 나무 심기 운동을 활발히 전개했다고 한다. 길가에도 새로 심은 묘목들이 빼곡하게 들어선 곳이 더러 눈에 띈다. 언젠가는 솎아 내야 할 만큼 너무 촘촘히. 버드나무가 줄을 지어 선 보통강변에 자리 잡은 보통강려관 객실에서는 이른 아침 뻐꾸기 소리도 들린다.

　평양의 큰길에는 5,6층 혹은 2,30층 살림집 아파트와 관공서, 박물관 등이 자리하고 있다. 아파트들은 지금 베란다와 창문에 새 창틀 공사를 마쳤거나 진행 중이다. 아파트 미화 작업은 주민들의 공공사업(취로 사업)으로 이루어지며 2002년부터 시작됐다고 한다. 전에는 모두가 칙칙한 시멘트 원색 그대로이던 건물들이 분홍, 연두, 하늘색 등으로 칠해지기 시작했다. 외모가 달라지니 시내가 환해졌다. 사거리 큰길가의 '네거리 양복점' 간판이 화려하다.

　저녁에 전기를 밝힌 집들이 많아진 것을 보면 평양의 전기 사정도 나아졌나 보다. 그런데 아파트 베란다에 반듯한 장작은 아니지만 나무더미가 간혹 눈에 띈다. 어느 동네에는 고층 아파트의 꽤 여러 집에 산에서 긁어 모아온 것으로 보이는 나뭇가지들이 쌓여 있었다. 무엇에 쓰는 것일까? 난방용? 취사용? 정답은 구하지 못한 채, 아파트 살림집의 부엌 구조를 상상해 본다.

방북하는 사람들이 평양 밖을 보는 기회는 일반적인 관광 코스 말고는 흔치 않은 일이다. 특히 농촌 마을에 들어가 보는 기회는 거의 없다. 최근 방북자를 안내하는 곳은, 평양 주변에 있는 만경대 김일성 고향집, 단군왕릉이나 애국열사묘지, 묘향산이다. 이번에도 하루 코스로 묘향산엘 다녀왔다.

내게는 농촌 마을 안에 들어가 보는 보너스 기회가 하나 더 주어졌다. 일행 대부분이 작년에 준공된 평양어깨동무학용품공장*을 참관하는 동안 시내에서 남쪽으로 12km 지점에 있는 강남군 장교리라는 마을에 간 것이다. 거기에는 어깨동무가 지원하는 마을 보건소가 건축 중이고 건설 상황 점검 차 나가는 팀에 합류하게 된 것이다.

다른 사람들이 업무를 보는 동안 나는 잠시 공사장 주변 구경을 나섰다. 마을 맨 뒤편, 공사 현장 건너편에 학교가 있었다. 20미터쯤 떨어진 곳에 있는 학교 정문 앞으로 가서 운동장 안을 살핀다. 평양 시내 소학교는 전에 몇 군데 가 보았지만 평양 밖은 처음이다. 운동장 저편 끝에는 단층의 일자형 교사가 있다. 안은 깜깜하다. 운동장 왼편 구석에 있는 철봉에 매달린 5,6학년쯤 되어 보이는 여아들이 아니었더라면 문 닫은 학교로 오인할 뻔했다. 교실 안을 들여다보고 싶은 생각, 아이들 얼굴도 보고 손도 잡아보고 싶은 생각이 불현듯 간절해졌다. 하지만 참아야 한다. 합의된 일정에 포함되지 않은 곳을 불쑥 찾아가는 건 허락되지 않으며, 더구나 안내 없이 혼자 누굴 만나는 일은 우리를 돕는 안내원을 곤혹스럽게 만들 수도 있는 문제다…

---

* 남북어린이어깨동무는 북녘 어린이를 위한 영양, 의료 지원 사업에 이어 교육 지원 사업도 하였다. 1983년에 문을 열었으나 1999년경 운행을 정지한 평양수지연필공장에 수지연필 샤프펜슬과 원주볼펜을 생산하는 기계를 지원하여 2005년 11월 평양어깨동무학용품공장으로 새로 문을 열도록 도왔다.

그 자리에서 돌아서니 폭 2~3미터 되는 흙길을 사이에 두고 회벽에 검은 지붕, 비슷한 규모의 집들이 다닥다닥 붙어 있는 마을길이다. 양쪽 담을 따라 옥수수가 빼곡하게 심어져 있어 사람들 다니는 공간은 1미터 정도 남아 있다. 골목 안쪽에서 마을 사람 넷이 서서 무언가 중요한 이야기를 나누는 것 같다. 이쪽 끝에 선 나를 의식해서인지 모두 나한테서 등을 진 자세로 고쳐 선다. 나를 투명인간 보듯 하던 평양 사람들과 대조된다. 아까 내가 학교 안을 살피는 동안 아버지와 딸로 보이는 남자 어른과 여아가 운동장 안쪽에서 정문을 향해 걸어 나오다가 갑자기 방향을 바꿔 다른 쪽으로 걸어가던 것도 아마 내가 훼방을 해서 그랬나 보다.

북쪽 안내원의 여유

남과 북의 사람들이 진정으로 '만날' 수 있을까? 나는 여러 상황에서 북쪽 사람을 만나 보았지만 이 물음에 자신 있게 답을 하기 어렵다. 북쪽 사람들은 사회주의 사상으로 중무장을 하고 있고 남쪽 사람들을 대할 때 사실을 은폐하고 솔직하지 못하여 믿을 만하지 못하며, 그러니 속지 않도록 긴장을 해야 한다고 많은 남쪽 사람들이 생각한다. 이것은 상호적인 선입견이다.

하지만 점차 여러 사람을 만나다 보면 북쪽 사람들 간에 차이도 보이고 그들의 표정을 읽을 수 있게 되고 그들의 언행에 대한 이해도 생긴다. 왜 이런 요청을 하는지, 왜 어떤 곳은 안내를 하고 다른 곳은 가지 않는지, 왜 그 이유를 설명해 주지 않는지…에 대해 나름대로 해답이 생기는 것이다. 북측에서도 남쪽 단체나 방북자들에 대한 이해의 폭이 커졌을 것이다. 한참 일을 함께 하다 보면 자연히 감정적 공감대가 생기고 협력 사업 추진을 더 효과적으로 할 수 있게 된다. 그럼에도, 바로 이 점 때문에 한 단체를 같은 사람이 오래 담당하게 하지 않고 자주 바꾸는지도 모르겠다.

　우리 일행의 안내를 맡은 사람들은 전보다 훨씬 유연해 보였다. 경계심을 내보이지도 않고 권위적인 태도도 거의 없다. 그만큼 남쪽 사람들과 문화에 대한 학습도 많이 했고 어깨동무라는 특정 단체를 대하는 노하우를 익혔다는 뜻일 것이다. 전에 비해 방문자 개개인의 일거수일투족에 일일이 간섭하지 않는다. 개별 행동을 하리라는 예상은 하지 않으며, 자신들이 직접 나서는 대신 대개는 개인들 판단에 맡긴다. 예를 들면, 호텔 밖 외출이나 산책도 1992년이나 1998년에는 상상하지 못했다. 그러나 이번에는 새벽 산책은 자유롭게 할 수 있었다. 어쩌다가 기준에 벗어나는 언행이 있으면 직접 경고하거나 따지거나 꼬집는 대신 간접 화법으로 은근히 주의를 준다. 예를 들면, 아침 산책을 호텔에서 20분이나 떨어진 큰길까지 다녀온 분에게 "긴 산책을 좋아하시는가 보다"고 말한다. 안내원이나 다른 누구와도 동행하지 않은 그분은 이 말에 긴장할 수밖에 없다.

　남쪽에서 온 사람들이 자기들 말을 믿지 않는 것에 서운함을 표현할 만큼 유연하다. 북쪽을 방문한 어느 기업의 회장이 옥류관에서 냉면을 꼭 들고 싶어 했는데, 마침 공사 중이어서 영업을 하지 않는다고 했는데도 그 말을 끝까지 믿어 주질 않아, 옥류관 공사 현장을 보여야 했던 후일담을 들려준다.

　북쪽에서 생산한 물건을 방북 기념으로 사러 단체로 상점에 들르는 것은 거의 관례가 되었다. 호텔 상점에서 개별적으로 구입하기도 하지만 외국인들에게만 개방되는 시내 상점에 버스를 타고 가서 단체로 구입하는 것이다. 공항 가는 길에 한 상점을 찾았다. 그런데 그 상점이 마침 문을 닫았다. 과거처럼 모든 일을 한 치의 실수 없이 일사분란하게 진행하는 것이 공화국의 체면을 살리는 길이라고 생각하면, 미리 연락을 하지 않고 많은 사람을 데리고 찾아간

건 큰 낭패다. 그런데 우리 안내원 동지는 "아마 접대원 동무들이 모내기에 동원돼 나간 모양"이라며 아무렇지 않게 다른 상점으로 우리를 안내했다.

동석식사의 화제

남쪽에서 단체로 방문객이 가면 북쪽 정부와 단체의 인사들과 '동석식사'(同席食事)라는 것을 한다. 도착한 날 만찬은 환영의 의미로 북쪽이 대접하고, 떠나기 전날 만찬은 방문의 의미를 확인하고 앞으로의 협력을 재차 다짐하는 의미로 남쪽이 대접한다. 형식적인 의례를 갖춘 식사가 별로 마음에 들지는 않지만, 일단 양측 대표의 인사말이 끝나고 술잔이 한두 차례 오간 후에 교환하는 대화는 서로의 의식과 문화를 익히게 되는 좋은 기회이므로 더는 마다하지 않게 되었다. 여성이 포함되면 으레 여성, 가족에 관한 이야기가 테이프를 끊는다. 반드시 환영할 만한 일은 아니로되 그 화제도 그리 나쁘진 않다.

이번에는 소아외과 의사 한 분이 첫 방문을 했으므로 여성 의료인 이야기가 맨 먼저 나왔다. 북쪽에는 여성 의사가 상당수 있다. 평양의학대학 재학생 중 40%가 여학생이다. 하지만 북쪽에서 가장 권위 있는 병원이라고 하는 평의대병원에는 다른 곳에 비해 여의사가 상대적으로 적은 편이다. 요직에 유리천장이 있는 것과 마찬가지로 주요 조직에도 여성 진입이 어렵다는 사실을 읽게 한다. 의사들 간에 전공별 성별 분업도 확연하다. 여성은 주로 안과, 소아과, 이비인후과 등에 집중된다. 남쪽에서도 외과는 남성 집중 분야이지만 북쪽에서 여성의 외과 진입은 아예 봉쇄된 것 아닌가 싶다. "평의대병원 외과에서 여자 제자를 한 사람도 키우지 못했다. 우선 체력에서 여자는 못 당한다"고 하는 부원장은 남한에서 1호 여성 외과의인 P교수에게 '예외적'이라는 찬사를 보낸다. 이분도 1970년대 초 의대를 졸업하고 전공을 선택할 때

점차 여러 사람을 만나다 보면 북쪽 사람들 간에 차이도 보이고 그들의 표정도 읽을 수 있게 되고 그들의 언행에 대한 이해도 생긴다. 모란봉공원에 있는 을밀대 가는 길의 글쓴이.
ⓒ 조형

부터 시작해서 수많은 장애를 극복해야 했다. P교수는 한 명의 성공이 후배들에게 격려와 힘이 되었음을 이야기한다.

여성에 관한 대화는 직장인이나 노동자보다는 주부, 어머니에 대한 화제가 훨씬 더 큰 비중을 차지한다. 북쪽 여성들은 남편이 밥하고 빨래하면 혼을 낸단다. 여성의 이중 노동에 대한 남성들의 자기 합리화일 수도 있다. 하지만 남녀 관계에서 가부장적 가치와 관습에 순응적인 북쪽의 많은 여성들이 그렇게 할 수 있는 개연성도 충분히 있다. 남편들은 40대가 되면 밖에서 일하고 아이 키우고 집안일을 도맡아 해 온 아내의 고마움을 알게 된다고 한다. 그러다가도, "남편의 귀가가 아무리 늦어도 집에서 다소곳이 기다려야 마누라지", "여자 대우는 3·8부녀절 하루하고 생일 하루면 끝이다. 일 년에 그 이틀만 서비스하면 되는 거지 뭐", "여자에게 '잡혀 사는' 공처가가 되면 안 되지"… 여성을 비하하는 발언도 서슴지 않는다. 일일이 이견을 달고 논쟁을 벌이려면 끝이 없을 언급들이다. 북쪽 남성들의 가부장적 권위주의가 어디

166

까지 가는지를 가늠하기 위해서도 조용히 들어준다. 오히려 이런 분위기를 불편하게 느낀 우리 일행 남성들이 화제를 돌린다.

어린이에 대한 화제 역시 사적인 공간, 자녀 출산에 제한된다. 국가의 미래 구성원인 어린이를 중요시하지 않는 나라는 없다. 남성 중심의 공적 담론에서 어린이의 중요도에 대한 인지는 거기에서 끝난다. '미숙한' '아직 어른이 되지 못한' 따라서 '돌봄의 대상'인 어린이의 인권이나 시민권 같은 것은 화제가 되지 않는다. 국가와 남성이 '더 큰일'을 맡기 위해 어린이에 관한 구체적인 일은 가족과 여성의 일로 돌려 버렸기 때문이다. 그러니 어린이를 돌보는 소아과 의사를 비롯하여 어린이 관련 사업을 하는 주체들에 대해서도 '사소하고 작은 일에나 관심 갖는' 사람들이라는 편견이 있다. 어깨동무 대표단이 북쪽에 가서 고위 관리들을 만나면 그들의 태도에서도 이런 편견이 읽힌다. '공화국에서도 중요시하는 어린이 사업'을 지원하는 단체를 무시할 수는 없으되 어째 '쬐쬐한' 일에 자신까지 말려 들어가는 것을 불편해하는 북쪽 가부장적 남성들의 양가감정이 보인다.

요즘 북쪽에서 아들보다 딸을 선호하는 현상이 나타난다는 이야기는 새롭다. 그 이유는 자매들 간의 관계가 올케와 처남을 중간에 둔 남매보다 더 오래 우애가 지속되기 때문이라고 한다. 혼인한 자녀들 간의 우애에 관심을 갖는 것은 어느 사회의 부모도 마찬가지일 것이다. 그러나 남쪽의 아들 선호만큼 딸 선호가 출산의 성비에 영향을 끼치는 수준까지는 아닐 것이다.

남쪽의 저출산 현상은 '이기적인 여성'의 문제라고 일축된다. 남한의 저출산을 결과한 복잡한 요인들에 대한 이해를 촉구할 의지가 생기지 않았다. 결혼이나 출산을 여성 스스로 선택해서 결정한다는 것은 북조선 체제에서는 상상도 할 수 없는 일이라는 것을 알고 있기 때문이다. 북쪽만이 아니라 출산에 대한 사회주의적 사고방식은 구소련과 동유럽 국가에서도 비슷했다. 사회주의 국가에서는 노동권에 의해 노동력 구성원으로 포함되는 '특혜'를 여성의 '해방'으로 간주했고 여기에 더하여 재생산권을 부여하면서 애국적 어머니상을 강조했다. 또한 여성의 권리에 관한 한, 국가 사회주의 하에서 평등 이데올로기는 획일성과 자유 선택의 결여를 의미했다. 다만 북조선에서는 아직도 사회주의와 가부장제의 불행한 결혼의 실험이 진행 중일 뿐이다.

왜 그랬을까?

평양어깨동무어린이병원 로비에는 대형 TV가 설치돼 있다. 이번에 잠시 들러보는 동안 화면에서는 만화 영화가 그치지 않고 상영되고 있었고, 맞은편 의자에는 할머니나 엄마의 무릎에 앉은 꼬마 대여섯 명이 거의 무아지경으로 만화 영화에 빠져들고 있었다. 콧물이 조금만 나도 병원에 가자고 조르는 손자의 속셈을 할머니는 알고 있다.

심양에서 서울로 오는 아시아나 항공기에 올라 신문을 들자, 우리 일행이 평양에 있는 동안 서울은 미사일이냐 위성이냐, 발사를 할 것이냐 아니냐, 발사가 임박했느냐 아니냐로 시끄러워진 사실을 알게 되었다. 그리고 3주가 채 안 된 7월 5일 북조선은 일곱 발의 미사일을 날렸다. 왜 그랬을까? 아이들은 어떻게 하려고…

조형

남북어린이어깨동무(www.okedongmu.or.kr)의 창립 멤버이고, 이화여자대학교 사회학 교수다. 어깨동무는, 한반도에 통일이 이루어지는 동안과 그 다음의 평화로운 통합과 발전을 소망하면서 지금은 남과 북의 어린이들이 건강하게 성장하고 평화를 사랑하고 서로 다른 어린이들과 어깨동무하는 연습을 하도록 돕는 사업들을 남과 북에서 활발하게 펼치고 있다.

시선은 다시 나에게로

설렘과 고단함이 공존하는 여행길에서 만나게 되는 여자들의 이야기는 여행자들에게
때로 영감을 때로 용기를 줄 것이다. - 김현아

햇빛 아래 나는 그들이 누구인지 보았다

김은실

매번 여행을 떠날 때마다 나는 한국에서의 일을 정리하느라 밤을 샌다. 이번 여행도 다른 여느 여행과 마찬가지로 역시 밤을 새고 나서 멍한 기분으로 새벽에 짐을 싸 공항으로 나갔다. 아침에 업무 대행을 부탁하는 전화를 하고, 여전히 택시 안에서도 교정 원고를 곧 국제 특송 우편으로 보내겠다고 약속하면서 비행기를 탔고, 전화가 나가 버리는 순간까지 프로젝트 제목에 대한 전화를 했다. 나는 항상 이런 모습으로 한국을 떠난다.

볼티모어로 가는 비행기를 갈아타기 위해 샌프란시스코 공항에 내렸더니 아침이었다. 공항의 회랑을 걸으며 두 시간 정도 남아 있는 시간을 보내려는데 갑자기 어깨에 날개가 달린 듯 가벼워지는 느낌이었다. 너무 이상했지만 좋은 기분이었다. 구체적인 현장이 자꾸 감정적으로 그리고 인식론적으로 전치되는 지구화 시대에 나는 이제 비장소*에서만 안정성과 평화를 느끼는 것일까?

---

* 비장소(non-place)는 프랑스 인류학자 마르끄 오제의 개념으로 자본주의 사회에서 우리가 경험하는 변화의 극단적인 결과로서 비장소에 의해 장소가 대치되는 오늘날의 지점들을 의미한다. 아이디나 숫자로서 사회적 정체성이 표식된다. 현금 인출기나 공항이 대표적인 예다.

사람들이 오가는 공항은 거대한 쇼핑센터가 되고 있다. ⓒ Jian Shuo Wang

샌프란시스코 공항은 많이 달라졌다. 일단 물건을 파는 가게가 너무 많다. 많은 사람이 오가는 공항은 이제 거대한 쇼핑센터가 되고 있고, 사람들은 공항에 있는 동안 소비를 한다. 움직이는 사람들은 필요한 것을 공항에서 산다. 나도 그중 하나다. 사람들은 평화로워 보였다.

볼티모어로 가는 유나이티드 에어라인을 탔는데 점심이랍시고 나온 음식을 도저히 먹을 수가 없었다. 이미 대한항공의 지나친 '아시아적' 서비스와 음식에 길들여져 이제 유나이티드 에어라인의 음식은 먹을 수 없게 되었다. 미국은 9·11테러 이후 너무 달라지고 있다. 외부적인 모든 것을 타자화하는 태도를 노골화하고 있다. 문제는 달라지는 것에 너무 당당하다는 것이다. 테러의 공포와 대면하며 살고 있고, 테러 희생자를 구체적으로 보면서 위협을 느끼고 있는데 무슨 소리냐고 볼멘소리를 하는 강대국 미국의 그 큰 몸 앞에서 위협을 가한다는 유색인, 가난한 나라의 사람들의 몸은 훨씬 왜소하다.

공포와 죽음, 불확실성의 분위기에서 '안보'라는 암호는 분명하게 작동하는 국민 국가의 배제 권력을 보여 주면서 외국인을 차별화하는 이유를 제공한다. 지난 시대 우리나라가 반공 이데올로기 앞에서 보여 주었던 권력과 공포를 상기하게 한다. 미국 비행기의 음식을 보는 순간 내가 누구인지를 깨닫게 되면서 조금 전에 보았던 샌프란시스코의 평화가 달리 보이기 시작했다.

필리핀인 아니세요?

버클리에 있는 친구 리사가 산타로사로 데리러 오겠다고 해서 말렸다. 대신 나는 그레이하운드 버스를 타고 오클랜드까지 가기로 했다. 터미널에서 캐서린과 헤어졌다. 조그만 대합실에는 다리에 보족을 단 아주 늙은 백인 여성이 한 아시아 여성이 티켓 사는 것을 도와주고 있었다. 이주 노동자, 운전할 수 없는 노인들, 배낭을 멘 젊은이 등이 보였다. 미국에서 그레이하운드는 흔히 가난한 노동 계급이나 이민자들, 늙은 사람들이 타는 것으로 알려져 있다. 일종의 계급성을 나타내는 교통수단의 기호다. 나 역시 이러한 맥락에 있는 것이다. 그 맥락에서 보자면 나도 백인 사회에 온 이주 여성이다. 나이 든 백인 여성이 떠나자 이 아시아 여성은 내게 웃으며 다가왔다. 그 웃음은 수줍지만 그러나 너무 분명하게 외부를 의식하지 않고 나를 향해 꽂히고 있었다.

그녀의 첫 마디는 "필리핀인 아니세요?"였다. 이제까지 내가 일본, 홍콩 여성이냐는 질문을 받은 적은 있어도 필리핀 여성이냐는 질문은 처음이었다. 나 역시 웃으며 아니라고 이야기하자 어디서 왔냐고 한다. 나는 한국에서 왔고 이곳을 방문했다가 이제 떠난다고 했다. 버스가 도착했고 그녀는 나를 도와 내 가방을 짐칸에 넣었다. 그리고 같이 앉아도 되냐고 했고 내 손을 잡고 자매처럼 자기 이야기를 하기 시작했다.

이주 여성, 엘리엔자

이름은 엘리엔자, 나이는 마흔셋. 그녀는 여기 산타로사에 있는 한 늙은 백인 여성의 간병인 노릇을 했다. 그런데 그 여성이 일주일 전에 사망했다. 그녀는 이 여성과 거의 24시간을 함께 지냈다. 먹이고, 재우고 등등. 그날도 같이 밥을 먹는데 그만 가서 눕고 싶다고 해서 침대에 눕혔더니 거기서 그냥 죽었다. 3년 동안 그 집에서 그녀를 간호했는데 집 밖에 나간 적이 거의 없다면서 너무 외로웠단다. 내가 3년 만에 처음 본 아시아인이란다. 그 집의 딸과 아들이 자기 어머니가 돌아가신 뒤 그 집에 있어도 좋다고 했지만 사람이 너무 그리워서 필리핀 사람들이 있는 샌프란시스코나 로스앤젤레스로 가고 싶다는 것이다. 지금은 취업 비자를 연장하려 프레스노에 간다고 했다.

그녀는 여기 오기 전에 3년간 타이완에서 일했다. 필리핀의 고산 지역에서 왔는데 집에는 다섯 아이와 남편이 있다. 막내아들은 일곱 살이고 아이들은 친정어머니와 아버지가 돌본다. 힘들게 일하면서 돈은 다 가족에게 보내고 이렇게 사는 것이 좋으냐고 물었다. 가족을 위해 일하니까 하나도 어렵지 않다는 대답이었다. 자기에게 아이들이 있어 큰 위안이고, 자신이 번 돈을 그들이 다 써 버려도 괜찮다고 했다. 내게 가족이 있냐고 물어서 부모 형제는 있지만 결혼하지 않았다고 말했다. 그랬더니 파트너를 두고 아이 하나는 꼭 낳으라고 했다. 그래야 삶이 어려워도 견딜 힘이 있다면서.

그녀는 내 손을 꼭 잡고 있었고, 샌드위치나 과자를 꺼내서 먹으라고 했다.

산타바버라 그레이하운드
버스 터미널. 미국에서
그레이하운드 버스는 흔히
가난한 이들이나, 이민자들,
늙은 사람들이 타는 것으로
알려져 있다.
© Mike Smochko

그러다가 그녀는 내게 편지해도 되느냐며 주소를 적어 달라고 수첩을 내밀었다. 할 수 없이 수첩을 내밀어 집 주소를 적어 주면서 왜 한국에 오고 싶은지 물었다. 그녀는 나와 친구가 되고 싶고, 내게 편지를 하고 싶다고 했다. 미국에 오기 전에 타이완에서도 간병인으로 일한 적이 있고 그 뒤 다시 필리핀에 돌아갔을 때 한국으로 오려고 했는데, 나이 제한에 걸렸다는 것이다. 40세까지만 가능하다는 것이었다.

그녀는 현재 미국에서 일하는 것이 좋다고 했다. 3,500불을 받는데 세금을 다 빼고 자기에게는 2,300불이 돌아온다고 했다. 나는 그게 정확한지 알아보려고 여러 방식으로 물었는데 그녀는 똑같이 대답했다. 그리고 4개월 전부터 돈을 전부 다 보내지 않고 조금은 자기가 갖고 있다고 했다. 나는 그게 좋은 방법이라고 말해 주었다. 그녀는 필리핀에서 2년제 대학을 나왔고, 산타로사에서 일하면서 간병인 자격증을 땄다.

친구처럼 느껴져 돈을 주고 싶다는 그녀

그녀에게 오클랜드에서 내리면 샌프란시스코까지 가고, 그곳에서 차를 갈아타라고 말해 주었더니 그녀는 내게 돈을 좀 주겠다고 했다. 무슨 소리냐고 펄쩍 뛰었더니 그녀는 내가 친구처럼 느껴져서 돈을 주고 싶다는 것이다. 필리핀에서는 친구들이 어디 갈 때 돈을 준다고 했다. 나는 절대 그러지 말라고 했다. 적어도 나는 전문 직업인이 아니냐고 반문하면서.

그녀가 나를 친구로 생각해 돈을 주려고 했다는 사실에 감동을 먹은 나는 그때부터 또 그녀에 대해 소위 '오버'를 하기 시작했다. 그래서 리사네 전화번호를 주고 문제가 있으면 전화하라고 한 뒤 가방을 뒤져 껌 한 통을 그녀에게 주었다. "너는 착한 사람 같다"고 했더니, 그녀는 모든 필리핀 사람이 자기 같지는 않지만 자기는 좋은 사람이라고 했다. 나는 그녀를 고용해 줄 사람이 누가 있을까 머릿속으로 헤아리기 시작했다. 귀국 후 어느날 외출했다가 집에 돌아와 보니 자동응답기에 그녀의 목소리가 녹음되어 있었다.

봉사를 받는 여성과 제공하는 여성

버클리에서 일레인, 존과 함께 점심을 먹었다. 우리에겐 한국이라는 공통분모가 있기 때문에 한국에 대해 떠들었다. 나는 LA 상황에 대해 물었고, 그들은 내게 한국 상황에 대해 물었다.

중국 식당의 여자 종업원은 우리가 아시아인의 얼굴을 하고 있다는 이유

이번 여행에서 미국 사회의 소비, 물건들, 인종 간의 위계와 몰려오는 이민자들과 백인들의 미국적 지위가 나를 놀라게 했다. 사진은 버클리 시내 중심가. ⓒ 캘리포니아 교통국

때문에 모든 친절과 호의를 남자인 존에게 우선시했고, 내가 생선을 주문했는데 존을 보면서 남자의 정력에 좋은 음식이라고 존에게 많이 먹으라며 계속 말을 걸었다. 두 명의 페미니스트 앞에서 존은 민망해했다.

존과 헤어져 일레인과 나는 거리가 내다보이는 카페에서 커다란 백인 남자와 손을 잡고 다니는 작고 마른 아시아 여성들을 보면서 미국에서의 인종주의가 구조적으로 더 해결되기 어려워지는 인종의 분리 문제, 지구화되면서 백인 남성들을 원하는 아시아와 아시아 여성들의 욕망에 대해서도 이야기했다. 섹시한 외모 때문에, 친절함 때문에, 미국에 오기 위해, 영어 때문에, 미국에 속하기 위해, 아시아 남자로부터 탈출하기 위해 등등 여러 이유로 백인 남성, 혹은 백인을 원하는 젊은 아시아 여성들이 백인 남성과의 관계에서 갖는 가치에 대해서도 이야기했다.

일레인은 그들도 나중에 다 알게 될 것이라고 말했다. 일레인은 9·11 이후, 그리고 최근에 많은 이주 노동자들이 미국에 들어오면서 인종에 대한 편견과 고정관념이 더 강화되고 있다고 말했다. 알리 호스칠드가 최근에 쓴 이주 여성들이 담당하는 친밀성과 보살핌의 상품화와 유색인종화에 대해 그리고 인류학과에서 나오는 박사 논문들에 대해 이야기했다. 이전의 남성과 여성의 가부장적인 관계는 이제 봉사를 받는 여성과 봉사를 제공하는 여성들의 관계로 이전되었다고 기술하고 있다.

일레인에게 필리핀 여성 이야기를 했고, 나 역시 캘리포니아에서 익명적인 관계 속에서 인식될 때는 일하는 이주 여성으로 비친다고 말했다. 백인들이 주로 사는 부자 동네에 살고 있는 일레인은 아침에 누가 방문해서 무엇을 부탁하면 자신은 여기서 일하는 사람이고 주인은 지금 없다고 말하는데, 그러면 이웃들은 아침에 부스스한 아시아 여성의 외모 때문에 주인이 아니라고 믿는다고 했다. 자신은 매일 아시아 여성에 대한 미국 사회의 깊은 편견과 폄하를 느끼고 목격한다며 분노했다.

버클리에 있는 친구들과 다니는 지역에는 다른 지역과 달리 상대적으로 심하게 뚱뚱하거나 폭력적으로 보이는 사람들은 별로 없다. 대신 늙었지만 쌩쌩하고 젊은 스타일로 사는 여성들을 많이 볼 수 있다. 시내 중심가에 있는 카페에서 늙었지만 자족적이고 바쁜, 자기를 위해 할 일이 많은 여성들을 보면서 이렇게 늙는다면 늙는 것도 그렇게 나쁘지는 않다는 생각을 한다.

그러나 이런 삶은 이 지역의 계급성에 기반을 두고 있다. 이러한 삶은 건강한 생활양식을 유지할 수 있는 소득에 기인하는 것이다. 유기농 농산물과 운동, 휴식, 자기에 충실한 삶을 살 수 있는 시간 등이 자본주의 사회에서는 곧 수입과 연결되어 있다. 최근에 한국에서도 노년을 위해 자기 관리를 해야 한다는 이야기들이 나오고 있다. 건강하고 여유 있고 사회가 허용하는 자신을 위한 삶이라는 것이 돈 없이 어떻게 가능할 수 있겠는가?

외부의 도전이 필요한 나라

이번 여행에서 미국 사회의 소비, 물건들, 인종 간의 위계와 몰려오는 이민자들과 백인들의 미국적 지위가 나를 놀라게 했다. 미국인은 그들이 세계에 어떠한 역할을 하고 있는지 알지 못한다. 나쁜 역할을 하고 있음을 안다고 해도, 미국 내에서의 그들의 삶에는 큰 지장이 없다. 미국 밖에 있는 나라들이 미국에 느끼는 감정을 어떻게 알 수 있겠는가? 미국은 외부의 도전이 필요하다. 미국 내의 어떤 세력도 미국을 깨어나게 할 수 없다는 문구가 생각난다.

한국에 돌아와서 본 텔레비전 프로그램에서 잠깐 삽입된 아마추어 일본인의 코미디는 정말 재미있었다. 미국인들은 이라크 전쟁 때문에 자신을 캐나다인이라고 거짓말하고, 캐나다인들은 사스 때문에 자신을 멕시코인이라고 말하고, 멕시코인들은 직업을 얻기 위해 자신을 미국인이라고 거짓말한다는.

김은실

이화여자대학교 대학원에서 여성학을 가르치고 있으며, 아시아여성학센터 소장으로 일하면서 아시아 여성학자들과 활발하게 연구를 교류하고 있다. 이 글은 2003년 7월 1일부터 15일까지 미국을 여행하고 난 뒤 썼다. 지구화 시대에 한국의 페미니스트가 페미니즘과 아시아, 이주 그리고 9·11이라는 문제를 안고 미국을 여행하며 또 미국에서 페미니스트들을 만나면서 느낀 시평적인 단상들을 정리한 것이다. 『이프』 2003년 가을호에 처음 실린 긴 글을 추려서 다시 엮었다.

웨어 아 유 프롬?

권김현영

준비 없이 여행을 떠나오면서 했던 두 가지 걱정은 어김없이 현실로 다가왔다. 예약하고 싶던 숙소에 전화를 하니 방이 없다 한다. 하지만 사스가 휩쓸고 간 동남아시아의 공항은 한적하다. 카오산 거리로 가면 숙소가 있을 것이다. 문제는 숙소가 아니다. 더 원초적인 문제가 있다. 길을 지독히 못 찾는다는 것과 영어를 못한다는 것. 이 두 가지 문제가 겹쳐서 돈무앙 국제공항에 내리자마자 나는 완전히 공황 상태에 빠져들었다. 말 그대로 주위가 노래지더니 땀이 흐르기 시작했다. 공항에서 30분 넘게 헤맨 끝에 겨우 카오산 가는 버스를 어디서 타는지 알게 되었다.

여행을 떠나오기 전에 들었던 복잡한 심경을 정리해 보겠다고 왔는데, 어느새 그 생각은 멀리 떠나 있다. 지금은 우선 길을 제대로 찾아가서 숙소를 잡고, 배고픔을 해결하는 것이 먼저다. 어느새 무엇 때문에 마음이 복잡했는지도 잘 모를 지경이 되었다. 내 인생의 첫 번째 휴식이자 장기 여행, 그것도 말이 제대로 통하지 않는 해외여행은 단지 하루하루를 보내기에도 꽤 많은 노력과 노동을 요구했다.

관광객 말고 나그네가 되자

예쁜 끈민소매에 곱게 화장을 하고 거리를 또각또각 걸어가는 어깨 넓은 그녀의 뒤로 레게머리를 땋고 있는 백인 남자의 시선이 꽂힌다. 백인 남자는 자기 머리를 땋아 주는 현지인에게 "저 사람은 여자냐 남자냐?"고 묻는다. 현지인은 싱긋 웃으면서 "카투이.* 저 언니, 원래는 남자야" 한다. 하지만 그런 시선에도 아랑곳하지 않고 편견 따위에는 질 수 없다는 듯 여전히 그녀는 앞을 똑바로 쳐다보며 또각또각 길을 걷는다. 열댓 명의 트랜스젠더 언니들이 교복을 입고 깔깔대면서 지나간다. 어제 오늘 내내 갔던 길거리의 생과일 쉐이크를 파는 언니도 트랜스젠더다.

문득 「아이언 레이디」라는 태국 영화가 생각났다. 영화에 나온 언니들처럼 유쾌하고 당당하고 섹시하다. 한 가지, 영화에서 느낄 수 없었던 것은 앞을 똑바로 쳐다보고 걷는 그 시선이다. 또각또각 나는 나의 길을 선택해서 똑바로 걷고 있다고 온몸으로 말하는 듯한 그 꼿꼿한 시선은 돌아보는 사람을 민망하게 만든다. 그러고 보니, 그녀들을 돌아보는 사람은 관광객들뿐이다. 그리고 관광객들의 호기심은 현지인들의 편견을 다시 길어 올린다. 부메랑처럼 돌아오는 시선들의 방향을 살피다가 마음속으로 다시 결심을 한다. 그들과 타국을 '구경'하는 관광객이 아니라, 무리지어 돌아다니는 여행자가 아니라 잠시 머물다 가는 길 떠나온 나그네가 되자.

시선은 다시 나에게로

유월의 세 번째 날, 태국 북부 끝에 있는 작은 마을 빠이에 와 있다. 게스트하

---

* 카투이(Katooey)는 게이, 레즈비언, 트랜스젠더를 통칭하는 말로 비하적인 뜻이 강하다.

우스에서 쳐놓은 해먹에 누워 모처럼 한가로움을 즐겼다. 고양이가 도마뱀을 잡았다. 주인아주머니가 도마뱀을 왜 잡느냐고 고양이를 혼낸다. 그동안 죽은 듯 벌렁 누워 숨을 몰아쉬던 도마뱀이 갑자가 머리를 치켜들고 도망을 갔다. 나는 그 장면을 보면서 실없이 키득거렸다. 그러고 보니, 아주 오랜만에 소리를 내어 웃어 보았다. 관광객들에게 으레 보내 오는 미소들에 답하긴 했지만, 배에 힘을 주어서 웃어 보지는 못했는데. 이제 조금 마음이 편해진 듯하다. 자전거로 30분이면 다 돌아보는 작은 마을에 도착하니 길을 잃어버릴지도 모른다는 공포가 훨씬 줄어서일까? 이곳의 풍경은 한국의 시골 농가와 아주 비슷한데, 가끔 이렇게 나타나는 낯선 동물들과 곤충들에 소스라쳐진다.

레스토랑에서 저녁 식사 후 마을에서 장기 체류하는 여행자들이 외로움을 견디기 위해 트럼프를 하며 시간을 보낸다. 음식을 주문하자마자 "웨어 아 유 프롬?"이라는 질문이 돌아온다. "코리아"라고 답하자 눈을 커다랗게 뜬다. 한국 사람은 처음 봤다며, 빠이는 한국인 여행자들에게도 꽤 알려져 있는 편인데 이상하다. 그러고 보니 이 마을에선 유난히 아시아인 여행자들이 보이지 않는다. "웨어 아 유 프롬?" 나는 어디서 왔고, 어디에 와 있지? 백인 여행자가 주인이 된 마을에서 나는 그들을 위한 노동과 관련 없는 아시아인. 시선은 다시 나에게로 돌아와 있다.

경계에 서서

캄보디아 출입국 관리소에서 여권을 꺼내면서도 국경을 넘는다는 개념을 이해하는 데 시간이 좀 걸렸다. 그리고 내가 국경을 '걸어서' 넘을 수 없는 나라에 살고 있다는 사실을 실감했다. 캄보디아가 얼마 전까지 사회주의권이었기 때문인지, 국적을 물어볼 때 '한국'이라고 하면 '남쪽'인지 '북쪽'인지 물어

관광지의 밤거리 공연. 관광객들의 호기심은 현지인들의 편견을 다시 길어 올린다. ⓒ 권김현영

보는 사람들이 가끔 있다. 너희 나라는 위험하지 않냐는 백인들의 호들갑보다, 국경을 걸어서 넘는다는 사실과 북쪽과 남쪽을 구분해서 물어보는 캄보디아에서 비로소 나는 분단국가에 살고 있다는 것을 실감한다. 북조선 사람들이 운영하는 음식점도 있다. 그곳에 다녀온 '남한' 여행객들은 평양냉면집에서 서빙하는 북조선 여자들이 얼마나 예쁘고 신기하고 노래를 잘 부르는지 얘기하며 침을 튀긴다.

국경에서 오는 길에 만난 캄보디아인 가이드는 내가 한국인이라고 하자 안심하고는 계속 일본을 씹기 시작했다. 이 도로는 백만 달러를 들여서 일본인들이 깔아 주었지만, 일본인들은 여행을 다니는 것이 아니라 사진을 찍으러 다니는 것 같다며 키득거린다. 나중에 안 얘기지만 곧 앙코르와트의 입장료 수입 중의 일부가 일본인 투자자에게로 넘어간다고 한다. 이렇게 비일본

앙코르와트가 있는 시엠레아프. 캄보디아 출입국 관리소에서 내가 국경을 '걸어서' 넘을 수 없는 나라에 살고 있음을 실감했다. ⓒ 유이

인인 아시아인들은 일본인이 아님을 밝히는 순간 일본에 대한 흉을 많이 듣게 된다. 정치적으로 일본을 싫어한다는 말을 돌려서 하기 위해 일본 여자들이 못생겼다고 부러 얘기하기도 한다. 그 말의 뒤에는 다른 아시아 여자들은 예쁘다는 말이 따라온다.

나는 예쁜 북조선 여자들을 보고 싶었지만 그녀들을 보는 한국 남자들을 견디기가 힘들었고, 유적지에서 파는 물건 값조차 깎는 일본 사람들이 얄미웠지만 일본이 아시아이기 때문에 더욱 가혹한 평가를 받는 것에는 동의하기 어려웠다. 곤혹스러운 심경이 되어, 나는 퍼뜩 내 고민의 근원을 다시 떠올리게 되었다. 나는 지나치게 경계에 서 있으려 했으므로, 아무 데에도 속하지 못하게 된 것이 아니었을까?

7시에 온다는 버스가 오지 않는다. 약간만 시간이 늦춰져도 내가 제대로 알아듣고 제대로 된 장소에서 기다리고 있는 건지 불안해진다. 7시 30분이 돼서야 숙소 앞으로 버스가 왔다. 버스 안에는 열한 명의 백인과 아시아인 다섯 명이 타고 있다. 캄보디아인 한 명, 일본인 한 명, 그리고 나와 일행인 아시아인이다. 버스에 오르자 가장 뒤편에 세 명이 아시아인들이 앉아 있다.

새로운 백인들이 등장하자마자 가이드는 우리에게 뒤편에 남은 두 자리로 가라고 한다. 가장 뒷자리는 험한 길을 갈 때 가장 고통스러운 자리다. 싫다고 얘기했으나, 상대가 알아듣지 못했다. 다시 큰소리로 얘기하고 싶었지만, 내가 입을 여는 순간, 백인들이 모두 쳐다봐서 다시 한번 말하지 못하고 뒷자리로 갔다. 그런 나 스스로에게 화를 내고 있는데, 누군가 수수께끼 놀이를 하자고 제안한다. A부터 X까지 순서에 따라 단어를 하나씩 마음속으로 생각하고 스무고개처럼 그게 무슨 단어인지를 맞추는 게임이다. 뒷자리에 앉은 5명의 아시아인은 의사를 밝힐 겨를도 없이 그 게임의 구경꾼이 되었다.

잠을 청하는 척하면서 시끄럽다, 너희들이 이 버스를 전세 냈냐는 말을 영어로 어떻게 하는지 생각하고 그걸 말하려고 마인드컨트롤을 하는 데 한 시간쯤 걸렸다. 말을 하려고 막 마음을 먹었는데, 스무고개가 끝나고 각자 알고 있는 재미있는 농담들을 주고받는다. 타이밍을 봐서 성질을 내야지 생각하고 있는데 한 캐나다인이 "레즈비언과 인디언과 코끼리의 공통점은?" 하고 수수께끼를 냈다. 대답을 듣고 싶어서 입 밖까지 나온 말을 다시 꿀꺽 삼켰다. 누군가 뭐라고 답을 얘기했다. 미처 못 들었는데, "정답! 통과!" 하고 넘어간다. 나는 그걸 어떻게 다시 물어볼 수 있을지 또 생각하며, 그 전에 준비해 놓은 말을 잊었다. 싸우고 싶어서 미칠 지경이다. 마지막 여행지로 선택한 곳은 섬이었다. 태국 남부 해변의 꼬따오. 이제 언제 어디로 가야 할지에 대한 긴장이 풀렸다. 그러자 다시 잊었던 생각들이 떠올랐다.

여행자들의 천국

여행을 떠나오기 전, 나는 인생을 제대로 선택했는지에 대한 의문에 시달리고 있었다. 그리고 나에게 선택할 기회가 주어졌던 몇 가지 상황에 대해 생각해 보았다. 다른 선택을 했다면, 어디에 있었을까? 그저 주어지는 상황에 그때그때 진심과 최선을 다하면 되겠지 하는 생각을 할 시기가 이미 지났음을 알았을 때, 나는 지독한 현기증에 시달렸다. 이제는 운동을 단지 '한다'는 것에만 의미를 둘 수 없고, 하나하나 말과 행동에 이유와 근거를 대야 하는 책임이 어깨를 슬며시 눌러오는 첫 시작에 다시 서 있음을 확인하고는 몇 달간 불면증에 시달리기도 했다.

여행을 떠나기 전 나는 『이프』에서 제기된 "여자도 군대가자"는 주장에 대한 갑론을박 때문에 줄곧 머리가 아팠다. 나는 그 문제 제기가 '페미니스트'로서 성찰이 없는 주장이라고 생각했고, 그 말의 옳고 그름 여부로 '페미니스트' 정체성을 재단해 버린다고 느꼈던 측에서는 내 말이 또 폭력이라 했다.

나는 어디에 서 있는 걸까? 두 가지 고민에 휩싸였다. 군대가 남성다움을 만들어 내는 훈련소이자 폭력 기술의 습득장이라는 문제 제기는 아직 무르익지 않았고, 심지어 페미니스트로 자신을 정체화하는 사람조차 아직 설득하지 못한 것이 문제였다는 반성이 그 한 가지였고, 어디에도 속하기 어렵다는 쓸쓸함이 나머지 한 가지였다.

그때 배 안에 가득 차 있던 관광객들을 피해 정답고 쓸쓸하게 자국의 국기를 펼치고 배 뒤편에 오롯이 앉은 태국 청년의 뒷모습이 눈에 들어왔다. 이곳

배 안에 가득 찬 관광객들을
피해 자국의 국기를 펼치고
오롯이 앉은 태국 청년의
뒷모습이 마음에 새겨졌다.
'이곳은 여행자들의 천국'.
ⓒ 권김현영

은 여행자들의 천국. 이곳은 여행자들의 천국. 그렇게 되뇌니 그 뒷모습이 마음에 새겨진다.

더욱 복잡한 정체성들과 만남

여행이 막바지에 접어들면서, 카오산의 번잡함이 더는 신기하지도 않고 그렇다고 거기에 익숙해지지도 않는다. 그렇게 해서 옮긴 까셈싼 거리에는 바로 근처에 마분콩센터와 월드트레이드센터, 씨암센터 등 유명 쇼핑센터가 그득 들어앉아 있다. 묵을 곳을 찾아 들어간 장소에 유난히 크게 붙어 있는 팻말이 눈에 띈다. 어디에나 있는 국왕의 사진 옆에 "성매매 금지" 팻말. 여행지 곳곳에서 보았던 '태국인 출입금지'라는 팻말이 그제야 이해가 되었다. 국제 성매매 관광에서 자국인들을 보호하려는 조치였던 것이다. 그것이 방콕의 여행자 거리에서 현지인들을 소외시켰던 그 팻말의 정체였다. 까셈싼 거리에는 한 블록만 건너도 유흥가가 즐비해, 좀 더 분명하게 '성매매 금지'

라고 할 필요가 있었던 모양이다.

나는 여행을 다니면서 만난 사람들이 모두 백인 여행자들 아니면 태국 현지 가이드 남자들이었다는 사실을 깨닫고 잠시 발걸음을 멈추었다. 태국에서는 아동 성매매가 20%가 넘는다고 한다. 길거리마다 붙어 있던 '학교로 돌아가라'는 현수막은, 관광 산업이 주가 된 나라에서 더는 공부에 미래를 걸지 못하고 있는 교육의 문제뿐만이 아니라 여성과 남성을 막론하고 성매매가 주요 산업이 되어 있는 태국의 아동 성매매 문제가 포함되어 있는 구호였을 것이다. 갑자기 여행을 하면서 가벼워진 머릿속이 점점 복잡해지기 시작했다.

길을 떠난 곳에서 만난 것은 더욱 복잡한 정체성들과의 만남이었다. 마음속에서 뜨거운 것들이 솟구쳐 오르기 시작한다. 이제 한국으로 돌아갈 때가 된 모양이다.

권김현영

이 글을 쓸 당시 몸이 꽤 아팠다. 우울했다. "어떻게 살아야 하나"가 다시 화두로 떠올랐다. 사스 파동이 있던 동남아시아 배낭여행이라니, 모두가 말렸다. 하지만 방콕의 매연 가득한 거리를 걷고, 치앙마이 고산지대를 기어오르며, 덜컹거리는 버스 뒷칸에 몸을 싣고 14시간 동안 캄보디아 국경을 넘었다. 쉬지 않고 무리했지만, 건강은 점점 더 좋아졌다. 현재 이화여대 여성학과에서 박사과정을 다니고 있다. 언니네트워크에도 적을 두고 있다. 이 글은 『이프』 2003년 가을호에 실리기도 했다.

카오산 거리에서 나를 묻는다

김나연·김선화

나를 구성하는 여러 정체성 가운데 하나는 한국인 혹은 세계인이라는 것이다. 특히나 전지구화 시대에서 국가 간 경계를 넘나드는 것이 자유로우면서도 동시에 견고해져 가는 국가라는 틀 안에서 한국인과 세계인이라는 것이 '자연스럽게' 받아들여지고 있다. 하지만 이에 비해 나를 아시아인으로 정체화하거나 혹은 아시아를 사유하는 작업은 별로 없었던 것 같다. 지리학적으로만 본다면, 국가라는 경계 하에서는 한국인으로, 그리고 이보다는 크게는 세계인이라는 큰 범주 안에 포함되면서 아시아인으로서 '나'는 생각하지 않은 것이다. 그런데 내가 처음으로 아시아의 다른 국가에 발을 내딛는 순간, '아시아인인 나'라는 낯선 나와 만나게 되었다.

나는 누구인가

태국 방콕의 카오산 거리에서 나는 아침식사를 기다리고 있었는데, 성판매 여성으로 추측되는 여성과 서양 백인 남성이 게스트하우스에서 걸어 나오고 있었다. 그녀는 나와 눈이 마주친 순간, 나를 본 것이 불쾌했는지 눈살을 찌푸렸다. 카오산에 머무는 동안, 태국을 비롯한 아시아를 여행하는 동안 이런 상황은 반복됐다. 성매매 여성들은 나 같은 아시아 여성 여행자에게 그들의 일을 들키고 싶어 하지 않는 것 같았다. 반면 서양 여성들과는 잘 지내는 것처럼 보였다.

나는 오랫동안 왜 그들이 나를 보는 것을 불편해하는지 생각했다. 나는 아시아 여성이지만, 그들과 달리, 그곳에 여행자로 있고, 해외여행을 할 수 있는 자원이 있었다. 또 다른 측면에서 그들은 내가 성매매 여성에 대한 '낙인'이 존재하는 문화에서 살고 있다고 생각한 것 같다. 나 자신과 아시아 성매매 여성 사이의 간극은 넓다. 우리는 같은 아시아 여성으로 묶이지만 다른 국가와 계급에 속해 있다.

카오산 거리에서 마주치는 남자들

카오산에서 프랑스 백인 남성을 만났다. 네팔에서 태국으로 오는 비행기 안에서 만난 남성으로, 우리는 함께 식당에서 밥을 먹고 길을 걸었다. 그런데 그와 함께 걷는 것이 불편했다. 태국에서 서양 남성과 함께 걷는 태국 여성은 성매매 여성으로 간주된다. 내 외모가 태국 또는 미얀마 여성들과 유사한 데다가 서양 사람들은 아시아인들의 국적을 거의 알아차리지 못하고, 때론 현지인들조차 나를 현지인으로 보는 예가 많았기 때문에 사람들이 나를 성매매 여성으로 생각할 수 있다는 생각이 들었다.

스스로 나는 이곳을 여행 온 여행자라고 생각해 보지만, 나는 서양에서 온 여행자처럼 '완전한 여행자'일 수 없었다. 때로는 현지인으로 때로는 여행자로 모순적인 상황을 경험했다. 내가 서양 남성과 함께 걸을 때, 내가 아시아 여성이기 때문에 나는 완전한 배낭여행자가 될 수 없었다. 아시아에서 완벽한 배낭여행자는 오직 서양인에게만 적용되는 것은 아닐까?

카오산에서 나는 '완전한 여행자'일 수 없었다. 때로는 현지인으로 때로는 여행자로 모순적인 상황을 경험했다. 아시아에서 완벽한 배낭여행자는 오직 서양인에게만 적용되는 것은 아닐까? ⓒ 김선화

아시아를 여행하는 동안 나는, 늘 일을 하고 거리를 걷고 아이를 돌보고 구걸하며 성매매를 하는 사람들을 본다. 새로운 '세상'을 만남으로써, 다른 국적과 인종의 사람, 빈곤, 경제, 그리고 성별 불평등에 대해 더 깊게 생각하게 된다.

캄보디아의 앙코르와트에 가는 길에, 돈을 구걸하는 어린 소녀들을 보았다. 누군가를 유혹하는 소녀들의 눈을 보게 된 것은 나에게 큰 충격이었다. 그들은 누군가를 유혹하기에는 너무 어렸다. 쉽게 성매매에 노출되고, 여행자들로부터 구걸한 그 돈은 교육을 받기 위한 돈으로 교환되지 않는다. 그들은 부모나 어른들보다 더 많은 돈을 벌기 때문에 학교에 가지 않는다. 이 어

린 소녀들을 보는 순간, 나는 캄보디아의 여성들과 소녀들의 현실에 대해 다시 생각하기 시작했다. 한국으로 돌아온 후에도, 나는 그 소녀들을 잊을 수가 없다.

아시아의 어느 곳에서 나는 처음으로 아시아를 직면한다. 나는 아시아를 여행하기 전에는 내가 다른 곳을 여행했을 때처럼, 그리고 그곳, 아시아를 여행하는 다른 사람들과 똑같은 여행자의 한 사람일 거라고 생각했다. 그러나 여행하면서 아시아 지역의 방문자이지만 동시에 확장된 지역민으로 내 정체성을 스스로 규정하고 있는 나를 발견하게 되었다. 아시아를 여행하는 동안 현지 여성과 나 사이에 존재한 불편한 느낌과 긴장은 그곳에서 내 위치를 모호하게 만들었다.

아시아를 다시 규정한다

방콕을 여행한 후에, 나는 친구들과 카오산처럼 글로벌한 여행 공간에 대해 이야기를 나누었다. 많은 친구들이 내게 카오산이 싫다고 했다. 그 이유는 카오산은 아시아 같지 않기 때문이라는 것이다. 카오산의 음식점과 길거리에는 서양인들이 즐비하기 때문에, 유럽 같다는 것이다. '카오산'을 어떻게 보아야 할까? 우리가 카오산이라는 공간을 여행하기 전에, 그 공간에 대한 상상을 하고, 여행할 때 그 상상이 실제일 것을 기대한다.

흔히 아시아는 유색인종의 공간으로 여겨진다. 카오산은 아시아인들이 점유한 공간이 아니다. 그래서 아시아의 고정된 이미지가 붕괴되는 공간이다. 이 공간은 계속 변화하고 있고, 이 공간에 머무는 사람들 또한 변화한다. 여행은 공간에 대한 상상력을 증가시킨다. 우리는 여행을 통해 공간의 고정관념을 깨고, 공간의 역사를 다시 생각해 보게 된다. 현재 많은 티벳 망명자들이 인도에 살고, 많은 유럽인들이 필리핀에 살고, 많은 아시아인들이 미국에 살고 있다.

특정한 지리적 경계로서 '아시아'란 구분이 모호해지고 있다. 그렇기에 '아시아' 여성이 '아시아'를 여행한다고 했을 때 그 아시아가 범주화하고 있는 범위는 어디인지? 그리고 '아시아'의 개념이 포괄하고 있는 것이 과연 무엇인가? 하는 본질적인 문제로 돌아간다.

여성학자 김은실은 '아시아'에 대한 개념을 네 가지로 분류한다. 하나는 지역적인 아시아, 둘째는 식민화 같은 공통의 경험을 기반으로 한 집단, 셋째는 대항 담론, 그리고 마지막으로 정치적인 아시아다. 아시아가 비서구 이슈로 고려되면서 실제 이를 사용하는 사람의 정치적 함의가 포함될 때 새로운 개념을 창조하고 새로운 의미의 '아시아'를 획득하는 이 가능하다고 그는 말한다.

렌즈가 아닌 거울을 찾기

2005년 세계여성학대회의 영페미니스트 세션의 한 부분으로 아시아 지역의 다른 영페미니스트들과 여행을 주제로 한 패널을 구성할 때 가장 많이 들었던 이야기가 "여행은 한국이나 일본, 대만과 같은 일부 국가의 여성들에게만 한정된 것" 아니냐는 것이었다. 또한 필리핀에서 왔다는 참석자는 "자신과 같은 남아시아 여성에게 여행은 비자 문제와 곧바로 연결되는 개념"이라고 지적하면서 여행을 상상하고 실천할 수 있는 것은 모든 아시아 여성들에게 해당되는 것은 아니라고 강조했다. 그러나 여행을 통해 얻을 수 있는 새로운 세상과 소통할 수 있는 기회와 가능성이, 오직 여행을 떠난 사람에게만 주어지는 것이라고는 생각하지 않는다. 여행은 여행자들 사이에, 그리고 여행자

세계여성학대회의
영페미니스트 세션에서
주제 발표를 하고 있는
글쓴이. 오른쪽부터
김나연, 김선화.
ⓒ 김나연

와 현지인 사이에 지속적인 교류와 소통을 이끌어 낸다. 여행지라는 공간에서 만나 서로 영향을 주고받고 역할 모델이 되는 것이다.

개인적으로 아시아를 여행한 기억을 들춰내 보면, 여행 경험이 내게 즐거움을 주었을 뿐만 아니라 '나'에 대해 사유하는 자극제가 되었다. 다양한 국적과 인종, 문화를 가진 사람들이 함께 어우러지고 교차되는 여행지라는 공간과, 그 공간을 경험하면서 다른 문화와 어우러지는 것을 연습하고 다양한 삶의 모습을 엮어 내는 장면들을 보면서, 나 또한 내 삶의 모습들을 돌아보는 계기가 되었다. 단순히 재미를 위해서 혹은 복잡한 일상을 피해 커다란 목적 없이 떠났던 여행이, 낯선 나를 발견하고, 세상에 대해 깊이 이해하고, 사유할 수 있는 기회가 된다.

아시아 여행을 통해 '나의 시선'뿐 아니라 '나'를 포착할 수 있는 무엇을 찾는 과정을 경험한다. 아시아 여성이 아시아에 가는 것은 내 정체성의 변화를 경험할 수 있는 기회이며, 관찰자의 시선만 존재하는 '렌즈' 대신 나를 비추어 볼 수 있는 '거울'을 얻는 기회다.

오랫동안 아시아는 서구의 관점에서 단지 응시의 대상으로서만 여겨져 왔다. 그렇기에 아시아와 소통할 수 있는 방법도, 또한 아시아 여성인 나 자신이 변화할 가능성도 없었다. 하지만 이제, 아시아를 새롭게 규정하면서 아시아 여성과 나를 같은 선상에서 즉, 거울을 통해 내 자신을 보는 것처럼 그들을 바라보고 아시아 여성으로서 나 자신을 당당하게 자리 매김하려고 한다. 물론 여전히 아시아 여성들과 나 사이에 차이와 간극이 존재하겠지만, 나 자신 또한 아시아 여성이라는 사진 안에 반영되며, 개인적인 나 역시 그들에게 영향을 끼칠 수 있음을 알고 있다. 아시아 여성인 내게 아시아를 여행한다는 것은, 성찰과 상호 작용을 불러일으키는 과정이고 내 정체성을 찾고 그것을 몸으로 살아내는 과정인 것이다.

김나연·김선화

김나연. 여행은 또 다른 세계로 나를 인도한다. 그것이 결코 편하기만 한 것은 아니지만, 계속해서 지나간 여행을 추억 삼고 또 다른 여행을 꿈꾸게 되는 건, 단지 일상의 탈출만을 위한 것은 아니다. 그 경험 덕분에 새로운 문제들을 꺼내 들어 직면하고 경합하는 과정을 거치며 좀 더 커 가는 나를 발견하게 되기 때문일 것이다. 커다란 배낭 하나 메고 아시아를 장기간 여행하는 꿈이 올해는 꼭 이루어질 수 있길 바란다.
김선화. 1997년 유럽 배낭여행을 시작으로 인도, 네팔, 태국, 캄보디아, 베트남, 라오스, 필리핀, 홍콩을 여행했다. 여행을 통해 세상과 만나고, 나와 만나면서 여성이 더는 삶의 '일탈'이 아닌, 삶 자체가 되었다. 요즘은 아시아와 제3세계를 여행하는 여성들에 지대한 관심이 있다. 이 글은 2005년 6월 세계여성학대회의 영페미니스트 세션의 'What Makes Asian Women Want to Travel to Asia' 패널에서 발표한 "Journeying 'eye/I' : Asian women go to Asia"를 재구성한 것이다.

김 현 아

베트남에서 여자들의 이야기를 찾다

호치민시 탄선녓 공항에서 내려 시내로 들어가자면 '응웬 티 민 카이' 거리를 지나게 된다. '응웬 티 민 카이'는 베트남이 프랑스 식민지이던 시기에 프랑스에 대항해 독립 투쟁을 하다 31세의 젊은 나이에 총살당한 여성 전사다. 여전사의 이름을 기린 이 길을 따라 우리는 호치민시의 중심으로 들어가게 된다.

사이공 강가의 '쩐 흥 다오' 동상에서 시작되는 '하이 바 쯩' 거리 역시 여성의 이름을 기리는 길 이름이다. '하이'는 우리말로 둘, '바'는 자매, '쯩'은 여성의 이름이다. 즉 두 명의 쯩 부인의 거리인 셈이다. AD 40년, 중국을 몰아내고 독립 왕국을 건설한 쯩 자매의 이름이 길 이름으로 명명된 것은 자매가 외세에 맞서 항쟁을 한 역사를 갖고 있기 때문이다. '쯩 짝'과 '쯩 니'라는 두 자매는 중국에 대항해 저항 운동을 이끌었다. 지금까지도 베트남의 많은 사당에 이 두 자매가 모셔져 있으며 숭배되고 있다. 호치민시 여성박물관에는 당시 이 독립 운동에 참여한 여성 75명의 이름이 전시되어 있다.

여성박물관은 '보 티 사우' 거리에 있다. '보 티 사우' 역시 프랑스에 맞서 싸운 전사다. 열여섯 살에 총살형을 언도받은 그녀가 사형장으로 가는 길에 길가의 꽃을 꺾어 머리에 꽂은 후, 베트남어로 '호아쓰'라 불리는 이 꽃은 적어도 베트남에서는 평화를 상징하는 꽃이 된다. 호치민이나 하노이를 여행할 때 길 이름에 주의를 기울이는 것만으로도 '베트남 여성 여행'은 절반은 성공하는 셈이다. 베트남 역사 속에서 여성들이 어떤 식으로 공적인 역사에 포함되는지를 알 수 있기 때문이다.

길 이름에 여성의 이름을 붙이는 것은 흔히 있는 일은 아니다. 한국만 하더라도 충무로, 율곡로, 퇴계로, 세종로 등 남성의 이름으로 길을 명명한다. 지극히 일상적인 것들에 어떤 성의 명칭을 붙이는지를 주의 깊게 보는 것만으로도 그 사회의 젠더 지수를 파악할 수 있는 길이 된다. 그렇다고 해서 베트남이 여성과 남성이 동등한 정치, 사회, 문화 체제를 갖고 있느냐 하는 것은 좀 다른 이야기가 되겠지만 적어도 베트남으로 들어가는 첫 길목에서 여성의 이름을 붙인 길을 만난다는 건 여성 여행의 기분 좋은 출발이 된다.

베트남 여성들의 역사

길 이름에서, 여성박물관에서, 구찌터널에서, 호치민시를 여행하는 내내 우리는 베트남 역사 속의 많은 여자들과 만나게 된다. 그러나 이런 이야기들은 관광 가이드북에 나오지 않는다. 베트남 관광 가이드북에는 전쟁박물관은 소개되어 있지만 여성박물관은 소개되어 있지 않다. 전쟁박물관은 늘 관광객들로 붐비지만 여성박물관은 현장 학습을 나온 베트남 중고등학생들과 마주치지 않는 한 한산하다. 어떤 단체 여행객들도 여성박물관을 보러 가지 않는다.

해마다 '베트남 평화 기행'을 진행하는 '나와 우리'는 호치민시 투어 일정 중에 여성박물관을 꼭 포함한다. 2004년 8월, 한국 여행자 15명과 9박 10일의 베트남 여행을 마친 후 가진 평가회 자리에서 어느 곳이 가장 인상적이었느냐는 질문에 참가자들의 반 수 이상이 여성박물관을 꼽았다. 특히 여성 여

대형 박물관에 익숙한 여행자들의 눈으로 보면 여성박물관은 소박하기 그지없다. 그런데 박물관의
소품들이 모여 만들어 내는 '이야기'는 사람들을 감동시키는 힘이 있다. ⓒ 나와우리

행자들의 대부분은 여성박물관에서 베트남 여성의 역사를 알 수 있었으며
현재를 이해하게 되었다고 답했다.

사실 여성박물관은 소박하기 그지없다. 대형 박물관에 익숙한 여행자들의
눈으로 보자면 그 전시품이 빈약하다 못해 초라할 정도다. 빛바랜 흑백 사진
들과 타이프라이터, 편지, 스카프 등 전쟁 중에 여성들이 남긴 유품들, 역사
속의 여성들을 그린 화가들의 작품 등등이 이 소박한 박물관이 가진 내용물
의 전부다. 그런데 그 소품들이 모여 만들어 내는 '이야기'는 사람들을 감동
시키는 힘이 있다. 여성박물관의 해설사(그녀는 이 박물관의 직원이다)는 한 장의
사진을 놓고 또는 한 장의 그림 앞에서 베트남 여성들이 겪은 경험을 이야기
하고 그 경험이 어떻게 오늘로 이어지고 있는지를 설명한 후 여행자들의 질

문을 받았다. 아마 이 해설사가 없었더라면 여성박물관이 그토록 여행자들에게 인상적으로 남지 않았을지도 모른다. 어떤 이야기를 하느냐, 어떻게 해석하느냐는 소통의 가능성을 열어 놓는 중요한 단서가 된다. 베트남에는 호치민과 수도 하노이에 여성박물관이 있다. 호치민에 있는 것보다는 하노이에 있는 여성박물관이 규모나 시설 면에서 좀 더 크고 전시물도 다양하다.

내가 맨 처음 여성박물관을 방문했을 때는 해설사의 안내 없이 혼자 둘러보았다. 전시품 밑에 붙여진 영어로 된 짤막한 설명들은 불충분했고 또 그 사진들이 모여 하나의 강줄기가 이루어지지도 않았다. 한 장의 사진이, 한 장의 그림이 의미가 생겨나는 건 그 속에 내재된 이야기가 풀려 나왔을 때다. 특히 여성의 유적과 유산은 드러나지 않거나 소멸하거나 공식화되지 않은 경우가 대부분이다. 새로운 유적을 발굴해 내는 것만큼이나 기존의 것들을 재해석하는 것은 그래서 중요한 문제가 된다.

전쟁 유적지의 여성 해설사들

베트남의 유명한 관광지는 전쟁과 관련한 유적지가 많다. 근현대의 시기를 프랑스, 미국과 전쟁을 치른 나라로서는 당연한 일인지 모른다. 호치민에 있는 구찌터널이나 중부 지방 꾸앙응아이에 있는 밀라이전쟁범죄기념관은 그들이 겪은 혹독한 전쟁의 경험을 관광지로 만든 것이라 할 수 있다. 특히나 꾸앙응아이 같은 곳은 단지 밀라이를 보기 위해 여행자들이 오는 곳이다. 이곳은 특별한 관광지가 있는 것도 아니고 교통이 편리하지도 않지만 베트남을 여행하는 많은 사람들이 이곳까지 일부러 찾아오는 이유는 밀라이전쟁범죄기념관을 보기 위해서다.

사실 구찌나 밀라이를 조금만 꼼꼼히 들여다보면 전쟁이 여성과 얼마나

2006 한-베 평화 캠프 때 찾은 베트남 중부의 마을 ⓒ 나와우리

밀접한 관계에 있는지를 금방 알 수 있다. 일반적으로 사람들은 전쟁은 남성의 영역이라고 생각하지만 구찌터널이나 밀라이전쟁범죄기념관에서 만나게 되는 이들은 거의 대부분 여성들이다. 이곳들은 전쟁이 여성의 삶과 어떤 관계가 있는지, 여성들은 어떤 식으로 전쟁에 참여하고 이후 과정에서 소외되는지를 잘 보여 준다. 여성들에게 전쟁이 어떤 경험인지는 이 두 곳만 둘러봐도 금방 알 수 있을 정도다. 이곳에도 해설사가 있어 자세한 설명을 곁들이는데 해설사도 모두 여자들이다.

어떤 통로로 다른 문화를 만날 것인가

메콩델타는 베트남을 방문한 관광객이라면 누구나 한번쯤 들리게 되는 관광

명소다. 영화 「연인」의 무대이기도 한 메콩델타는 광대한 강줄기 사이사이로 작은 수로들이 미로처럼 숨어 있는 매혹적인 여행지다.

작은 나무 보트를 타고 현지인들이 아니면 알 수 없는 수로를 따라 찾아들어가는 작은 섬들, 그리고 그 속에서 만나는 열대의 풍경과 열대 과일의 맛은 베트남 여행의 또 하나의 묘미다. 그러나 호치민의 가장 가난한 사람들이 이곳 메콩델타 지역에 살며 이곳에서 자라나는 많은 소녀들이 채 성년이 되기도 전에 성매매의 현장으로 팔려 간다는 사실도 함께 알려 주는 가이드는 흔하지 않다.

얼마 전 베트남의 국영TV에서 한국 관광객들에 대한 보도를 한 적이 있다. 호치민시의 공안(형사)들이 호텔을 급습하여 베트남의 성매매 여성들과 호텔에 투숙했던 한국 남성들을 단속하는 장면이 텔레비전에 방영되었다. 이제 한국 남성들에게 베트남 여행 또는 동남아시아 여행은 성매매를 포함하는 경우가 많다. 대부분의 현지 가이드들도 자연스럽게(?) 이를 알선한다. 서로 다른 문화와 문화가 만날 때 그 가운데는 늘 만남을 주선하는 통로가 존재한다. 어떤 통로로 그 문화를 만날 것인가는 매우 중요한 문제다.

여성의 이야기를 들려줄 사람

우리나라도 그렇지만 베트남 역시 여성들의 유적이 특별히 남아 있는 장소는 거의 없다. 특히나 베트남의 유명한 관광지인 고도(古都) 후에나 호이안에 가면 아시아의 유명한 관광지가 그렇듯 황제의 능이나 사원이 대부분이다. 보존된 문화유산 속에서 여성의 이야기를 찾아내는 일은 불가능하다. 그러므로 베트남에서 여성의 이야기를 찾고 싶다면 그 이야기를 전해 줄 '사람'과 만나는 일이 먼저 필요하다.

베트남에서 여성의 이야기를 함께 찾은 이는 호치민대학에서 근현대사를 전공하는 구수정 씨다. 그녀는 12년째 베트남에 머물고 있는 베트남 연구자다. 우리는 그녀를 '통해' 많은 베트남 여성들과 만날 수 있었다. 여성 기자나 여성 시인, 여성 영화 평론가, 여성 공무원들을 만나면서 베트남 여성들에 대해 좀 더 깊이 이해할 수 있었다. 이렇게 베트남 여성과 한국 여성 여행자 사이에는 '구수정'이라는 징검다리가 있었고 그녀를 통해 우리는 베트남의 여성들과 소통할 수 있었고 베트남사회주의인민공화국 속에서 여성들의 지위와 지형을 읽어 낼 수 있었다.

누구를 통해 그 나라를 혹은 그 지역을 여행하느냐에 따라 매우 다양한 모습들이 포착된다. 유명한 영화감독 겸 시인 반 레나 소설가 바오닌을 통해 베트남 사회의 관료주의와 권위주의를 엿볼 수 있었다면 여성 시인 이니를 만났을 때 베트남 문단에서 여성 문인의 수가 10% 밖에 되지 않는다는 이야기를 들을 수 있었다.

그러나 대부분의 아시아 나라들에서 여성, 그중에서도 여성 여행과 관련한 사람들을 만나는 건 쉽지 않은 일이다. 관광 정책, 특히나 여성과 관련한 관광지나 유적지 혹은 여행 상품 개발은 베트남을 비롯한 아시아의 나라들에서 아직까지 전혀 개척 혹은 개발되지 않은 분야다. 사실 대부분의 베트남 여대생들은 '젠더'라는 개념을 알고 있지 않았다. 사회주의 국가나 독재가 오래 지속되는 나라들에서 젠더 관점은 전혀 고려되지 않는 경우가 많다.

아시아의 여성 관광지

아시아는 매우 상이한 정치적 지향성과 다양한 문화적 배경을 가진 나라들이 모여 있는 대륙이다. 그러므로 아시아를 한 범주로 묶어서 이야기하거나

베트남 여성평화기행에 참석한 여성들이 유적지에 대한 설명을 듣고 있다. 사진은 한국군에 의한 베트남 양민 학살이 있었던 베트남 중부 마을에 세워진 위령탑. ⓒ 김화용

'아시아'라는 이름으로 일반화하거나 맥락화할 수는 없다. 물론 몇몇 나라들에서는 오랫동안 유교적 가부장제가 사회의 지배 원리로 작용했다는 공통점이 있고, 또 다른 몇몇 나라에서는 이슬람 문화가 권위를 가지고 사회를 지배해 왔고 지금 역시 그렇다는 공통점이 있다. 또한 대부분의 아시아 국가들은 식민지의 경험을 겪고, 2차 대전 이후 독립이 되면서는 군부가 정권을 장악해 장기 독재를 실시하는 사례도 많았다. 사회주의 체제가 정착이 되거나 사회주의가 실현되는 과정에서 큰 사회적 혼란을 겪은 나라들도 존재한다. 유교적 가부장제나 이슬람 문화, 군사주의 문화는 여성주의나 여성 문화에 우호적이지 않은 경우가 많다. 그러므로 여성과 관련한 문화 콘텐츠는 황무지나 다름없는 셈이다. 사회주의 국가 역시 국가적 관점에서 여성 영웅을 만들어 내는 것을 제외하고는 여성 문화에 우호적이지 않기는 마찬가지다. 그러므로 아시아에서 영국 원더미어 지방의 베아트릭스 포터 관광지나 하워드의 브론테 자매의 집을 찾는 것은 지금 현재로서는 불가능한 일인지 모른다. 그

호치민이나 하노이를 여행할 때 길 이름에 주의를 기울이는 것만으로도 '베트남 여성 여행'은 절반은
성공하는 셈이다. ⓒ 나와우리

렇다고 해서 아시아가 여성 문화의 불모지라는 말은 결코 아니다.

여성의 시선으로 여성의 흔적과 역사를 찾아 베트남을 여행하고자 했을
때, 베트남의 곳곳에는 여성과 관련한 이야기들이 존재했다. 그 이야기들은
공식화되지 않고 콘텐츠화되지 않았을 뿐이다. 비공식적인 이야기를 찾아
떠나는 여행은 현지인을 만나고 그들을 이해하는 데서 만들어지고 공식화된
다. 베트남을 지속적으로 방문하면서 여성과 관련한 이야기들을 찾으려 했
을 때 우리 이야기를 들은 베트남 여성들은 머리를 맞대고 역사 속의 혹은
현재 여성들의 이야기들을 불러내고 다양한 상상력과 아이디어들을 제공했
다. 생각하지 못했거나 잊고 있었던 여자들을 함께 불러내는 작업은 재미있

204

고 의미 있었다. 이것은 현지 여성들과 공동의 작업으로 할 수 있는 일이다.

무엇을 보려 하느냐에 따라 과거 아시아에 살았던 혹은 지금 현재 살고 있는 여성들과 만날 수 있는 길이 있을 것이다. 아시아의 여자들을 만나고자 하는 여성 여행자들이 존재한다면 외롭고 고단하게 여성의 역사를 찾아내고 지켜 내고 보존하려는 노력을 하는 각국의 여성들에게 훌륭한 지원이 될 것이고, 연대는 그녀들에게 힘이 될 것이다. 또한 설렘과 고단함이 공존하는 여행길에서 만나게 되는 여자들의 이야기는 여행자들에게 때로 영감을 때로 용기를 줄 것이다.

아시아 여성에게 여행은

대부분의 아시아 여성들은 여행의 주체라기보다는 대상이다. 아시아에서 여행을 할 수 있는 여성들은 일본과 한국, 중국을 비롯한 소수의 여성들에 불과하다. 대부분의 아시아 여성들은 여행을 하기에는 매우 열악한 환경에 놓여 있다. "여자들이 무슨 여행?"이라고 말하는 사회 속에서 살아가는 여성들도 많다. 아시아 여행은 그런 환경 속에 놓인 여성들과 만나는 과정이기도 하다. 그렇기 때문에 여성의 시선으로 아시아를 여행한다는 것은 유쾌한 일만은 아니다. 여성 여행자들은 아시아 여행을 통해 아시아 여성들의 현실과 대면하게 된다. 굳이 보고자 애쓰지 않아도 아시아 여성들의 아픔과 슬픔, 폭력과 착취와 가난에 억눌린 삶을 눈으로 보고 느낄 수 있다.

여행 자체는 아무것도 해결할 수 없다. 그러나 '본다'는 것은 이미 성찰을 동반하는 말이기도 하다. 현실을 보지 않고 대안적 삶의 비전을 만들어 낼 수는 없다. 여행에서 만나게 되는 아시아 여성의 현실은 그것을 극복할 수 있는 상상력을 만들어 내는 일이 되기도 한다. 여성 여행자들은 여행길에서 '왜'

'어떻게' 아시아의 많은 여성들이 세상과 역사 속에서 배제될 수밖에 없는지를 볼 수 있다. 여성주의 관점으로 여행을 한다는 것은 역사에서 누락된 여성들의 흔적을 찾아내고 발굴하는 일인 한편 소외의 현장에 있는 여성들과 만나고 소통하는 일이기도 하다.

한편 아시아를 여행하는 여성 여행자는 현지 여성들에게는 또 하나의 문화적 기표가 된다. 특히나 대도시가 아닌 지방을 여행할 때 여행자 여성들은 현지인 여성들에게 동경과 호기심의 대상이 되기도 한다. 새로운 문화적 체험은 여행자들뿐만 아니라 현지 여성들도 함께하는 것이라 할 수 있다. 새로운 곳에서 온 여성들에게서 나는 낯선 냄새와 기운은 그녀들의 삶에 자극이 되기도 하고 성찰의 시간이 되기도 한다. 언제나 늘 그렇듯이 모든 작용은 상호 소통하고 교류한다. 여행을 떠날 수 없는 환경에 놓여 있는 현지 여성들에게도 자신들에게 할당된 공간과 역할을 깨뜨리고 싶은 욕망이 있음을 잊지 않아야겠다.

김현아

낯선 장소, 낯선 얼굴 사이에서 익숙한 기억을 발견한다. 일상이 치열할수록 여행은 아름답다. 일상 속으로 여행을 끌어 들이고 여행 속에서 일상을 만들어 내는 일을 하고 있다. 『전쟁과 여성』, 『전쟁의 기억 기억의 전쟁』, 『부자 엄마 부자 딸』을 썼다. 이 글은 또하나의문화에서 2005년에 주최한 '여성과 여행, 관광 작품화를 위한 국제 심포지엄' 에서 발표한 것을 다듬은 것이다.

여행을 디자인하다

앞으로 5년 정도 지나면, 지구 어디든지 고령자와 장애인들이 씩씩하게 여행할 수 있고, 평생 여행할 수 있는 시대가 올 것이다. 종이 기저귀를 하고, 컴퓨터로 이메일을 체크하는 멋진 할머니, 할아버지 시대가 도래할 것이다. - 오소도 마사코

여행하는 여자들의 네트워크 저니우먼닷컴

에블린 하논

나는 열네 살 때 한 남자와 사랑에 빠져, 스무 살 되던 해에 그 남자와 결혼을 했고, 1982년에 23년간의 결혼 생활을 청산했다. 아주 오랜 세월을 함께 지냈기 때문에 헤어지면 곧 외로워 죽을 것만 같았다. 마음속 깊이 사무친 슬픔을 달래기 위해서 나는 도전을 감행했다. 뭔가 새로운 것을 생각해 내야 했다. 그때 떠오른 생각은, 나 혼자 유럽 일주를 할 수 있다면 그 여행이 내 여생에 상징적인 해답을 제시해 주리라는 것이었다.

마흔둘에 혼자 여행을 떠나다

내 나이 마흔둘에, 난생 처음 배낭여행을 떠났다. 그해가 1982년이다. 당시는 내 또래 여성들은 혼자서 유럽 여행을 하는 일이 결코 없던 시절이다. 나는 여행사에 가서 가장 싼 캐나다−유럽 왕복 항공권을 알아보았다. 여행사 직원은 내게 벨기에 브뤼셀 행 항공권을 팔면서 혼자서 여행을 떠나다니 대단히 용기 있는 분이라고 치켜세웠다. 당시에 나는 확실히 용감하다고는 느끼지 못했다. 5주 동안 여행하면서 끔찍이도 많이 울었던 기억이 난다. 식당에서도 울음을 터뜨렸고(나는 혼자였다), 아름다운 풍광을 바라보면서도 울었으며(그 광경을 같이 볼 사람이 없었다), 밤에 잠잘 때도 울었다. 거리에 나서면 나를 보호해 줄 동반자가 없어서 몹시 불안했고, 낯선 도시에서 어두운 밤길에 혼자 돌아다니는 것도 불편했다. 내 차림새가 그곳에 사는 다른 여자들과 아주 다르다는 것을 단박에 알아차렸다. 사람들은 내가 외국인이라는 것을 한눈에 알아보았을 터였다. 나는 공격에 취약한 표적이었다.

싱글 여성인 나는 남자들과는 다르게 여행에 접근해야 함을 본능으로 이해했다. 그런 생각을 하는 것이 지금은 너무나도 분명한 것이지만, 당시에는 내게 모호했던 것 같다. 20년 넘게 단독 여행을 하고, 1,000명이 넘는 여자들과 여행 경험을 나누면서, 남성과 여성이 같은 이유로 여행을 하더라도, 여성의 건강과 안전 문제뿐만 아니라 사회적 관심사가 남자들과는 전혀 다르다는 것을 알게 되었다.

여성 여행자들은 방문하는 지역의 종교, 사회 관습의 영향을 직접 받는다. 전 세계를 돌아다니다 보면, 지역에 따라 옷 입는 방식이나 남자들을 대하는 태도를 달리 해야 하는 때가 생긴다.

젖을 먹이는 엄마든 업무가 바쁜 간부직 여성이든 나이가 든 여성이든 상관없이 여성이라면 모두 해당되는 일련의 건강 규칙이 있다. 여자들이 성희롱이나 위협을 받을 가능성이 높다는 것은 세계 어느 곳에서나 비슷한 현실이다. 우리는 여행을 떠나기에 앞서 사전에 여러모로 준비를 갖춰야만 한다.

스스로 체득한 홀로 여행 비법

여행을 한번도 해 본 적이 없다면, 첫 여행에서 5주는 무척 긴 시간이다. 내

여성 여행자들은 방문하는 지역의 종교, 사회 관습의 영향을 직접 받는다. 지역에 따라 옷 입는 방식이나 남자들을 대하는 태도를 달리 해야 하는 때가 생긴다. © JOURNEYWOMAN.COM

겐 선택의 여지가 없었다. 외로움을 견뎌 내고 신변 안전에 주의를 기울이는 것이 여행 내내 필수적인 일이 되었다. 아무도 가르쳐 주지 않았지만, 나는 공격을 덜 받을 방법을 고안해 내기 시작했다. 집에서 가져온 새빨간 스웨터를 벗어 버리고, 차분한 회색 옷을 여행지에서 사 입었다. 그곳에서 쓸데없는 관심을 불러일으킬 필요가 없었던 것이다. 여행할 때, 남에게 보이는 대상이 되기보다 보는 사람이 되는 것이 더욱 안전하다는 것을 이제는 확실히 안다. 회색 옷을 입으면서, 특히 그 지역 가게에서 산 옷을 입은 나는 다른 사람들과 더 비슷하게 보이기 시작했다.

　다음 행선지는 슈퍼마켓이었다. 쇼핑백을 얻기 위해서 식료품과 잡화를 몇 가지 샀다. 쇼핑백으로 감쪽같은 변장을 할 수 있다. 카메라와 지갑을 그

안에다 넣고 다녔다. 그러고 나니까 내 차림새는 동네 사람들과 별 다를 바 없이 보이게 되었고, 소지품도 순진한 관광객을 노리는 소매치기나 범죄자들한테서 안전하게 보관하게 되었다.

어두워지고 나서 바깥을 돌아다니는 것은 내가 혼자라는 것을 공개적으로 드러내는 일이었다. 식당들은 낭만적인 식사를 함께 즐기는 커플들로 가득 차 있었다. 또 밤거리를 혼자 다니는 행동은 호기심에 가득 찬 동네 남자들의 눈길을 자초하는 일이었다. 그렇다고 매일 저녁 호텔 방에 틀어 박혀 지내야 하는 것도 분통 터지는 일이었다. 이렇게 특수한 상황에서 나타난 욕구 불만은 행동으로 이어졌다.

마치 공장에서 교대 근무를 하는 사람처럼, 상황을 개선하기 위해 여행 일정을 바꿨다. 아침에 아주 일찍 도시가 깨어나는 모습을 지켜보며 관광을 시작했다. 카페에서 하는 점심 식사는 그날의 중요한 식사가 되었다. 나는 이제 각기 홀로 식사를 하고 있는 여자들의 무리에 끼어 있었다. 그들은 점심에 휴식을 취하고 있는 직장 여성들이거나 쇼핑을 하러 나온 사람들이었다. 그들 사이에 있으니까 남을 덜 의식하게 되었고 경제적으로도 이득이 있었다. 점심 메뉴의 가격은 최고급 식당이라고 해도 훨씬 싸기 마련이었다. 지금까지도 이 점을 잘 활용하고 있고 여행 습관으로 굳어졌다.

나는 또 식사하는 동안에도 쓸 수 있는 몇 가지 다른 수법을 배우게 되었다. 식사 코스 사이에 읽을 만한 책을 갖고 다니거나, 혼자 식사하는 시간에 엽서를 쓰면서 보내는 것을 들 수 있다. 반면에 친구를 사귀고 싶으면, 자기나라 말로 된 신문을 챙겨 가는 것이 엄청나게 도움이 된다. 나는 영문 일간지『글로브 앤 메일』을 가져갔다. 신문을 식탁에 올려놓으면, 대개 사람들은 내가 영어를 할 줄 안다는 것을 알고 내게 다가와 말을 건다.

벨기에에 처음 갔을 때, 식사 시간이 문화 수업 같은 게 되었다. 나는 문화적으로 적절한 행동을 관찰할 기회를 가졌다. 내게 서툰 불어를 하도록 독려한 여성들과 이야기를 나누기도 했다. 그들은 어떤 가게나 시장이 그 도시에서 제일 좋은지, 어느 공원이 쉬기 좋은지, 어떤 박물관이 괜찮은지 말해 주었다. 남들과 이야기를 나누는 것이 정말 좋았다. 외국인인 내가 현지 여성들과 아주 비공식적으로 네트워크를 구축한 첫 경험이었다.

저녁은 호텔 방에서 소풍 도시락을 먹었다. 식료품 가게에서 새로운 군것질거리를 집어 들고, 그 옆 빵 가게와 와인 가게에 들르는 것에 재미를 붙였다. 저녁 시간에는 일기를 쓰고, 따뜻한 물에 목욕도 하고, 자신을 돌아보는 시간을 가졌다.

여행이 종반으로 치달을수록, 내가 머물고 있는 도시의 매력적인 모습에 집중을 할 정도로 편안해졌다. 나는 웃음을 되찾았고, 슬픔은 사라졌다.

홀로 하는 여행이란 바로 이런 것이었다. 마음이 점차 치유되기 시작했고, 내겐 전에 없던 독립심이 생겼고, 좀 더 강하고 좀 더 현명한 사람이 되어 캐나다로 돌아왔다. 첫 단독 여행을 계기로 나는 여행의 묘미에 빠져 버렸다. 여행에 대해 더 많이 공부하고 싶었고 그런 지식이 필요한 싱글 여성들을 언제든 돕고 싶었다.

만학도가 되어

1985년에 나는 영화와 텔레비전을 공부하고 싶어서, 마흔다섯 살의 만학도로 다시 대학에 들어갈 결심을 했다. 여름 방학 동안 나는 교육의 연장선으로, 유럽의 여러 지역을 돌아다녔다. 영국의 옥스퍼드대학과 파리 소르본느대학, 스코틀랜드의 에든버러대학, 그리고 프랑스 남부의 프로방스대학에서

또 하나의 문화가 주최한 국제 심포지엄에서 발표를 하고 있는 글쓴이. ⓒ 또하나의문화

대학 생활을 체험했다.

나는 기숙사에서 생활했는데, 그곳에는 늘 인연을 맺을 수 있는 어린 여학생들이 있었다. 수업을 같이 듣는 현지 여학생들과 난 친구가 되었다. 내가 몸이 아파 병원에 가야 할 때 그들은 기꺼이 나를 도와주었고 저렴하게 쇼핑할 수 있는 곳과 값이 싸고도 맛있는 식당을 소개해 주기도 했다. 런던에서 치러지는 학교 친구의 결혼식에 초대받았을 때는 옷을 어떻게 입고 선물은 어떤 것을 하면 좋은지 조언을 해 주었다. 이렇게 새롭게 알게 된 정보들을 기록하다 보니 두툼한 노트가 여러 권이 되었다.

일하며 여행하며

1990년 나이 쉰에 대학을 졸업하고 사회에 나가 일을 하게 되었다. 영화 제작 기술을 새로 배운 덕분에 세계를 돌아다닐 수 있는, 두 번의 기회를 얻을 수 있었다. 첫 번째는 중동에서 촬영되는 '여성과 종교'에 관한 다큐멘터리 영화의 제작팀이 되어 일한 것이었다. 두 번째는 중국에서 '전통 중국 의술을 행하는 여의사의 역할'에 관해 한 달 동안 연구할 수 있는 기회였다. 6,7년이 되는 이 기간에 나는 '여성과 여행'에 관한 전문가로 변모해 갔다. 매우 위험한 상황에서도 안전하게 머무르는 방법을 습득했고, 다른 여성들과 공유하여 얻은 '여행 중 건강하게 지내기'에 관한 조언들을 정리했다.

중동에서 지낼 때 나는 조금이라도 도발적으로 보이거나 몸에 쫙 달라붙는 옷을 입지 않았다. 혼자 있는 여자는 사냥감으로 여겨질 수 있다는 사실을 인정하게 되었다. 최고의 방어는 어떤 유혹이나 수작, 야유에도 까딱 않도록 정신 무장을 하는 것이었다. 반응을 보이지 않고 그냥 무시해 버리면 그만이었다.

또 나는 여행자들이 식문화가 다른 외국에서 균형 잡힌 식사를 하지 못한다는 점을 알고 나서, 여행자들에게 종합비타민을 갖고 다니라고 제안하기도 했다. 임신부, 특히 임신 3개월 이하의 임신부는 특히 고도가 높은 여행지를 피해야 한다. 고도가 높은 지역에서는 태아에게 필요한 산소가 급격히 줄어들 수 있기 때문이다. 만약 외국에서 병원 검진을 받아야 하는 일이 생기면, 간호사에게 검사 중에도 함께 있어 줄 것을 요구해야 한다. 불행하게도, 모든 의사들이 여성 환자를 조심스럽게 대하는 것은 아니기 때문이다.

여행하는 지역의 문화에 맞게 옷을 입어야 하는 것은 더는 화젯거리가 되지 못했다. 여성이라면 이스라엘에서는 얼굴을 가려야 하고, 인도에서는 다리를 드러내 보이지 않아야 했다. 남태평양의 어느 지역에서는 가슴을 가리는 것보다 허벅지를 가리는 것이 더 중요하다는 사실을 알고 깜짝 놀라기도 했다.

자기만의 여행에서 얻은 지혜를 나누다

내가 여행하면서 얻은 것 가운데 가장 중요한 것은 바로, 신뢰를 쌓을 수 있는 여성들과 전 세계에 걸친 유대를 맺은 것이었다. 자기만의 여행을 떠난 이들이 연락을 해 와 내가 돌아다녔던 곳에서 만난 친구들과 연결을 해 달라고 부탁을 했다. 사람들을 소개해 주고 또 다른 여행자들한테 배운 것을 나누어 주는 것은 큰 기쁨이었다. 여행을 하는 여성들의 네트워크는 공식적인 것은 아니었지만, 급속도로 성장해 나갔다. 우리들 각자는 여성의 눈으로 여행의 새로운 면들을 발견했고 그렇게 모인 지혜들을 나누었다. 단독 여행을 하면서 내가 개인적으로 한 여러 경험들이 인정받기 시작했다. 내가 사는 도시에서 열리는 각종 만찬회와 여성 주최 행사에 초대되었다.

내가 눈물을 흘리면서 첫 여행을 한 지 거의 12년이 지나고 나서, 더 많은 북미 여성들이 자기만의 여행을 떠나고 있음이 분명해지고 있었다. 사회가 변해 가고 있는 듯 보였다. 여자들은 단독 여행을 통과의례로 바라보기 시작했다. 대학을 졸업하는 학생들은 사회에서 첫 번째 직업을 얻기 전에 세상을 향한 새 출발로 여행을 감행하고 있었다. 직장 여성들은 결혼을 늦게 하게 되었고, 마음 내킬 때 당장 떠날 수 있는 경제력이 있었다. 사별한 여성, 그리고 이혼한 여성들은 천천히 그들의 가정에서부터 나와서 단독 여행가가 되어, 세상을 탐험하고 있었다. 50대의 나이 든 여성이 아주 먼 땅의 산 위에 오르는 모습은 보기 드문 일이 더는 아니었다.

여행 조언을 담은 소식지 '저니우먼'

1994년에 나는 이런 이유에서 여성 여행가들을 위한 조언을 담은 책을 쓰기 위한 정보를 수집하는 데 관심을 갖게 되었다. 그리고 이 작업은 세계에 흩어져 있는 여성들과 친선을 맺고 연대하는 일을 아주 용이하게 만들어 주는 일이다. 나는 여행 중에 만난 100명의 여성들에게 편지를 보내 최고의 여행 비결, 안전을 위한 충고와 여행담을 알려 달려고 요청했다. 또 내 요청을 여행을 사랑하고 즐기는 또 다른 여성 다섯에게 전달해 달라는 부탁도 아울러 했다.

서울 북촌마을에 있는
자수박물관을 돌아보며
여행 정보를 챙기는 글쓴이.
ⓒ 또하나의문화

이에 대한 반응은 가히 폭발적이었다. 매일 수십 통의 편지와 팩스가 영국, 프랑스, 캐나다, 홍콩, 미국 등 각국의 소인이 찍혀서 도착했다. 답장에는 답변자들 자신이 살고 있는 도시나 알고 있는 장소에 관한 정보가 담겨 있었다. 할머니 두 분이 운영하는 파리의 작은 식당, 어린 자식들을 키우는 독신모가 운영하는 옥스퍼드의 민박집, 캐나다 토론토에 있는 작은 직물박물관, 뉴욕에 있는 최고의 화장품 가게들, 스위스에서 도보 여행할 만한 장소들 등.

이 모든 유익한 정보들을 보면서, 내가 실수를 저질렀다는 결론을 내렸다. 책을 쓸 준비를 할 게 아니라 여행 조언을 담은 소식지를 만들어 냈어야 했다. 빠르게 변하는 세상에 좋은 호텔, 식당, 가게 정보를 담은, 여성들을 위한 여행 안내서는 금방 낡은 것이 되어 버릴 것이 뻔했다. 소식지를 연 4회 발행한다면 최신 여행 정보를 담을 수 있을 것이고 전 세계 여성 여행자들을 잇는 최고의 수단이 될 것 같았다.

그 후에, 발행 지식과 기술이 전무한 상태에서 나는 간신히 20쪽 분량에,

흑백 인쇄된 소식지 「저니우먼」을 발행하기 시작했다. 전 세계에서 보내온 정보를 수합하고 편집하는 일은 모두 내 식탁 위에서 이루어졌다. 나는 2,000 부를 찍는 데 1,000달러를 투자했다. 나머지는 용기 있는 몇몇 광고주들의 지원을 받아 해결했다. 여행 정보를 보내 준 이들에게 모두 첫 소식지를 돌려, 소식지가 전 세계에 유포되기 시작했다. 나는 내가 아는 모든 사람들에게 소식지를 뿌렸고, 캐나다와 미국의 모든 주요 신문에 「저니우먼」 보도 자료를 보냈다.

솔직히 말해서 당시 나는 아주 작은 규모의 이 출판 활동이 엄청난 반향을 불러일으키리란 예상을 전혀 하지 못했다. 때가 잘 맞았던 것이다. 모든 사람들이 여성이 여성을 위해 쓴 여행 정보와 이야기를 맘에 들어 했다. '여행하는 여자들'의 네트워크는 이렇게 출범했다.

「저니우먼」은 지역 신문과 잡지에 특집으로 다뤄졌다. 독자들은 정기구독료가 얼마인지 문의하기 시작했고, 우리들은 갑자기 사업 전선으로 뛰어들게 되었다. 3년 동안 나는 소식지를 발행하는 데 온 힘을 쏟아 부었다. 광고를 따내고, 정보를 수집하고, 카피를 뽑고, 편집을 하고, 온갖 문의에 답변을 하고, 소식지를 발송하는 일로 내 삶을 다 보냈다. 해야 할 일이 너무 많아 여행할 시간도 없었다. 2천 부를 발행해 세계 각지에 그것을 우송하면서도 내 일을 도와줄 사람을 고용할 수 있는 금전적 여력도 없었다. 이 일을 계속한다는 것은 불가능한 일이었고, 나는 황폐해졌다. 내 꿈을 버려야 한다는 것이 괴로웠다. 그러나 포기하려고 마음을 먹은 바로 그 순간에 우연히 내 생애 최고의 결단을 내리게 되었다.

「저니우먼」을 만드는 데 아주 많은 이들의 노력이 들어갔기 때문에, 나는 우리 '갓난쟁이'가 그냥 죽게 내버려 두고 싶지 않았다. 우리가 은행에 맡긴

예금을 찾아 투자하고 모든 정보를 인터넷에 옮기면 어떨까? 「저니우먼」을 사이버 공간에서 어떻게든 접할 수 있으면, 어느 곳에서든 여성들이 무료로 그 혜택을 누릴 수 있을 터였다. 다만 작은 문제점이 하나 있었다. 1997년 당시에는 보통의 여성들이 사이버 공간을 이용하고 있지도 않았고 나 자신도 인터넷과 웹 서핑의 차이를 제대로 알고 있지도 못했다. 그러나 내게 기초 지식을 전수해 줄 수 있는 한 젊은이를 알게 되어, 그가 웹마스터가 되었고, 기적적으로 하룻밤 사이에 나는 웹사이트 편집자가 되었다.

저니우먼닷컴의 탄생

1997년 가을, 「저니우먼닷컴」이 잉태되었다. 그해 겨울에 딱 10쪽으로 세상에 나왔는데, 사이버 공간에서는 유례를 찾아보기 힘든 분량이었다. 이 웹사이트는 여행을 사랑하는 여자들을 위해 특별히 만들어졌다. 여성의 시각에서 만들어진 사이트이기도 했다. 우리는 사이버 공간에서 수완 있는 사업가들이 세운 수익 창출을 위한, 기존의 모든 규칙들을 깨뜨렸다. 우리만의 규정을 만들었다.

① 사이트에 가입하는 데 비밀번호를 요구하지 않는다. 대문은 정보가 필요한 모든 이들에게 열어 둔다.

② 아주 나이가 많이 든 여성들도 쉽게 읽을 수 있도록 아주 큰 글씨로 쓴다.

③ 이름과 사는 도시, 이메일 주소를 제외한 개인 정보를 요구하지 않는다. 보안을 위해서 여성들은 인터넷에 신상 정보를 제공해서는 안 된다는 것을 우리는 직관으로 알았다.

④ 광고주들에게 이용 가능성이 있는 이메일 주소록을 절대 작성하지 않는다(사생활보호법이 만들어지기 훨씬 오래전에 이 규정을 만들었다).

이 웹사이트는 여행을 사랑하는 여자들을 위해 특별히 만들어졌다. 여성의 시각에서 만들어진 사이트이기도 했다. 우리는 사이버 공간에서 수완 있는 사업가들이 세운 수익 창출을 위한, 기존의 모든 규칙들을 깨뜨렸다. © JOURNEYWOMAN.COM

⑤ 사이트에 있는 모든 정보는 검색하기 쉽게, 간단하게 제시한다. 별도의 소프트웨어를 장착할 필요가 없다. 바쁜 여성들이 정보를 검색하는 데 별도의 부담을 가져서는 안 된다.

⑥ 검정, 하양, 주황, 세 가지 색상만 사용하고, 용량을 많이 차지하는 화려한 사진은 실지 않는다. 대신 완전히 여성 중심적이고 세상을 보는 독특한 여성의 방식을 반영한 유머러스한 선으로만 그린 그림을 그려 냈다.

⑦ 우리는 여자들을 교육하는 데 목표가 있으므로, 상품을 팔지 않는다. 판매용 여행 정보나 새로운 여행 상품을 알고 싶어 하는 독자를 위해, 따로 분류되어 있는 항목에 링크를 걸어 놓는다. 달리 말하면, 원하는 사이트로 곧

장 갈 수 있다.

⑧ 우리는 모든 정보와 이야기를 전적으로 여성의 관점에서 쓴다. 편집 목표는 주류 매체에서 간과되는 주제들을 다루는 것이다. 글쓰기 방식은 '마치 여자들이 차를 한잔 마시며 서로 수다를 떠는 것처럼' 비공식적인 형태를 띤다.

⑨ 우리는 지속적으로 쪽수를 늘려갈 테지만, 특정 사실이 바뀌지 않는 한 게재된 정보는 절대 삭제하지 않는다. 이것이 우리의 기록 보관소를 성장시켜 나가는 방식이다.

여성들은 연대를 형성하는 데 매우 능하다

컴퓨터 기술에 능한 남자들한테서 우리가 일을 잘못 하고 있다는 말을 수도 없이 들었지만, 나는 여성 중심적 신념을 고수했다. 나는 우리 사이트를 내 집을 관리하는 것처럼 다뤘다. 방문하고 싶은 모든 사람에게 늘 대문을 열어 두었다.

여성들은 연대를 형성하는 데 매우 능하다. 그들은 자신이 본 것을 친구들에게 이야기해 주길 좋아했다. 그리고 그 친구는 또 다른 친구들에게 이야기를 전했다. 우리는 점차 세상 구석구석 더 멀리 멀리 돌아다니기 시작했다. 우리가 공동체를 형성하는 데 취한 독특한 접근 방식을 취재하기 위한 인터뷰 요청이 세계적인 출판 기업들로부터 쇄도했다. 웃음이 나왔다. 우리는 대단히 명석하지도 않았고, 그저 우리가 아는 방식, 여성의 방식으로 일을 해 나갔을 뿐이었다.

2000년 5월, 『피플』지에서 저니우먼닷컴에 관해 반쪽 분량의 기사를 다뤘고, 2001년 1월에는 『타임』지에서 '여성과 여행'을 위해서 내가 해 온 일을 치하하여, 나를 '새로운 세기의 혁신적 사고의 인물 백 명 중 한 명'으로 선정했다.

여성들은 연대를 형성하는 데 매우 능하다.
© JOURNEYWOMAN.COM

11년이 지난 지금, 저니우먼닷컴은 인터넷에서 여성 중심의 여행 상품 목록을 가장 잘 갖춘 곳 중 한 곳으로 자리 매김하면서, 150개 이상의 광고주들의 지원을 받고 있다.

하루 평균 2천5백여 명의 여성들이 필요한 정보를 찾기 위해 저니우먼닷컴을 방문한다. 이를테면, 최고의 여행 숙소, 안전한 최적의 방문지, 해당 여행지에 어울리는 옷차림새에 관한 정보를 우리 사이트에서 찾는다. 그리고 해마다 9십만 명에 육박하는 방문객들이 우리의 사이버 대문을 두드리고 있다. 방문객들은 총 700쪽과 수천 개에 이르는 게시물에서 원하는 정보를 얻어 간다.

매달 우리는 여행에 관한 조언을 담은 무료 전자 소식지를 1백 개국이 넘는 곳에 있는 5만 8백 명의 여성들에게 보낸다. 등록 절차는 매우 간단하다. 어디서든, 누구든 가입할 수 있다. 사이트에 들어와 클릭만 하면 된다. 가입 양식을 채우면 자동적으로 우리의 데이터베이스에 등록된다.

저니우먼닷컴의 규정은 처음 그대로다. 여자들이 안전하게 그리고 만족스럽게 여행을 즐길 수 있도록, 또 세계 각지에 있는 여행 여성가들이 서로 연결될 수 있도록 하기 위해서다. 우리 회사에는 일하는 사람이 여전히 두 명뿐이다. 내가 편집을 맡고 있고, 또 다른 여성이 파트타임으로 웹마스터 일을 하고 있다. 이것이 전부다. 어떻게 최소의 인원과 적은 예산으로 700쪽이 넘는 웹사이트를 관리할 수 있었나? 비결은 1천 명의 여성 친선 대사들로 이루어진 국제적인 공동체에 있다. 이탈리아, 프랑스, 홍콩, 호주를 비롯해 거의 전 세계에 있는 여성 여행가들이 실제로 세계 거의 모든 곳에서 아무런 비용 부담 없이 저니우먼닷컴에서 원하는 정보를 얻을 수 있는 것에 고마워한다.

우리가 만들어 가는 공동체

저니우먼닷컴은 나의 공동체이자, 우리 모두의 공동체다. 이 모든 일은 1982년 눈물로 가득 찬 내 첫 여행의 결과로 시작되었다. 홀로 떠나는 여행이 여성에게 자신을 깨우치고, 모험을 하며, 경계를 넘는 의례로 여겨지면서, 오늘날 이 공동체는 꽃을 피우고 있다. 물론, 여성들은 여전히 생애 처음으로 혼자서 하는 여행에 불편함을 느낄지도 모른다. 그렇지만 이제는 그들을 위한 유일한 안전망이 있다.

　세계 곳곳에서 더 많은 여성들이 컴퓨터를 더 많이 이용하게 되면서, 저니우먼닷컴은 나만의 창조물이 더는 아니다. 이제 저니우먼닷컴은 우리 사이트를 찾는 모든 여성들의 것이다. 다른 여성들에게 이 공동체를 알리거나 우리가 온라인으로 긁어모은 정보들에 자신의 정보를 보탠 이들도 모두 해당된다. 여러분을 우리 공동체에 초대한다.

에블린 하논

에블린 하논 캐나다에 거주. 40대에 이혼 후 처음으로 혼자 유럽 여행을 한 이후 전 세계를 여행하며 얻은 경험을 모아 여행하는 여자들을 위한 소식지 「저니우먼」을 발행했고, 1997년부터는 전 세계 여성 여행자들의 네트워크인 「저니우먼닷컴」(http://www.journeywoman.com)을 운영하고 있다. 이 글은 또하나의문화에서 2005년 10월 21일에 주최한 '여성과 여행, 관광 작품화를 위한 국제 심포지엄'에서 발표한 것을 정리한 것이다. 고찬미, 유이가 번역했다.

뛰기 시작하는 것은 발끝이다
빗토익스프레스

단지

여행스토리숍 빗토익스프레스(이하 '빗토')는 2005년 1월에 만들어진, 하자센터의 여행 문화 사업팀이다. 빗토는 "여행을 가기 전에는 머리와 가슴이 뛰지만 정작 여행지에 도착했을 때 뛰기 시작하는 것은 발끝이다"라는 뜻을 담고 있다. 빗토의 여행을 얘기하기 전에 내 여행 이야기를 먼저 해야겠다. 어쩌면 나의 사소한 첫 여행이 빗토와 만날 수 있던 지점일지도 모르니 말이다.

첫 여행의 기억

스물한 살에 처음으로 비행기를 타고 국경을 넘는 여행이라는 것을 해 봤다. 가기 전 6개월 동안 아르바이트를 두 개씩 해 가면서 500만 원 정도를 모았고, 그중 400만 원을 여행 경비로 썼다. 사실 가기 전부터 모든 것이 내겐 새로운 시도였고 매번 결심과 결단을 필요로 하는 도전이었다. 무언가를 하기 위해 처음으로 치열하게 돈을 벌어 보았다. 6개월의 노동을 40일의 여행과 바꾸는 것이 과연 잘하는 짓인가 두려움으로 조바심하기도 했다. 여행에 대한 설렘과 기대감이 조바심과 서로 다투고 있었다. 사실 나는 겁이 아주 많아서 출발하

224

기 하루 전까지 비행기표를 취소하려고도 했지만 런던으로 향하는 비행기를 타는 순간 내 몸을 칭칭 감고 있던 두려움보다는 설렘과 기대가 커졌다.

그렇게 시작한 나의 첫 여행엔 비행기가 출발할 때처럼 기대와 설레는 순간들만 있었던 것은 아니다. 이유 없이 집적대는 남자들은 어딜 가도 똑같고, 영어를 못한다고 은근히 대화에서 소외시키는 사람들도 있었고, 사실 나 스스로도 지나치게 긴장하고 불편해하며 일부러 거리를 두기도 했다.

그러나 나처럼 혼자 여행을 하는 여자들을 만나면서 아주 즐거운 순간들과 마주치기도 했다. 주로 일본이나 대만에서 온 아시아 여자들과 맥주 한잔을 앞에 두고 말도 잘 통하지 않는데도 밤이 늦도록 웃으며 수다를 떨기도 했고, 브라질에서 온 어떤 아줌마는 "너처럼 나이도 어리고 몸집도 작은 여자애가 어떻게 혼자 여행을 하니" 하며 나에게 용감하다는 칭찬과 함께 즐거운 여행하라는 인사를 해 주기도 했다. 또 그때 만난 몇몇 한국 언니들은 지금까지도 여행의 기억을 함께 곱씹을 수 있는 좋은 친구로 남아 있다. 이 여자들과의 만남이 겁 많은 내 첫 여행에 힘이 되었다. 그리고 그 여행에서 혼자 여행을 하는 남자들보다 혼자 여행을 하는 여자들이 훨씬 많고 여행하는 여자들은 여행이 주는 낯설음을 즐겁게 받아들이며 훨씬 더 재밌게 여행을 하는 것을 알았다.

이것이 내 첫 여행의 사소한 기억이자 스토리다. 그러나 이 자잘하고 소중한 여행의 기억을 그저 책상 서랍에만 묻어 두기가 내심 아까웠다. 그러던 중 나는 하자센터에서 진행되고 있었던 '국경을 넘고 싶다' 프로젝트에 참가하게 되었다. 그 프로젝트에서 여행을 조금 다르게 접근하는 여자들을 만났다. 그들은 여성주의 감수성을 발휘해 여행을 기획하고 여행을 다녔다. 그들의 애기들을 들으면서 내가 속으로만 품고 있던 여행 스토리를 끌어내 사람들과 함께 나누고 싶은 생각이 들었다. 빗토 익스프레스(이하 빗토)는 그렇게 해서 시작되었다.

여행 스토리가 담긴 소품들

빗토는 여행을 기억하는 방식으로 여행지에서 가져온 소품과 그 소품에서 출발하는 여행 스토리를 수집하기 시작했다. 소품을 앞에 두고 냄새를 맡고 손으로 만지며 얘기를 시작하면 평소에 과묵하던 사람도 소소한 자신의 여행 이야기를 신이 나서 들려주었다. 그렇게 하나둘 모으기 시작한 사소한 여행 스토리가 담긴 소품들을 빗토의 홈페이지에서 온라인 경매로 유통시켰다. 소품의 유통은 스토리 유통의 시작이 되었다. 사람들은 이미 여행의 때가 탄 물건들, 한국에서도 구하려면 구할 수 있는 물건들이지만 스토리에 의미를 두고 자기의 스토리를 덧붙이며 물건에 관심을 보여 주었다. 그렇게 경매에 낙찰되어 새 주인을 만난 소품과 스토리가 몇 가지 있다.

departure_타이완의 타이중

transfer_빗토익스프레스

arrival_예주

story_2000년 11월. 타이중이라는 곳을 갔을 때는 지진의 피해로 도로가 엿가락처럼 휘고 잔해들 위로 컨테이너 대피소들이 일렬로 늘어서 있던 모양이었다고 한다.

　　남자들은 돈을 벌기 위해 어딘가로 흩어지고 아이들과 여자들과 양호교사들로 이루어진 자원 봉사자들이 타이중을 지키고 있었단다. 이 상품들은 상처 난 마을을 재건하고 지키던 여자들이 돈벌이를 위해 만든 것이다. 촌스럽고 조악해 보일 수 있으나 새 주인을 만나면 타이중 여자들의 기운이 전해져 훌륭한 부적이 될 수도.

이 소품과 스토리는 예주가 '타인의 기운이 절실할' 때에 스스로에게 선물을 해야겠다며 사 갔다. 예주는 그 뒤로 빗토에 자신의 여행 스토리를 기증하기도 하며 관심을 보냈다. 지금 예주는 빗토에서 함께 일을 하고 있다.

departure_후쿠오카 요코

transfer_빗토익스프레스

arrival_상슈

hometown_2005, 서울, 소녀들의 디스토리 페스티발 중

story_추억의 상자

2005년 6월 14일부터 시작된 나의 여행에 대해서.

여행이라는 것은 자신이 살고 있는 국가의 국경을 넘는 것도 의미하지만 나의 이번 여행은 언어, 인종까지도 뛰어넘어 같은 장소에서 함께 지내며, 그녀들과 공유할 수 있었던 시간이 가장 큰 추억이 될 것 같다.

이 담배는 한국산이다. 한 명의 여성 시인에 대해 함께 이야기한 후 약속이라도 한 듯이 담배를 피우러 간다. 거기서는 쓸데없는, 내가 살고 있는 일본의 얘기라든지 좋아하는 음악, 작가에 대해서 이야기했다. 나에게는 그 시간이 인상에 깊게 남아 있다. 더듬더듬 거리는 대화였지만, 거기는 농밀한 시간이 흐르고 있었다. 더듬더듬 거리는 대화였지만, 그녀들이 사랑스럽게 생각됐다. 2주간이라는 시간이 처음에는 길다고 생각했다. 하지만 일주일이 지나고, 하루가 남았을 때 그 시간은 굉장히 짧게 느껴진다.

그중에 시에 대해 얘기하던 때에 이 여행에 대해 생각한 시를 메모로 남긴다. 그리고, 거기서 보냈던 시간 동안 신었던 신발의 흙을 남긴다. 내가 그곳에서 보낸 시간의 증표로.

2005. 6. 29

후쿠오카 요코

name_우표 속의 마릴린
departure_환타
transfer_Beattoe express
home town_미국

name_추억의 찰리브라운
departure_이남희
transfer_Beattoe express
home town_미국

name_브루네이 전통의상, 바주쿠롱
departure_아루미
transfer_Beattoe express
home town_브루네이

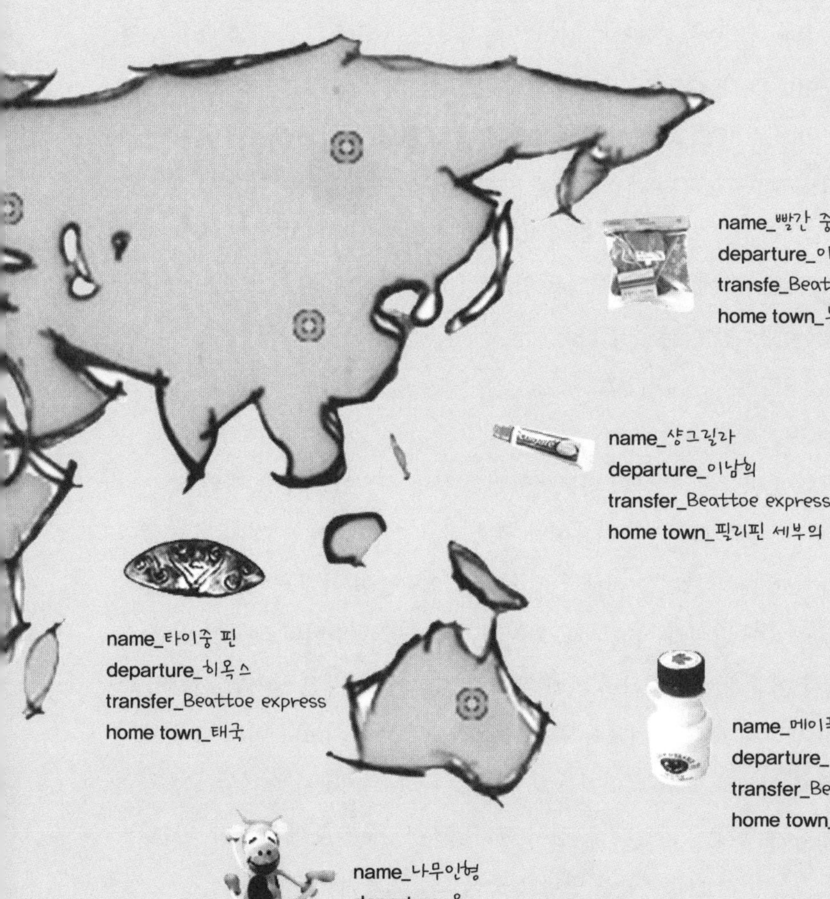

name_빨간 중국옷
departure_이남희
transfe_Beattoe express
home town_북경시내 시장
name_샹그릴라
departure_이남희
transfer_Beattoe express
home town_필리핀 세부의 샹그릴라 호텔
name_타이중 핀
departure_히옥스
transfer_Beattoe express
home town_태국
name_메이풀시럽
departure_융
transfer_Beattoe express
home town_호주
name_나무인형
departure_융
transfer_Beattoe express
home town_호주

2005년 '아시아 소녀들의 디스토리페스티벌'에 초대된 일본의 영상 작업자인 요코의 스토리다. '여행, 그리고 경계를 넘는 소녀들'이라는 주제로 한 이 페스티벌에 미디어 작업을 하는 말레이시아와 일본, 한국의 소녀들이 함께했다. 특히 돌아가신 고정희 시인은 아시아 소녀들이 갖고 있는 다양한 경험을 풀어내는 데 다리가 되어 주었다. 우리는 영상과 퍼포먼스와 함께, 각 나라의 언어로 시를 읊고 시인을 상상하며 그 여름의 입구에서 진하게 여행을 하기도 했다. 요코는 페스티벌을 마치고 일본으로 돌아가기 전날 담뱃갑과 시간의 증표인 흙과 시를 담아 빗토에 남겼고 그것은 또 다른 소녀에게 전해졌다. 소녀들에겐 국경을 넘는 일, 경계를 넘는 일을 유연하게 또 즐겁게 할 수 있는 재주가 있는 것 같다.

소녀들의 여행 비법

빗토 기획 초반에 당시 나의 파트너였던 친구와 격렬한 논쟁을 벌인 적이 있다. 그 친구는 여행할 때 두려움이나 공포 같은 것을 느껴 본 적이 전혀 없다고 얘기했고, 나는 그것을 이해할 수 없다며 소녀들이 여행을 가지 못하게 발목 잡는 공포의 정서를 이해하고 그 지점에서 출발해야 한다고 화를 냈다. 그 자리에서 어떻게 이야기가 정리가 됐는지 기억이 잘 나진 않지만 시간이 조금 흘러 생각해 보니 두려움과 공포의 감정을 위로하기보다 이미 발을 내딛고 즐겁게 여행하고 있는 여자들의 얘기를 들려주는 것이 소녀들에게 격려가 되겠다는 생각이 들었다. 그래서 자기의 여행 경험을 얘기할 수 있는, 또 얘기하고 싶어 하는 소녀들을 만나 집중적으로 스토리를 모았다.

놀라운 것은 돈 없고 배경도 없는 20대 전후의 소녀들이 여행을 준비하는 방식이나 기획하는 방식, 낯선 공간에 적응하는 방식들이 대단히 창의적이

빗토가 진행하는 스토리를 만드는
여행. 거대 도시 서울에서
창신동은 동네 사람들의 손때와
손길이 공존하며 자기 냄새를
갖고 있는 동네다.
ⓒ 빗토익스프레스

며 생산적이라는 점이다. 바람이라는 친구는 지도가 소용이 없을 만큼 알아
주는 '길치'인데 일본 여행 중 숙소를 중심으로 걸으며 지도를 버리고 자신만
의 꼼꼼한 기호로 지도를 만들어 두었고 몇 년이 지난 지금도 그 지도라면
다시 그 동네를 다닐 수 있을 만큼 유용한 여행의 보물이 되었다고 한다. 자
신의 약점과 맞대면하며 상상력을 더해 즐거운 여행을 만드는 대단한 재주
가 아닌가. 또 어떤 친구는 자신의 성장을 그리며 자원을 찾기 위한 여행을
설계했고 한국에 있는 멘토들과 친구들에게 잊지 않고 긴 여행의 편지를 쓰
는 것이 자기 여행을 풍요롭게 만드는 방법이라고 했다. 이 소중한 스토리들
은 빗토의 프로젝트의 내용에 덧붙여 책으로 나올 것을 기다리고 있다.

서울동 투어

빗토는 스토리를 만드는 여행을 함께 진행하고 있다. 낙산 자락에 자리 잡은,
골목길이 미로처럼 가지를 뻗은 동네, 창신동을 중심으로 한 서울동 투어. 빗

또다시 여행을 시작한 소품과
스토리들은 이제 개인의
추억거리에 머무르지 않는다.
여행담이 다시 구술됨으로써
기억은 지속되고 사소함에서
출발한 여행들이 스타일이 되는
것이다. ⓒ 빗토익스프레스

토의 여행은 골목과 사람들에서 시작한 지도를 그리며 '동네'에서 출발하는
투어다. 도시 곳곳이 포크레인으로 갈아 엎어져 지역의 역사와 특성이 획일
화되고 있는 거대 도시 서울에서 창신동은 동네 사람들의 손때와 손길이 공
존하며 자기 냄새를 갖고 있는 동네다.

어떤 날은 이미 '동네 사람'이 되어 있는 인도 음식집의 주인아저씨에게
아저씨의 고향 이야기를 듣기도 하고, 산동네 창신동에서 15년 동안 마을버
스를 운전하신 기사 아저씨에게 마을 이야기도 듣고 또 어떤 날은 골목길에
놓인 평상에 걸터앉아 할머니들과 수다도 떨고 사진도 찍어 드린다. 이야기
를 주고받으면서 지역과 관계를 만들어 가다 보면 서울 속의 숨겨진 명물들
을 찾아낼 때도 있다.

우리의 여행은 계속된다

여행 소품과 스토리를 수집하는 빗토의 작업에 큰 관심을 가진 그룹 중에는

232

40대 이상의 여자들이 많았다. 해외여행 자유화가 된 지 20년도 채 되지 않았으니 그들은 여행의 조건과 상황이 더 열악했던 시대에 필사적으로, 좀 더 전투적으로 여행을 시작한 세대였다. 이제는 풍부해진 여행의 경험과 스토리를 가지게 되어 여유 있게 자기 발끝에서 출발한 여행 이야기를 들려주었고 소녀들의 여행을 지지하는 데 힘을 아끼지 않았다. 빗토 초기에 인연을 맺은 그들은 지금 빗토의 후원자이자 멘토로 발전하기도 했다.

또다시 여행을 시작한 소품과 스토리들은 이제 개인의 추억거리에 머무르지 않는다. 여행담이 다시 구술됨으로써 기억은 지속되고 사소함에서 출발한 여행들이 스타일이 되는 것이다. 우리는 스토리의 유통을 중요하게 생각했고 물건과 함께 스토리를 드러내고 포장하는 방식 또한 정교해져야 했다. 그래서 빗토는 여행의 스토리들이 단순히 '읽을거리'가 아닌 간직하고 싶고 또다시 여행하는 물건이 되도록 스토리 하나하나를 자그마한 책으로 만들었다. 이것에 소녀들의 여행에 기운을 불어넣어 줄 수 있는 말을 보태 책을 만들 계획이다. 또 익숙하고 지루하게만 느껴지는 거대 도시 서울의 작은 동네에서 건져 올린 스토리와 지도를 담은 가이드북도 구상 중이다.

우리는 여행의 냄새와 기록과 기억들이 서로에게 읽히는 행복한 여행, 그런 여행의 그림을 그리는 작업을 하나하나 해 나갈 것이다.

단지

하자센터의 20대 작업자 그룹인 203STUDIO와 여행 문화 사업팀 빗토익스프레스에서 문화작업자의 삶을 시작하고 있다. 나에겐 '여행'이라는 작업의 주제와 '하고 싶은 일하며 먹고살기'라는 삶의 주제가 있고 그것이 나의 현재를 만들어 주는 생활 기반이다. 빗토는 도시 속의 작은 내러티브들을 찾으며 스토리를 만드는 일을 주로 하고 있고 그것들을 이미지와 결합하는 작업에 관심이 많다. 이 글은 빗토익스프레스(http://beattoe.haja.net)가 같이 구성했다.

언니들의 삶의 쉼표, 시스투어

이다

"달마다 철따라 여자들이 물처럼 공기처럼 흐르고 만나고 나누는 곳. 언니들의 삶의 쉼표, 시스투어"

'시스투어' 커뮤니티 대문에 걸려 있는 소개글이다. 대문 상단에는 '현재 가입자수 283명'이라고 적혀 있고, 저번 베트남 여성 평화 여행 사진이 업데이트되었다는 내용의 알림글과 이번 주말 산감상팀의 북한산 등반 참가 신청을 받는다는 글이 올라와 있다.

언니들의 여행지 추천 게시판, 여행 동반자 찾기 게시판 등이 상설 게시판 중에는 조회수가 높은 편이고, 특히 여성들의 안전하고 만족스러운 여행을 위한 일종의 팁을 모아 보는 여성 여행 노하우 게시판에 오른 글들이 가장 인기가 있다. 동양 여성에 대한 편견 때문에 혼자 여행하면서 외국 남성들의 달갑지 않은 접근에 시달리던 한 언니가 결혼반지를 끼고 다니니까 그런 일이 거의 일어나지 않더라는 내용이나, 배낭여행을 준비하면서 방을 예약할 때에는 방문이 안쪽에서 잠기는지를 꼭 확인하라는 조언 등이 올라와 있다. 여행 중 최악의 사태에 도움을 청할 수 있는 위기 센터나 응급 병원 등의 연락처를 사전에 꼭 메모해 가라는 조언과 위기 상황을 모면할 수 있는 위트

234

시스투어가 처음으로 꾸린 해외 기획인, 소통과 충전을 위한 보라카이 여행. 숙소 앞 바닷가에서 마냥 즐겁던 한때. 사진 찍는 것을 멀리서 알아보고 환호하는 언니들. ⓒ 이다

있는 영어 예시문도 유용해 보인다.

시스투어 커뮤니티 게시판에 범죄와 치근거림에서 어떻게 안전을 확보할 것인가 하는 방어적인 내용의 글이 많이 올라와 있다고 해서 '그러니 여성들이여 안전한 자국에, 익숙한 도시에 남성의 보호 속에 머물라'고 얘기하는 것은 아니다. 오히려 먼저 길을 떠났던 언니들한테서 듣는 경험과 지혜는, 더 많이 준비하고 더 자주 길을 떠나라고 말해 주고 망설이는 초보 여성 여행자들의 등을 기꺼이 떠밀어 주는 역할을 한다. 가장 위험한 것은 중동의 어느 나라도, 인도의 어느 시골도 아닌, '여행지에 대한 무지와 상황에 대한 시나리오 없음'이니까.

새로운 여행을 꿈꾸다

여성주의 커뮤니티 '언니네'의 회원이던 우리는 대부분 늘 여행을 하고 싶어 하거나, 여행을 준비 중에 있었다. 여행 다녀온 언니들의 모험담을 들으면 언제나 가슴에는 시원한 바람이 일었고, 그때부터 언제 갈지도 알 수 없는 그곳에 대한 여행 정보를 덧없이 수집하기도 했다. 그러나 힘들게 나선 여행길에는 매번 알 수 없는 묘한 미끄러짐과 실망이 있었다. 때로는 그 어긋남과 불쾌함이 너무도 압도적이어서 간만의 일탈, 이국적 정취들이 무의미하게도 느껴지기도 하였다. 여성의 형상을 한 내 몸이 여행 내내 짐스럽게 느껴진 적도 많았다. 여행 실패담과 모험담에 대한 우리의 수다가 극에 다다른 어느 날 누군가가 한번도 들어 본 적 없는 어떤 여행에 대해 읊기 시작했다.

"인터넷에 끝내 주는 여행 코스를 올리고, 거기에서 마음 맞는 동지들을 맞아서 여자로만 구성된 여행단을 꾸리는 거야. 여정 자체가 일종의 통과의 례인 셈이지. 여행 내내 기꺼운 소통이 가능하고 목적지에 짐을 풀고 여성 축제로 피날레를 장식하는 일정으로 꾸려 보든지, 혹은 산으로 둘러싸인 청정한 숲 속에 모여 텐트를 쳐서 작은 군락을 만들고는, 요가로 하루를 시작하고, 나른한 휴식과 독서 등으로 소일하다가 저녁에는 치유의 춤으로 하루를 감사하는 며칠을 보내고 오는 거야."

이런 유토피아적인 상상에 행복해하다가, 우리는 결국 여성 전용 여행을 기획하는 작은 커뮤니티로 출발하여 가고 싶은 여행을 차례로 해 보기로 했다. '시스투어'는 이렇게 탄생했다.

시스투어, 여행을 가능하게 하는 구조

시스투어는 2003년 10월에 제안되어 준비 모임을 거친 후에 2004년 여성 단체 '언니네트워크'의 '여행기획팀'으로 출발해, 2006년 현재 독자적이고 자발적인 회원 중심의 온라인 커뮤니티로 운영되고 있다. 이곳은 여성들의 여행 경험과 노하우를 생산하고 원하는 곳으로 유통시키기, 여성주의적인 여행 코스와 여행 방식을 실험해 보기 등에 관심이 있다. 실제로 회원들이 여행 계획을 짜서 다른 회원들에게 제안하기도 하고, 혼자 떠나는 여행길에 따로 또 함께할 여행 동반자를 구하기도 한다. 또한 다른 단체와 공동으로 큰 규모의 여행을 추진하는 경우도 있는데, 이때 타 단체는 특정 이슈에 대한 전문적인 콘텐츠로 여행을 더욱 풍요롭게 하고, 시스투어는 여성 여행에 대한 경험과 노하우를 여행 과정에 녹여 내는 상호 보완적 역할을 한다.

시스투어는 온라인 커뮤니티지만 실제 여행을 꾸리는 데는 노동력과 자원이 투여되기 때문에 역할과 그에 따른 책임감이 얼마간 필요하다. 커뮤니티의 존립을 책임지고, 회원들의 여행에 대한 상상과 열망을 현실화할 일종의 구조를 만들어 가는 3~4인의 '운영진'이 있다. 그리고 평소에는 여행을 제안하고, 관심 있게 커뮤니티의 운영에 관여하고, 원할 때에는 특정 여행의 마스터가 되어 운영진의 조력 하에 전 과정을 추진할 수 있는 '플래너'가 있다. '플래너'에 지원하려면 시스투어가 주최한 여행을 1회 이상 참여한 경험이 있어야 하며, 활동을 약속한 6개월 정도의 기간에는 연속성 있고, 활발한 활동을 보여 주어야 한다.

해외에 거주하는 회원들 중 여행 경험이 많은 분들에게는 일종의 자문 역할을 제안하기도 한다. 이 그룹의 회원들은 여행에 관한 한 거의 전문가 수준의 방대한 경험과 정보를 바탕으로 회원들의 다양한 질문에 세세히 답변하고, 시스투어가 기획하는 여행에 대한 조언을 아끼지 않는다. 또한 시스투어는 현재 '언니네트워크'의 여성 여행 기획팀과는 협력 관계에 있으며, 해외

2005년 베트남 여성 평화 여행의 한 코스인 메콩델타 투어. 흙빛 좁은 강을 따라 밀림 속으로
흘러 들어가는 중. 모두 사색에 빠져있는 듯하다. ⓒ 김화용

기획 여행을 추진하는 과정에서 자매가 운영하는 작은 여행사의 후원을 받
기도 했다.

이렇게 '여성'과 '여행'이라는 키워드를 통과하는 다양한 주체들이 때로는
우연히 때로는 노력과 탐색을 통해 시스투어라는 공간에서 서로 연결되고
촘촘히 엮인다. 평소에는 미약하게 연결되어 있으나 구체적인 여행이 제안
되고 추진되기 시작하면 이에 조력하거나 참여할 수 있는 개인 및 단체는 강
도 있는 팀워크와 밀도 있는 망을 형성하고 여행을 현실화한다.

언니들의 첫 번째 지구별 유람

시스투어가 첫 해외여행지로 선택한 곳은 필리핀이다. 마닐라에서는 여성

정보 단체와, 교류와 공감의 시간을 가졌고, 보라카이에 가서는 자발적으로 고립되어 우리들만의 천국 같은 휴식과 재충전의 시간을 보냈다. 매일 밤 환상적으로 펼쳐진 노을의 스펙트럼처럼 모든 것이 조화로웠고 아름다웠다. 특히 우리는 이번 여행에서 동반자들과의 초기 관계 조율이 어떻게 여행을 평안하면서도 리듬감 있게 만들어 줄 수 있는지 절절히 깨달았다.

우리 그룹은 신기하게도 모두가 서로 연고 없이 개별적으로 신청한 경우였으며, 따라서 서로에게 언니네 사이트에서 공유하는 정도의 느슨한 여성주의 마인드만을 기대하고 추측할 수 있을 정도였다. 우리는 각자 지쳐 있었고 누군가의 돌봄을 원했지만 초기에 동행한 여행 마스터의 안내에 따라 간단하지만 흥미로운 커뮤니케이션 프로그램을 즐기면서 여행 동반자로서 관계상의 최적 거리를 확보할 수 있었다. 이들은 각자 안고 온 고민거리에 대해 서로 조언을 아끼지 않았으며, 또한 누군가 혼자만의 사색과 산책의 시간을 원할 때 최대한 배려하고 존중했다.

대통령의 휴가지로 유명한 만큼 완벽한 보안을 자랑하던 숙소였지만 9명의 여성들로만 구성된 여행단은 알게 모르게 관심과 이목을 끌었고, 리조트 스태프들 사이에서는 섹스 관광을 온 일본 여성 그룹이라는 등의 근거 없는 추측마저 난무한 듯했다. 결국 마지막 날 밤에 테라스를 통해서 치한이 방으로 침입하려다가 발각되는 충격적인 사건이 발생했다.

우리는 이곳에서마저 성폭력에 노출되어야 하는 현실에 진저리를 치고 노여워했고, 우리 그룹이 가진 자원과 지식을 총동원해서 밤을 새우며 사건을 해결하는 데 총력을 기울였다. 성폭력 피해자에 대한 상담 경험이 있는 이는 치한이 출현한 방에서 피해에 노출될 뻔한 참가자를 밤새 돌보고 안정시켰으며, 우리는 한방에 모여서 신속하게 한국 여행사의 현지 지사에 연락을 취하고, 현지 여성 단체에 조언을 요청하고, 현지 가이드를 불러 호텔 책임자에게 항의하고 협상을 진행했다.

범인을 찾아내기 위한 노력은 불발로 돌아갔지만, 합당한 조취들을 요구했고, 어느 수준까지는 조취가 시행된 것으로 판단되었다. 모든 것이 조화롭고 아름다웠던 보라카이 여행은 치한의 출현 따위는 없이 완전무결한 것으로 기록될 수 있었다면 더욱 행복했겠지만, 여행에 대한 만족의 정점에서 여성 여행자의 비천한 현실과 맞닥뜨린 우리는 역으로 서로에게서 더욱 '징한' 자매애를 느꼈고, 여성 여행을 준비하고 주창하는 주체들로서 비장함마저 맛보았다.

아시아 여성 여행자의 두 번째 기획

어떤 여행은 가볍게 수다를 떨다 기획되어 2~3주 안에 팀이 꾸려져 훌쩍 떠나기도 하지만 어떤 여행은 수개월의 긴 준비 기간을 거쳐, 주요 언론사를 비롯해 가능한 모든 매체에 홍보되고, 국내와 현지의 여러 단체가 관여하는 규모로 진행되기도 한다. '2006 베트남 여성 평화 여행'은 '언니네트워크'와 '나와우리'가 공동으로 주최하고 시스투어가 협력했으며, 베트남 현지의 NGO인 '굿윌'이 현지 진행을 전담했다. 또한 베트남 마을을 방문하는 과정에서는 각 마을의 인민위원회에 출입 허가를 요청하는 등의 커뮤니케이션 작업도 필수적이었다.

나는 여행 기획자이자 인솔자로 참가했는데, 이 여행은 '베트남 여성 평화 여행'이라는 이름만으로도 참여자들의 무조건적인 지지와 관심을 받을 수 있었던 것으로 기억한다. 아마도 여성의 이름을 걸고 베트남으로 떠나는 최초의 평화 기행이기 때문에 그랬을 것이다. 또한 그 즈음에 한국 사회에서

호치민전쟁박물관에서 구수정 씨의 설명을 들으며 그동안 활자로만 접했던 베트남 전쟁의 참혹한 실상을 하나씩 알게 되면서 내내 목이 메어 왔다. ⓒ 김화용

비인간적인 국제결혼, 다문화 가족 등이 논의의 수면 위로 떠오르면서, 어느 새 베트남이라는 나라가 이미 우리와 함께 살아가고 있다는 것을 깨달아 가 는 시기였기에 더욱 관심의 초점이 된 것 같기도 하다. 기획단이 바라보는 관 점에서는 한국과 베트남의 청산해야 할 과거, 그리고 두 나라 간의 가시화되 지 않은 현재의 문제들을 여성의 입장으로 개입하고, 관계 맺고, 경험하는 것 이 필요하다고 판단했고, 이 여행을 이를 위한 첫 출발로 삼고 싶었다.

여행단이 꾸려지고, '아시아 여성 여행자', '베트남에서의 한국전', '국제결 혼 시장' 등 관심 있는 이슈에 대한 5회 정도의 워크숍이 진행되었는데, 여행 단원의 면모가 매우 흥미로웠다. 영화를 만드는 이, 영상을 다루는 이, 설치 미술을 하는 이, 노래하고 춤추는 이, 그리고 온오프라인 언론, 대학 교지 등의 기자로 활동 중인 이, 해외에서 공부하고 있던 이, 긴 여정으로 아시아를 경험하던 이, 변호사 일을 하는 이, 지역에서 활동가로 활약 중인 이 등 마치 팀워크를 위해 일부러 골라 뽑은 듯이 정말 재주 많은 여자들이 모였다. 우리는 여행 중에 지켜야 할 규칙을 만들기도 하고, 서로 탐색하는 시간을 가졌으며, 이번 여행에 기대하는 것, 각자의 여행 스타일, 여행자로서의 장단점을 토로하며 관계를 맺어 나갔다. 여행 기간은 8박 9일이었지만, 토론과 만남과 감상과 이후의 전시 등을 통해 우리는 6개월 내내 베트남을 여행 중이었는지도 모르겠다.

닮고도 다른 베트남의 언니들을 만!나!다!

여행은 베트남 여자들과의 만남을 중심으로 이루어졌다. 전쟁박물관과 여성박물관에서 열성적인 해설로 우리를 슬픔과 충격, 나아가서는 여행에 온전히 몰입할 수 있는 동력을 얻을 수 있게 큰 역할을 하신 구수정 씨와의 만남이 그 중요한 첫 만남이었다. 우리는 이 만남에서 전쟁 가해국의 여성이라는 정체성에 대해 기나긴 토론을 시작했고, 이번 여행의 주제와 자기 자신의 관계성을 획득할 수 있었다.

한국군에 의한 베트남 민간 학살이 있었던 중부 마을에서는 인민위원회의 주석을 맡고 있는 20대 여성을 만날 수 있었다. 그분은 우리 여행단의 인기를 한 몸에 받았고, 많은 주석들이 참여한 간담회에서 조심스럽게 서로에 대한 탐색의 시간을 가질 수 있었다. 주로 두 나라에서 다르게 실천되고 있는 여성주의, 여성들의 지위에 대한 질문이 오갔고, 우리는 매우 귀하게 허락된 기회에 매우 감사했다.

이밖에도 여성박물관 소장, 부소장들과 가진 간담회에서 전쟁에 대한 부

온라인 커뮤니티에서 아이디로만 교류하던 여자들이 이제 여행을 매개로 각자의 삶에 일시적으로 또는 지속적으로 관계를 맺고, 삶을 기꺼이 나누고 있다. 사진은 베트남 여행 때 호이안 바닷가에서. ⓒ 이다

정적인 입장에도 불구하고, 전쟁 안에서 양육자이자 생계 책임자이자 전사로 살아가야 했던 당시 여성들의 구체적인 현실에 대해서 존경심을 느끼기도 하였고, 여성이 과거를 복원해 내고 기록하고 기념하는 것의 중요성에 대해 다시금 깨닫기도 했다.

또한 주로 호치민대학의 한국어과 학생들로 구성된 NGO '굿윌'의 여성 회원들과의 만남에서는 동시대를 살고 있는 닮고도 다른 서로의 모습을 확인하고, 지지하고, 관계 맺기의 첫 단추를 끼워 볼 수 있는 자리여서 의미가 깊었다. 그들은 과거와 단절하지 않고, 사회적인 관심과 책임을 스스로에게 부여하며 살아가는 지혜롭고 강인한 여성들이었고, 그들도 우리가 이 여행을 기획하고 실현하여 이곳까지 왔다는 것에 대해 지지를 아끼지 않았다.

여성주의 여행 실험은 계속된다

시스투어는 앞으로도 평화 운동을 하는 여성 활동가들을 잔뜩 만나볼 수 있는 오키나와 여행을 계획하고 있다. 또 시스투어의 콘텐츠를 기본으로 세계 여성 관련 행사 달력, 세계를 여행 중인 언니들의 현지 보고 등의 콘텐츠를 보태어 여성 전용 여행 사이트를 만들 준비를 하고 있다. 여행을 기획하고 있는 여성이라면 한번쯤은 꼭 들러서 챙겨 읽고 가야 할 그런 특화된 곳, 또 이혼한 여성, 비혼 여성, 레즈비언, 엄마와 딸, 여성 활동가 등등의 다양한 대상을 위한 여행들이 기획되고 추진되는 곳으로 성장한다면 더할 나위 없겠다.

온라인 커뮤니티에서 아이디로만 교류하던 여자들이 이제 여행을 매개로 각자의 삶에 일시적으로 또는 지속적으로 관계를 맺고, 삶을 기꺼이 나누고 있다. 그러나 이 일들은 단지 여행에 대한 열망이나 여행에 대한 습관적인 투덜거림만으로는 절대로 일어나지 않는다. 실제로 여성들이 시간과 돈과 노동을 들이고, 애정만큼 책임을 감당할 때, 또 몇 명의 여자들이 새로운 이름의 여행을 떠날 수 있었다.

우리의 여행을 보고 용기를 낸 다른 여자들이 또 다른 여행을 추진할 수 있도록 시스투어는 다양한 방식으로 여성들의 여행을 지지하고 지원하는 그룹이 될 것이다. 여성주의 여행 실험은 앞으로도 한동안은 유의미한 작업일 테니까.

이다

본명은 한천지영. 무용동작 심리치료사이자 여성주의 퍼포머. 기존의 문화에 새로운 이름을 붙이고, 새로운 방식으로 접근하는 등 대안적인 문화를 발명해 내는 것에 관심이 많다. 여성들을 위한 온라인 여행 커뮤니티 시스투어(http://www.unninet.co.kr/sistour)를 2004년부터 운영하고 있으며, 주로 여행의 테마를 정하고, 여행 중에 진행될 프로그램을 짜는 것을 담당해 왔다.

평생 여행을 즐기고 싶은 당신에게

오소도 마사코

골판지와 세로형 텐트를 이용해
만든 여행용 이동식 화장실
ⓒ 오소도 마사코

나는 20대 때, 여성들의 '홀로 여행'을 추진했다. '지구는 좁다'란 이름의 출판사를 만들어 혼자 여행하는 여성을 위한 가이드북 시리즈를 출판했다. 여행 안내서를 만드느라 배낭을 메고 혼자서 수없이 취재 여행을 떠났다. 『지구에 반했다! 여행 가이드』, 『유럽에 반했다! 여행 가이드』와, 호주, 뉴질랜드, 홍콩, 미국 편 등을 직접 쓰고 열심히 출판했다.

그러다 스물아홉에 아이를 낳았다. 그렇다고 여행을 그만두지는 않았다. 아이를 낳은 건, 여행 안내서는 시간이 흐르면 정보가 낡아져서 되돌아와 버리지만, 시간이 흐를수록 점점 커 가는 것을 갖고 싶었기 때문이다.

30대가 되니, 아이와 함께하는 세계 여행이 또 하나의 여행 테마가 되었다. 아이가 있다고 여행을 떠날 수 없는 것이 억울했다. 당시는 아이를 데리고 여행을 하는 것이 거의 금기시되었는데, 나는 거기에 동조할 수 없었다. 어머니가 행복하지 않으면, 아이도 행복할 수 없다고 생각했기 때문이다.

40대에 이혼을 하고 나서, 나는 내 자신이 평생 할 수 있는 일을 찾아 나섰다. 그때부터 장애인과 고령자의 여행이 평생 내 일의 주제가 되었다.

일곱 살짜리 딸과 함께 50일간 유럽 여행

나는 여행을 하면서 아이를 키웠다. 먼저 아이의 편식을 없애려고 했다. 특히 싫어하는 토마토를 먹게 했다. 과자며 장난감을 아이 배낭에 담고, 자기 짐도 직접 들게 했다. 식사 예절도 가르쳐, 포크와 나이프를 이용하는 식사 문화에 당황하지 않도록 했다.

이 여행은 아이의 눈높이에 맞춘 여행이 되었다. 스위스 숙소에서는 동물과 만났고, 과자, 장난감이 있는 여행이었다. 독일 프라이덴슈타트 마을에서는 아저씨한테서 5마르크를 받기도 했다. 아이와 함께하는 여행이기 때문에 경험할 수 있는 것도 있다는 것을 알게 되었다.

과자 꾸러미와 하루에 아이스크림 한 개씩을 주는 싱글벙글 작전도 썼다. 자립 작전을 펴기도 했다. 여행이 거의 끝나갈 무렵, 네덜란드 에담에서 있었던 일이다. 딸이 거리에서 아이스크림을 보고는 먹고 싶다고 했다. 나는 혼자 사러 간다면 먹어도 된다 했더니 딸애는 10길더를 갖고 가게로 뛰어갔다. 딸애 나이 일곱 살 적이다. 싱글? 더블? 딸애는 손가락을 펴 물어봤다. 물론 더블이지. 딸은 아이스크림을 사서 의기양양하게 돌아왔다.

이 여행을 통해 나는 아이를 키울 수 있었고, 스킨십으로 어머니의 생각을 아이에게 전달할 수 있었다. 딸은 이제 스물네 살이다. 대학에 입학하고 나서 다양한 세계 홀로 여행을 경험했다. 대학을 졸업한 지 2년이 지난 지금, 독립해서 '일본 여행 자원 봉사자 네트워크' 사무국에서 일하고 있다.

일곱 살짜리 딸과 함께 50일간
유럽 여행을 했다. 여행을 통해 아이를
키울 수 있었고 스킨십으로 어머니의
생각을 아이에게 전할 수 있었다.
딸은 이제 스물네 살이다. 대학을
입학하고 나서 다양한 세계 홀로 여행을
경험하고 지금은 '일본 여행 자원
봉사자 네트워크' 사무국에서 일한다.
ⓒ 오소도 마사코

고령화 시대의 여행을 깊이 생각하다

1995년 2월, 호화유람선에서 여행 강사를 할 기회가 생겼다. 일본에서 뉴질랜드의 오클랜드까지는 비행기로 가고, 오클랜드에서 배를 타서 뉴칼레도니아를 경유해 괌까지 간 다음, 괌에서 다시 비행기를 타고 일본으로 돌아오는 10일간 크루즈 여행이었다. 나는 공짜 식사에 낮잠 포함, 최고급 객실을 제공받았고, 거기다 맘껏 즐기라는 뜻에서 강사료도 10만 엔씩이나 받았다.

좋은 경험을 한 기회이긴 했다. 하지만 매일같이 다음 날의 이벤트며 옷차림에 대한 정보를 방마다 알려 주는데, 어떤 옷을 입어야 할지가 가장 큰 고민거리였다. 카메라나 컴퓨터는 얼마든지 사면서도 좋은 옷은 살 수가 없었다. 격식에 맞서기로 했다. 그래서 이브닝드레스 구입 대작전을 펼쳤다. 오클랜드 번화가를 두 시간 돌아다니면서, 영국제 하이힐을 3천 엔에 구입하고, 회색과 검정 드레스 세 벌을 구입했다. 그리고 속옷 가게에 들러 검정 브래지어와 팬티를 샀다. 그렇게 해서 모두 10만 엔을 쓰고, 유람선에 올랐다.

유람선 여행을 마치면서 여러 가지 생각을 했다. 주최 측에서 모든 것을 알아서 해 주니 아주 행복했다. 그러나 행복도 길어지면 불만이 되었다. 바쁘게 움직이는 일본 사람들, 일본 부자들도 마찬가지였다. 아침부터 일정도 빡빡하고, 배가 머무는 시간도 너무 짧았다… 세계 일주라고 해도 배를 타고 있는 시간이 더 많았다. 가끔씩 지상으로 올라가는, 움직이는 호텔에 지나지 않았다. 배 안에는 일본인들밖에 없었고, 외국인과 교류할 기회가 전혀 없었다. 그래서인지 사진 한 장 찍은 게 없다. 차라리 정기선을 타고 다니는 여행이 지역 사람들과 교류를 할 수 있어서 훨씬 재미있겠다는 생각이 들었다.

고령기의 여행에서는 돈을 제대로 쓰는 것이 무엇보다 중요하다는 생각이 들었다. 다시 말해, 돈을 쓸 때는 쓰고, 아낄 때는 아끼자는 것이다. 또한 시장, 해돋이, 해넘이, 국경, 포장마차 등과 같이 가능하면 '현장'에 다가가는 여행이 아니면 재미없겠다는 생각도 들었다.

그렇다고 유람선 여행에 아무런 재미가 없다는 말은 아니다. 주로 옷차림과 관련하여 몇 가지 재미있는 일도 있었다. 유람선 여행에서 이브닝드레스 재질은 아무거나 괜찮았다. 길기만 하다면 커튼이라도 상관없었다. 남자 턱시도도 검정색이면 되었다. 거기에 빨간 장미 한 송이만 가슴에 꽂으면…

네덜란드에서는 이런 일도 있었다. 스헤베닝겐이라는 마을에 있는 카지노에 갔는데, 스니커즈를 신은 사람은 입장이 안 된다는 것이었다. 나는 뒤에 벨트가 있는 샌들을 신고 있어서 들어갈 수 있었다. 런던에서는 친구와 같이 한 여행사 지사장의 초대를 받고 회원제 레스토랑에 가게 되었다. 나와 친구는 낮에 관광을 하느라 옷을 갈아입을 틈이 없었다. 어쩔 수 없이 여행객 차림을 한 채 레스토랑에 들어갔다. 친구가 청으로 된 조끼를 벗으려고 하자 레스토랑 직원이 친구에게 재킷은 벗지 말아 달라고 부탁했다.

두 달간 아낌없이 돈을 쓰며 세계 일주를

두 달간 '아낌없이 돈을 쓰며 세계 일주 여행'을 한 적도 있다. 싸구려 여행만 해 온 내게 작별을 고하고 여행을 떠났다. 여행디자이너라면 싸구려 여행과 고급 여행을 둘 다 경험해 봐야 적절한 조언을 할 수 있다고 생각했다. 당시 나는 이혼을 생각하고 있었기 때문에 매우 진지했다. 정규 항공권에, 발길 가는 대로 코스를 잡고, 최고급 호텔에서 가장 싼 방을 잡아 머물기로 했다.

유서 깊은 대리석 건물에 화려한 금장식과 폭신폭신한 융단이 깔린 최고급 호텔에서 10일 동안 머무는 데 든 비용이 60만 엔이었다. 돈을 쓸 데는 쓰고, 쓰고 싶지 않은 데에는 쓰지 않는 방침을 택했다. 지금부터 10년 전 이야기지만, 여행사의 도움을 받지 않고 혼자 여행한 경비는 모두 200만 엔이었다. 여행 경비는 은행에서 대출을 받아 충당했다. 여행 전문가가 되고자 했던 자신에게 투자한 비용이었다. 사람에 따라 200만 엔의 여행비를 비싸다고 여길 수도 있고 싸다고 여길 수도 있을 것이다.

내가 두 달 동안 200만 엔이란 돈을 아낌없이 쓰며 세계 일주를 하고 나서 갖게 된 소감은 인간이 제아무리 사치스럽게 돈을 쓰고 다녀도 고작 이 정도라는 것이다.

내 인생관을 바꿔 놓은 여행

몽골 고비 초원을 홀로 여행하면서 인생관이 바뀌는 경험을 했다. 그곳에는

여행은 눈으로만 하는 것이 아니다. 냄새로, 소리로, 맛으로, 손으로, 오감으로 즐길 수 있는 게 여행이다. 라벤다 들판에서 향을 맡으며 즐거워하는 시각 장애인 여행자와 글쓴이. ⓒ 오소도 마사코

활주로가 없었다. 오로지 태양, 달, 바람, 별 같은 자연물만이 기준이었다. 이미 나 있는 바퀴 자국에 차바퀴가 빠지기 일쑤였다. 차마 길이라고 할 수조차 없는 길이었다. 가까스로 초원을 빠져나오니 잘 달릴 수 있었다. 한마디로, 다른 사람의 뒤를 걷지 말라는 교훈을 얻었다.

특히 이 여행에서 나는 런던의 한 서점에서 발견한 갖가지 장애를 가진 114명의 영국인들이 쓴 세계 여행 체험기 『더 이상의 모험은 없다』(Nothing Ventured)와 만났다. 여분의 의족을 가방에 담고서 의족으로 중국 대륙 5천km를 여행한 사람, 손운전 차량으로 사하라 사막을 횡단한 사람, 하반신이 마비된 남편과 아내가 아마존강의 선상에서 치른 금혼식 이야기 등, 일본과는 너

250

무나도 차원이 다른 내용에 나는 충격을 받았다. 한마디로, 도전 정신으로 가득 찬 책이었다. 나는 이 책의 일본어 번역판 『휠체어는 패스포트』를 내기로 마음먹었다. 67명의 사례를 추려 담아서 출판했다.

점차, 장애인 여행을 시작해 볼 수도 있겠다는 자신감 같은 것이 생겨나기 시작했다. 맹인안내견은 항공 운임비가 무료라는 사실을 알아냈다. 어떻게든 투어를 성사시키고 싶어졌다. 시각 장애인들을 찾았다. '시야에 좋은 맹인안내견과 함께 떠나는 시각 장애인 해외 투어 시리즈 1 : 파리·니스로'를 기획했다. 그로부터 10년이 지났다. 1995년 2월부터 시작해서 45개 투어를 성사시켰다. 1995년 2월부터 시작한 오소도 기획 투어 참가자는 2005년 10월 23일 현재 900명에 달하며, 맹인안내견도 83마리 참가했다. 참가자를 살펴보면 절반은 비장애인, 절반은 장애인이다. 장애인 중 절반은 시각 장애인이고, 나머지 대부분은 지체 장애인이며, 신장 투석을 받거나 하는 내부 장애가 있는 사람, 위를 전부 떼어낸 사람 등도 몇 퍼센트 있었다.

지금 해외여행을 떠날 수 있는 사람들은

전동 휠체어를 타는 사람, 맹인안내견과 같이 다니는 사람, 신장 투석을 하는 사람 모두 여행을 할 수 있다. 비행기 여행은 좌석에 앉을 수 있는 사람이라면 누구나 가능하다. 앉을 수 없는 사람들도 비행기 안에 침대를 만들어야 해서 11배 정도 공간을 더 차지하여 비용은 많이 들지만 여행이 불가능한 건 아니다. 정신지체 장애인들도 여행할 수 있다. 비행기를 타면 긴장해서 일어서 버리는 사람들도 있는데, 가까이에 아는 사람들이 있으면 불안감이 줄어들어 패닉 상태에 빠지지 않는다. 내 친구는 정신지체 장애인을 위한 투어를 만들어 함께 떠나고 있다.

아프리카 케냐 사파리 여행에서는 마사이족 마을을
방문했다. 던지면 펼쳐지는 세로형 텐트와 골판지로 된
휴대 화장실을 지참하여 휠체어 화장실이 없는 고민을
놀이로 바꿨다. 나쿠루 호수에서 플라밍고에 접근해 보기도
했다. 또한 혹한의 홋카이도로 설경 여행을 떠났다.
이 여행에서는 휠체어, 맹인안내견과 함께 일본 여관을
이용했다. 여행자 본인이 원하면 가족탕을 이용하는 것을
허용하되 가능하면 대중목욕탕을 이용하도록 했다.
장애인을 격리하는 여행은 피했다.
위 사진은 마사이족 사람들과 함께 포즈를 취한 글쓴이.
아래는 일본 여관에서 여행 참가자들이 전통 식사를
즐기는 사이 맹인안내견은 여독을 풀고 있는 모습.
ⓒ 오소도 마사코

이 글을 읽는 독자들 중에는 자신에게 장애가 있다고 생각하는 사람들도 있고, 장애가 없다고 생각하는 사람들도 있고, 장애가 없는 비장애인이라고 굳게 믿는 사람들도 있을 것이다. 그러나 나는 대부분의 사람들이 크든 작든 장애를 갖고 있다고 생각한다. 예를 들어, 노안이거나, 귀가 잘 안 들리거나, 건망증이 있거나, 오래 걸으면 다리가 아프거나…등등. 나는 외반무지에다 비만이다. 장애가 자신과 전혀 상관이 없다고 생각하는 것은 잘못이다.

오감으로 즐기는 지구 여행

여행은 눈으로만 즐기는 것이 아니다. 냄새로, 소리로, 맛으로, 손으로, 오감으로 즐길 수 있는 게 여행이다. 여행하면서 라벤더 향기가 가득하다, 천국 같다, 멧돼지 코에 돈을 던져 떨어지면 행복이 온다는 경험 같은 것 말이다.

나는 영국에서 6개월 살면서 영국의 고령자, 장애인의 마을 만들기를 취재한 적이 있다. 런던에는 열쇠 하나로 시내의 모든 휠체어 화장실을 이용할 수 있는 시스템이 갖추어져 있었다. 그리고 휠체어 화장실의 위치를 안내하는 책자도 마련되어 있었다. 숍 모빌리티(대형 마트 등에서 보행에 어려운을 겪고 있는 이들에게 전동 휠체어나 스쿠터 등을 대여해 주는 구체적이고 실질적인 운동), 윙드 펠로우십 트러스트 같은 자선 단체(장애인 단독 숙박 시설 및 당일 관광을 진행), 런던 주요 역 사이를 오가는 버스 체계인 스테이션 링크, 휠체어 교습소…

여행의 장벽을 넘어서

나는 2002년에 그동안 내가 공부하고 실천해 온 투어 조직 경험을 바탕으로 『장벽 없는 여행 방법』이란 책을 썼다. 그 책에 다양한 여행 방법을 소개해 놓았다. 휠체어로 해외여행 떠나기, 간병인이 없는 사람들을 위해 여행을 떠날 수 있도록 도와주는 방법으로 여행 자원 봉사자, 맹인안내견과 함께 해외 여행 떠나기, 신장 투석을 하면서 해외여행하기 등.

투석을 해야 하는 사람이 한 곳에 며칠 머무는 여행에 참여한다면 투어 코스에서 관광을 하지 않고, 병원에 들러 투석을 끝내고 합류하는 식이다. 여행 일정상 가능한 일이다. 투석할 때 필요한 중조와 기구는 일회용으로 한다. 비용에 신경이 쓰이지만 일본에서는 귀국 후, 건강 보험으로 조달이 가능하다. 고령자나 장애인은 비디오, 로프, 미끄럼 방지용 구두창 고무벨트, 지팡이가 될 만한 가방 등을 챙겨 가면 여행을 더 즐길 수 있다.

평생 여행의 시대

앞으로 5년 정도 지나면, 지구 어디든지 고령자와 장애인들이 씩씩하게 여행할 수 있고, 평생 여행할 수 있는 시대가 올 것이다. 종이 기저귀를 하고, 컴퓨터로 이메일을 체크하는 멋진 할머니, 할아버지 시대가 도래할 것이다.

지금 건강한 이들도 '장벽 없애기'는 자신과 아무 상관이 없다는 생각을 버리자. 노후에는 그 누구도 몸에 장애가 생기지 않는다고 단언할 수 없다. 평생 즐겁게 여행길을 떠날 수 있도록 각 나라에서 몸이 불편한 장애인 여행객들을 환영해 주면 좋겠다.

오소도 마사코

프리랜서, 여행디자이너. '지구는 좁아요' 대표. 비영리법인 '일본 여행 자원 봉사자 네트워크' 설립. 언제나 여행 감각을 유지하고, 여행 기자의 감수성을 닦기 위해서, 18년 전부터 야츠카타케 산기슭 해발 1,000m 의 숲 속에 일터를 마련해 활동. 2005년 4월부터 돗토리현관광연맹 관광프로듀서로 활동하고 있다. 여행 서 39권을 썼고 해외여행 경험은 100회 정도. 홈페이지는 http://www.womanstravel.net. 이 글은 또 하나의문화에서 2005년 10월 21일에 주최한 '여성과 여행, 관광 작품화를 위한 국제 심포지엄'에서 발표한 것을 정리한 것이다. 김희숙, 히라타 유키에가 번역했다.

지구별을 여행하는 이들을 위한 안내*

✈ 방문하는 나라 사람들에 관해 좀 더 배우려는 마음을 갖고 여행한다.

✈ 다른 사람들의 정서를 존중하고, 무례한 행동을 하지 않는다.

  사진 촬영과 옷차림에 유의한다.

✈ 단순하게 흘려듣고 건성으로 보기보다는 귀담아 듣고 자세히 관찰하는 습관을 기른다.

✈ 방문하는 나라 사람들은 흔히 전혀 다른 시간 개념을 갖고 있음을 명심한다.

  이것은 차별의 원인이 아니며 단지 차이일 뿐이다.

✈ 현지 풍습을 익힌다. 그러면 사람들은 기꺼이 여러분을 도와줄 것이다.

✈ 질문하는 습관을 기른다. 또 대답을 귀 기울여 듣는 습관을 기른다.

✈ 나는 수천 명의 여행객 가운데 한 사람일 뿐이다. 특별한 대접을 기대하지 않는다.

✈ 정말 '제집 같은 곳'을 찾는다면, 여행하는 데 돈을 쓰는 것은 어리석은 짓이다.

✈ 물건을 살 때, '값을 깎을 수 있게 되면' 물건을 만든 이에게 주어지는 저임금 때문일

  가능성이 크다.

✈ 방문하는 나라 사람들에게 지킬 수 없는 약속을 하지 않는다.

✈ 매일의 체험을 돌아보는 시간을 갖는다.

---

* 오래전 여성 여행자를 위한 안내서에서 발견한 것. 이 준비물을 최초로 정리해서 발표한 곳은 아시아기
독교협의회. 아마도 시기는 1980년대쯤으로 추정된다. 아시아에서 '섹스 관광'이 증가하는 것을 우려해,
아시아 지역의 관광에 관한 조사 연구를 한 적이 있는데, 그 일환으로 이 수칙을 발표했다.

여행 좋아하세요?

지구별을 여행하는 여자들을 위한 안내서

1판 1쇄_2006년 9월 12일

엮은이_유이

펴낸이_유승희   펴낸곳_도서출판 또 하나의 문화

출판등록_ 1987년 12월 29일 제 9-129호

주소_서울 마포구 동교동 184-6 대재빌라302호

전화_02-324-7486   팩스_02-323-2934

전자우편_tomoon@tomoon.com

홈페이지_www.tomoon.com

ISBN 89-85635-74-3   03810

* 책값은 뒤표지에 있습니다.
* 잘못된 책은 바꾸어 드립니다.